THE ROAD TO SCIENCE FICTION

科幻之路

⑩

宇宙的热寂

［美国］詹姆斯·冈恩　编著
James Gunn
赵佳铭　等　译

译林出版社

图书在版编目（CIP）数据

宇宙的热寂 / （美）詹姆斯·冈恩（James Gunn）编著；赵佳铭等译. -- 南京：译林出版社，2025. 1.
（科幻之路）. -- ISBN 978-7-5753-0424-5

Ⅰ. I14

中国国家版本馆CIP数据核字第2024TS9218号

著作权合同登记号　图字：10-2023-21 号

宇宙的热寂　［美国］詹姆斯·冈恩 / 编著　赵佳铭 等 / 译

策　　划　姬少亭　李兆欣
统　　筹　吴荀东
责任编辑　王　玥
翻译监制　东方木
装帧设计　孙逸桐
责任校对　张　萍
责任印制　闻媛媛

出版发行　译林出版社
地　　址　南京市湖南路 1 号 A 楼
邮　　箱　yilin@yilin.com
网　　址　www.yilin.com
市场热线　025-86633278
排　　版　南京展望文化发展有限公司
印　　刷　南京新世纪联盟印务有限公司
开　　本　880 毫米 × 1240 毫米 1/32
印　　张　8.375
插　　页　1
版　　次　2025 年 1 月第 1 版
印　　次　2025 年 1 月第 1 次印刷
书　　号　ISBN 978-7-5753-0424-5
定　　价　68.00 元

目录

内心向往外太空

20 世纪 60 年代初，战后的繁荣期带来的鼓舞已经退为失望，新浪潮的激进力量也还没有显现出来，科幻文学如同一艘没有舵的航船，在变革之海上漂流。外太空作为约翰 · W. 坎贝尔所强调的外部世界重要性的一个象征，此时似乎已经不再重要。不过，唯一的选择难道就是快速转向 J. G. 巴拉德所说的“内心世界”吗？

弗兰克 · 赫伯特显然不这么认为。他的作品体现出他对传统科幻小说的尊崇，但是他为传统科幻小说带来了新的关注点，即内心斗争和更困难的抉择。引起新浪潮作者们反思的社会和心理学因素可能同样也让赫伯特重视起个体心理、群体心理、社会学、历史、宗教、哲学、神秘主义和神话，但是赫伯特最后选择立足于过去并将其用于自己的写作目的。

赫伯特生于华盛顿州塔科马市，并进入了华盛顿大学就读。他曾在西海岸的多家报社任记者一职，同时也做过摄影师、采牡蛎的潜水员、心理分析师和酿酒师。他的首篇短篇小说在 1945 年发表于《时尚先生》杂志，首篇科幻短篇小说《在找什么吗？》（“Looking for Something?"）发表于1952年4月刊的《惊人故事》杂志。但是他的兴趣和能力更适合创作长篇小说。他的短篇小说数量较少，其中的一部分结集收录于《弗兰克·赫伯特的世界》（1970）、《弗兰克·赫伯特的书》（1973）和《弗兰克·赫伯特佳作集》（1975）中。1970年，他成为一名全职自由作家。

赫伯特在第二次世界大战中服役于美国海军，在此期间他创作了第一部长篇小说。这篇小说以《重压之下》（*Under Pressure*）为题，在1955年至1956年连载于《惊异》杂志，并以《海龙》（*The Dragon in the Sea*）、《21世纪的潜水艇》（*21st Century Sub*）和《重压之下》的书名出版单行本。他的第二部，也是最为知名的一部长篇小说《沙丘》分为《沙丘世界》（*Dune World*，1963—1964）和《沙丘先知》（*The Prophet of Dune*，1965）两部连载于《类比》杂志，并在1965年出版了精装版。尽管《沙丘》获得了首届星云奖最佳长篇小说奖，还获得了一次雨果奖，但和后来该书的平装本累计高于一百万册的稳定销量相比，这些奖项还算不上它最大的成就。

赫伯特在找到《沙丘救世主》（*Dune Messiah*，1969）的出版商之前，还创作了数篇与"沙丘"系列无关的长篇小说：《目的地：太空》（*Destination: Void*，1966）、《海森堡之眼》（*The Eyes of Heisenberg*，1966）、《绿脑》（*The Green Brain*，1966）、《天堂制造者》（*The Heaven Makers*，1968）和《圣罗加关隘》（*The Santaroga Barrier*，1968）。此后他又创作了《替罪之星》（*Whipping Star*，1970）、《灵魂捕手》（*Soul Catcher*，1972）、《上帝制造者》（*The God Makers*，1972）和《赫尔斯特罗姆的蜂箱》（*Hellstrom's Hive*，1973）。但直到《沙丘之子》（1976）出版并成为首部科幻领域的畅销精装书时，赫伯特才确立了自己的地位。随后他将《沙

丘》的影视改编权卖给了一位知名制片人[1]，据传授权费达一百万美元。在最后两部“沙丘”系列作品出版之前，赫伯特和比尔·兰塞姆（Bill Ransom）合著了两部长篇小说《多塞迪实验》（*The Dosadi Experiment*，1978）和《耶稣事件》（*The Jesus Incident*，1979），还出版了《沙丘插图版》（*The Illustrated Dune*，1978）。随后赫伯特创作了“沙丘”系列的最后两部作品：《沙丘异教徒》（*Heretics of Dune*，1984）和《沙丘牧师会》（*Chapter House Dune*，1985）。

《沙丘》篇幅宏大、情节复杂，其故事发生在遥远未来的一个人类殖民星系。小说中包含一段复杂的范·沃格特式情节，其中充满了拜占庭式的阴谋和阿西莫夫[2]式未来史学中隐藏的超能力。小说中一名少年需要发展出自己成熟的力量和超越人类的能力，以夺回他失去的王国，即便这种神话般的结构都是范·沃格特式的，小说中涉及的预测能力也类似心理史学。一位评论家（约翰·L.格里格斯比）曾评价“基地”（*Foundation*）系列和“沙丘”系列“只是视角转换”。赫伯特在他为《科幻的技艺》（*The Craft of Science Fiction*，1976）撰写的一个章节中称赞“基地”三部曲为“永恒流传的经典作品之一”。但是他认为“基地”系列是基于“未经检验的设定”，而其他的设定“完全可以用作一个全新的系列作品的切入点”。

赫伯特在“沙丘”系列中采取的设定是：不同行星上的生存条件会产生不同种类的人，相似的条件会产生相似的人（阿拉基斯——Arrakis——作为沙漠世界，就发展出了类似阿拉伯人的种族和文明）；艰苦的条件对人有好处，而且可以造就更为强壮、更有效率的战士；人类这个物种有着潜在的天赋，可以通过基因选择和训

1.《沙丘》电影于1984年上映，导演和编剧为知名制片人大卫·林奇。尽管这部电影投资颇丰，但最终却只收获了惨淡的票房，北美票房甚至没有收回成本。许多批评者认为电影叙事混乱，科幻效果也不佳。新的《沙丘》电影由加拿大导演丹尼·维伦纽瓦执导，第一部和第二部分别于2021年和2024年上映。

2. 艾萨克·阿西莫夫在其“基地”系列中提到了利用心理学和数学方法分析未来历史的“心理史学”。

练利用这些天赋；种族记忆存在于细胞中，在特定的条件之下个体记忆可以被分享；一个银河帝国将以松散的封建家族维系，而不是阿西莫夫的中央集权的罗马模式；计算机的发展将会引起整个银河系的叛乱，抵制机器智慧、以求发展新的人类思维能力；对原子弹的禁用和身体护盾的发展意味着战斗重回肉搏时代；个体和全人类都只能夹缝求生：在生与死之间、在预言和意志之间、在黑盒子的痛苦和高姆刺的毒性之间、在生命之水的毒性和转化生命之水所产生的集体知觉共享和幻觉之间[1]……

赫伯特为这些设定和其他的设定创造了一个神话般的故事结构，一个富含社会学、历史学和物理学的图景，正如评论家罗伯特·A.福斯特（Robert A. Foster）所指出的那样，以帮助建立起这部虚构世界主题的长篇小说的模型。这也促成了《沙丘百科全书》（*Dune Encyclopedia*，1984）的出版，并引发了人们对生态学、人类发展与弥赛亚[2]运动的关注。

“沙丘”系列中最为吸引人的部分或许就是沙漠世界阿拉基斯，这个部分也是“沙丘”这个题目的由来。阿拉基斯是一个水资源极为短缺的世界，以至于人们必须珍惜每一滴水，包括那些组成人体的水分。在这种环境之下，人们必须获得尊崇的地位，否则只有死。但是阿拉基斯同样盛产梅朗琪，这是一种至为贵重、具成瘾性的“香料”，可以延年益寿，还有加强人类预见未来能力的功效。这种香料是阿拉基斯的生态系统中不可或缺的一部分。阿拉基斯还居住着坚强的部落人弗里曼人，他们是银河系最好的战士，可以通过一场野蛮而血腥的、保罗[3]视为“目的很可怕”的圣战改变未来。赫

1. 黑盒子（black box）、高姆刺（gom jabbar）、生命之水（Water of Life）及其转化均为“沙丘”系列中的科幻设定。
2. 宗教术语，见于基督教和犹太教等，指上帝指派来拯救世人的救世主。
3. 即保罗·阿崔迪，“沙丘”系列主角。

伯特创作《沙丘》的灵感来自他有一次接受的采访任务，要求他写一篇关于俄勒冈州海岸研究所控制流沙沙丘移动的实验的文章。他的灵感还来自他长期以来的创作欲望，想要写一篇关于“为人类社会带来灾难的弥赛亚式骚乱”的长篇小说。他酝酿这部作品长达五年时间。

《沙丘》的情节在几个不同层面推进：控制阿拉基斯和香料贸易，最终控制整个银河帝国所做的尝试；将阿拉基斯的统治权转移到勒托公爵和阿崔迪家族的阴谋，但最终却导致他们因为背叛和大规模进攻而被清除出阿拉基斯的统治阶层；“女巫”贝尼·杰瑟里特操习躯体和精神控制，以培育出“奎萨兹·哈德拉赫”，一种能承受贝尼·杰瑟里特那回顾过去、预见未来的实验的男性；弗里曼人为了改变阿拉基斯的生态而做出的努力；公爵的儿子保罗为了报杀父之仇并恢复家族的财富和地位而接受的教育和培养；保罗成长为一名奎萨兹·哈德拉赫并成为弗里曼人的里桑·阿尔-盖博[1]；还有他因为预见到血腥的未来而引起的内讧……

下面的《沙丘》选段描述了阿崔迪家族抵达阿拉基斯后所举办的一场宴会。这个场景聚集了阿拉基斯行星上各式各样的势力，阐述了这颗星球上水的重要性和一个生态问题，并展示了赫伯特的叙事方法：描写细腻丰富，每一处细节都和某个情节元素或角色相联系，通过对话来推进情节，对话中还插入了人物对他人的语言和行为产生的心理活动，不同寻常的视角转换方式，从勒托公爵转向保罗，转向杰西卡，最后转向凯恩斯，又转换回来，循环往复数次。赫伯特用这种方式推进主题和情节，加强阴谋、伪装和诡计的要素，突出了感觉和现实之间的不同。

（赵佳铭　译）

1.《沙丘》中的设定，来自其中虚构的弗里曼语，意思是“外来世界之声”或者“水的给予者”。

沙丘（节选）

[美国] 弗兰克·赫伯特

伟大是一种稍纵即逝的体验，从来都不是恒常不变的。它部分地依赖于人类营造神话的想象力。经历伟大的人必须对他身处其中的神话有所体悟。他应当省察自身所承受的那些期许。他还必须拥有强烈的诮薄感。有赖于此，他才可以摆脱自命不凡的信念。诮薄的心态是令他的心智不至于陷于滞塞的唯一因素。如果没有这种品质，哪怕是偶尔的伟大也会毁掉一个人。

——摘自伊如兰公主的《穆阿迪布语录》

阿拉肯大宅的餐厅里，悬灯已经在初临的夜色中亮起，把黄色的光芒洒向了角上沾着血迹的黑色牛头，洒向了老公爵那幅薄光微闪的油画。

在这些镇宅法宝的下面，擦得锃亮的阿崔迪家族银器旁边，白色的亚麻布被反光映得熠熠生辉。银器在大桌子上摆放的位置可谓一丝不苟——水晶杯旁边，各色餐具星罗棋布，每把沉重的木椅前面，都有这么一套器物在严阵以待。造型经典的中央吊灯还没有亮起，悬索扭扭弯弯地探入了上方隐藏着毒物嗅探器的黑暗当中。

公爵在门口停下来检视宴席的安排情况。他想到了毒物嗅探器，以及它在他的社会中所代表的意义。

一切都在于模式，他想，人们可以通过我们使用的语言来探究我们的身份——对于实施阴险的杀人方法，我们的表述也是那么精确而微妙。今晚会不会有人尝试使用查莫尔基——投在饮料里的毒药？或者查玛斯——投在食物中的毒药？

他摇了摇头。

长桌上的每个盘子旁边都放着一壶水。公爵估计，这一张桌子上的水足够让一户贫穷的阿拉肯家庭喝上一年多。

他所站的门口两侧，是华丽而宽大的盥洗盆，用黄色和绿色的瓷砖铺就。每个盆里都设有毛巾架。管家解释说，依照习俗，客人进门时，都要礼节性地将手浸入盆中，往地上泼洒几捧，用毛巾擦干手，再将毛巾甩到门口越积越多的那摊水洼里。饭后，乞丐们聚集在外面索要从毛巾上挤出来的水。

真是典型的哈肯能采邑风格，公爵心想，各式各样的精神堕落，你只要想得到，这里一应俱全。他深深地吸了一口气，感觉到怒火令自己肚子发紧。

“这个风俗到此为止了！”他喃喃自语。

他看到一个侍女——管家推荐的那帮身形伛偻的老侍女之一——在对面的厨房门口徘徊。公爵抬手向她招呼了一下。她走出阴影，疾步绕过桌子向他行来。他注意到那张皮包骨头的脸，那双珠瞳皆蓝的眼眸。

“大人有什么吩咐？”她低着头，眼神躲闪着。

他打了个手势。“找人把这些盆子和毛巾撤掉。”

“可是……高贵的……”她抬起头来，目瞪口呆。

“我知道风俗！”他厉声说道，“把这些盆子拿到前门去。在我们用餐期间，直到我们吃完为止，每个开口索要的乞丐都可以得到一整杯水。明白了吗？”

那张皮相粗糙的老脸上，各种情绪交织着：错愕，愤怒……

勒托突然之间领悟到，她原本肯定是在打算售卖从那堆被人踩来踩去的毛巾上挤出来的水，从那些上门的可怜虫身上榨出几个铜板来。搞不好这也是一种习俗。

他脸色阴沉，低声吼道：“我要在这里派个守卫，确保我的命令得到严格执行。”

他转过身，沿着通道走回大厅。回忆在他的脑海中翻滚，就像老妇从无牙的口中发出的牢骚。他想起了露天的水域和水面的波涛，那些芳草萋萋而不是黄沙漫天的日子，那些像是风暴中的树叶一般，从他身旁倏然掠过的茫茫炎夏。

一切都已经远去。

暮年降至了，他想，我已经能感受到死亡的冷酷之手。这感觉来自哪里？一个老妪的贪婪。

大厅的壁炉前，杰西卡女士站在身份各异的一群客人中央。火焰在噼里啪啦地燃烧着，橘黄色的火光一闪一闪地照耀着珠宝、花边和昂贵的布料。他在那群人当中认出了一个来自迦太格的蒸馏服制造商、一个电子设备进口商、一个把避暑别墅建在了他的极地冰盖工厂附近的供水商、一个公会银行的代表（那个模样精瘦而态度冷漠的家伙）、一个香料开采设备零配件经销商，还有一个瘦弱而满脸厉色的女人——据说她面向外星访客的护送服务其实是为了掩护各种走私、间谍和勒索的勾当。

大厅里的大多数女人似乎都属于同一种类型——衣着华美，妆容精致，古怪地混杂着一种拒人于千里之外的性感。

即使没有女主人的身份，杰西卡在这帮人当中也会显得卓尔不群，他想。她没有佩戴任何首饰，衣着选择了暖色系——几乎像焰火一样鲜艳的长裙，古铜色的头发上围着一条土褐色的丝带。

他意识到她这么做是为了巧妙地嘲弄他，是在责怪他最近的冷淡态度。她很清楚，他最喜欢她穿这种色调的衣服——在他眼里，她就像是一团扑簌作响的暖色。

邓肯·爱达荷站在近处，基本上已经算是站到了那群人的外围。他身穿闪闪发光的礼仪制服，脸上表情难辨，卷曲的黑发梳理得一丝不苟。他是从弗里曼人那里被召唤回来的，哈瓦特给他的命令是，“你需以守护为由，对杰西卡女士时刻保持监视”。

公爵环顾了一下大厅。

保罗站在角落里，一群阿拉肯富家子弟谄媚地围拢在他身边，其中还有三位态度漠然的府兵队军官。公爵特别注意那些年轻的女人。公爵继承人该是个多么抢手的择偶对象啊。然而保罗保持着矜持的贵族气质，对所有人都一视同仁。

他一定配得上这个头衔的，公爵心想，旋即又意识到这个念头暗藏的凶兆，不由得心头泛起一阵凉意。

保罗看到父亲在门口，避开了他的目光。他环顾四周，看着一簇簇的来宾，那一只只佩戴着珠宝玉石的手抓着酒杯（以及用小型遥控窥探器进行的隐蔽检查）。看到一张张喋喋不休的面孔，保罗突然间很是厌烦。它们只不过是锁在溃烂的思想上的廉价面具——连篇的废话只为掩饰心灵巨大的空虚。

我的心情很不好，他想，不知道戈尔内对此会有什么说法。

他知道自己心情不好的原因。他本不想参加这个活动，但是父亲的态度一直很坚决。“你有一个位置——一个地位，有待你去维持。你已经长大了，应该参与这样的场合了。你差不多已经是个男人了。”

保罗看到他的父亲从门口进来，环视了一眼大厅，然后朝着杰西卡夫人所在的那群人径直走来。

勒托走近他们的时候，供水商正在问：“公爵真的要安装气象控制吗？”

公爵在那人身后说：“我们还没有考虑到那一步，先生。”

那人转过身来，现出一张貌不惊人、被晒黑的圆脸。“啊，公爵，”他说，“我们正盼着您过来呢。”

勒托看了一眼杰西卡。“刚才有件事情需要处理。”他将注意力转回到供水商身上，解释了一下他关于盥洗盆的命令，补充道，“在我看来，旧的习俗已经结束了。”

“大人，这是公爵令吗？”那人问道。

“这个问题，我便留给你们自己的……啊……良心好了。”公爵说。他转过身，注意到凯恩斯来到了众人面前。

一个女人说：“我认为这是非常慷慨的举动——把水送给——”有人嘘声打断了她的话。

公爵看着凯恩斯，注意到这位行星学家穿着一套老式的深棕色制服，上面有帝国公务员的徽章，领口处还有一颗小小的泪珠形金质军衔。

供水商怒声问道：“公爵是在批评我们的习俗？”

“这个习俗已经改变了。”勒托说。他向凯恩斯点了点头，留意到了杰西卡皱眉的表情，心想：*她一皱眉就没那么漂亮了，不过这样会加剧我们之间有隙的传闻。*

“如果公爵允许的话，”供水商说，“我还想提出几个关于风俗的问题。”

勒托听出了那人突然的油腔滑调，注意到了这群人默不作声的观望，大厅里的人都朝他们转过头来。

“是不是到用餐的时间了？”杰西卡问道。

“但是我们的客人还有问题呢。”勒托说。他看着供水商，看到的是一个圆脸的男人，大眼睛，厚嘴唇，想起了哈瓦特的备忘录：“……而这个供水商是一个需要留意的人——林格尔·比尤特，记住这个名字。哈肯能人利用他，但从未完全控制过他。”

“关于水的风俗都挺有意思的，”比尤特说着，脸上露出了笑容，“我很好奇，你对这所宅子附属的温室有什么打算？你打算继续在人们面前炫耀它吗……大人？”

勒托忍住怒火，盯着那个男人。他的脑海里思绪万千。在他自己的公爵城堡里向他挑战是需要勇气的，尤其是考虑到他们现在掌握着比尤特签过字的效忠合同。采取这个行动，还需要了解自己有没有那个实力。水，在这里的确是权力。比如说，如果水利设施被埋设了炸弹，一个信号过来就会被摧毁……这个人看起来干得出那样的事情。破坏水利设施很可能会毁掉阿拉基斯。搞不好这正是这位比尤特之前在哈肯能人头上挥舞的大棒。

“公爵和我对我们的温室另有打算。”杰西卡说。她对勒托笑了笑。“我们当然打算保留它，但只是为了替阿拉基斯的人民保管它。我们的梦想是，有朝一日阿拉基斯的气候可能会发生足够的改变，在任何开阔地都能种植这种植物。”

说得好棒！勒托想，这个话就让我们的供水商慢慢琢磨去吧。

“你对水和天气控制有着明显的兴趣，”公爵说，“我建议你分散一下经营。总有一天，水在阿拉基斯星上不会再是珍贵商品。”

他在想，哈瓦特必须加倍努力往这个比尤特的组织里渗透了。另外我们必须马上开始修建备用水利设施。谁也别想把棒子举到我的头顶。

比尤特点了点头，脸上的笑容还在。“一个值得称赞的梦想，大人。”他退了一步。

凯恩斯脸上的表情引起了勒托的注意。那个男人正盯着杰西卡，看起来容光焕发，就像一个恋爱中的男人……或者陷入了宗教的恍惚之中。

预言中的话语终于完全占据了凯恩斯的头脑。“他们也将心怀你们最珍贵的梦想。”他直接对杰西卡说：“你们带来的是捷径吗？”

“啊，凯恩斯博士，”供水商说，“你没跟你的弗里曼暴徒们一起到处浪荡，而是来到了这里。你可真是赏脸啊。”

凯恩斯用难以捉摸的眼神看了一眼比尤特，说道：“沙漠里有个说法，拥有大量的水可以让一个人犯下致命的粗心之失。”

“沙漠里有好多奇怪的说法呢。”比尤特说，然而他的声音暴露了内心的不安。

杰西卡穿过人群，来到勒托身旁，把手伸到他的胳膊下，好让自己冷静一下。凯恩斯说的是“……捷径”。在古老的语言中，这个词译作“奎萨兹·哈德拉赫”。其他人似乎都没有注意到星球学家的古怪问题，现在凯恩斯正对着不知谁的一位女伴弯下身子，听她低声细语地卖俏。

*奎萨兹·哈德拉赫，杰西卡想，难道我们的守护者传教士已经把那个传说在此地宣扬开了？*这个想法燃起了她对保罗秘而不宣的希冀。*他可能是奎萨兹·哈德拉赫。很有可能。*

公会银行的代表已经与供水商聊得火热，比尤特的声音在重新响起的切切交谈声中格外明显。“很多人都曾经谋求改变阿拉基斯。”

公爵看到这句话仿佛刺伤了凯恩斯，让这位行星学家猛地直起身来，远离了那个调情的女人。

在突如其来的寂静中，勒托身后一个穿着家丁制服的府兵清了清嗓子说："晚餐已经准备好了，大人。"

公爵用探寻的目光看向了杰西卡。

"这里的习俗是男女主人要跟在客人后面上桌，"她说着，笑了笑，"这个我们也要改一改吗，大人？"

他冷冷地说："这个习俗似乎还不错。我们暂且让它保持下去。"

他想，必须维持我怀疑她背叛的假象。他看了一眼从他们身边走过的客人。你们当中有谁相信这个谎言？

杰西卡觉察到了他的疏远，心里再次泛起过去一周里时而会有的惶惑不解。他的行为举止仿佛正在进行着激烈的自我斗争，她想。是因为这场晚宴我安排得太迅速了吗？然而他明明知道，让我们的官员、手下与当地人打成一片是多么重要。我们对他们来说就像是父母一般。要让这一认识更加深入人心，没有什么能比这样的社交活动更有效了。

勒托看着走过自己身边的宾客，回想起苏佛·哈瓦特在得知这件事时说的话："大人！我不允许！"

公爵的嘴边露出了阴冷的笑容。当时的场面闹得好大啊。当公爵依然坚持要出席晚宴时，哈瓦特摇了摇头。"我有不祥的预感，大人。"他说，"阿拉基斯星上的事情进展得太顺畅了。这不像哈肯能人，完全不是他们的风格。"

保罗护送着一个比自己高半个头的年轻女子经过父亲身边。他不满地瞪了父亲一眼，对年轻女子说的话点了点头。

"她父亲是生产蒸馏服的，"杰西卡说，"我听人说，穿上那人生产的蒸馏服还会困在沙漠里出不来的，也就只有傻瓜了。"

"保罗前面那个脸上有疤痕的人是谁？"公爵问，"我不记得邀请过他。"

"后来才加到名单上的，"她低声说，"戈尔内安排邀请他。一个走私者。”

“戈尔内安排的？”

“应我的要求。这个安排已经和哈瓦特交代清楚了，尽管我觉得哈瓦特对此有点不情不愿。走私者名叫图伊克，埃斯玛·图伊克，在他们那行人当中是个大人物。这里的人都认识他。他在很多府邸里面都吃过饭。”

“那我们请他又是出于什么考虑？”

“这里的每个人都会问这个问题，”她说，“图伊克仅仅是露个面就能让人感到怀疑和猜忌。他还能起到昭告天下的作用，让大家都明白你打算推进你反对贿赂的命令——在走私者那头也要一并施力。这一点哈瓦特似乎很喜欢。”

“我不确定我是否喜欢。”他向一对路过的夫妇点了点头，看到他们前面剩下的客人已经为数不多了。“你怎么没邀请一些弗里曼人？”

“有凯恩斯啊。”她说。

“是的，有凯恩斯，”他说，“你还为我安排了别的什么小惊喜吗？”他带着她步入队伍末尾。

“其他安排都是遵照传统的。”她说。

她想：*亲爱的，你难道没注意到，这个走私者控制着快船，而且他可以被收买吗？我们必须留着一条出路，如果这里什么都没法指望了的话，还有一扇逃离阿拉基斯星的大门。*

两人进入宴会大厅之后，她放下了挽着勒托的手臂，让他为她拉椅安坐。他走到东道主落座的那一端。一个家丁为他扶着椅子。其他人在布料的窸窣声、椅子的刮擦声中安顿下来，然而公爵仍然站着。他打了个手势，桌子周围穿着家丁制服的府兵们都退后一步，立正站好。

房间里陷入了令人不安的沉默。

杰西卡顺着桌子看过去，看到了勒托的嘴角在微微颤抖，面有愠色。他的怒火从何而来？她暗自思忖，肯定不是因为我邀请了走私者。

“有人质疑我改变盥洗盆习俗的决定，”勒托说，“我正要以此让诸位明白，很多事情都会改变。”

尴尬的沉默笼罩了餐桌。

他们认为他喝醉了，杰西卡想。

勒托高高举起他的水杯，灯光照在水杯上，反射出一束束光芒。“那么，以帝国骑士的身份，”他说，“我向诸位敬一杯。”

其他人都抓起了自己的杯子，所有的目光都集中在公爵身上。在突如其来的寂静中，一盏悬灯在厨房过道吹来的轻风中微微摇晃起来。公爵雄鹰般威严的面容上暗影游移。

“我已来到此地，而我将留在此地！”他吼道。

看到公爵的手臂仍然举着，大家纷纷止住了把杯子送往嘴边的动作。“我的祝词是我们最中意的格言之一：‘事业有成！财源滚滚！’”

他喝了一口水。

其他人连忙照做，用疑虑的目光相互瞅来瞅去。

“戈尔内！”公爵叫道。

勒托所在的这一头，大厅的一间凹室里传出来哈莱克的声音。“在，大人。”

“为我们演奏一曲，戈尔内。”

从凹室里传出了巴利塞特琴的小调和弦。侍者们在公爵的示意下开始往桌上摆放一盘盘食物——塞佩达酱汁烤沙兔、天狼星甜奶冻、甜橘、香料咖啡（香料发出的浓郁肉桂气味在桌上飘散）、正宗菜根炖野鹅配起泡的卡拉丹酒。

不过，公爵仍然没有坐下。

等待的过程中，客人们一会儿看看他们面前的菜肴，一会儿看看站立的公爵。这时勒托说：“在古代，主人有责任运用自己的才艺招待客人。”他握杯的力道太大，指关节都发白了。“我不会唱歌，但是可以为大家朗诵一下戈尔内这首歌的歌词。就当是又一首祝词吧——致敬所有为了把我们带到这里而献出生命的人。”

桌子周围响起了一阵不安的骚动。

杰西卡垂下目光，看了看坐在她近旁的人——有圆脸的供水商和他的女伴，面色苍白而表情严肃的公会银行代表（他看上去就像个尖嘴稻草人，死死地盯着勒托），还有身材粗壮、脸上带疤的图伊克，在那里低垂着他那双蓝中透蓝的眼睛。

“追思吧，朋友们——追思久未忆起的将士们，”公爵吟诵道，“奈何承受着痛苦和金钱的重负。他们的精魂佩戴着我们的银项圈。追思吧，朋友们——追思久未忆起的将士们，不曾有过片刻的伪装和欺骗，不曾屈服于财富的诱惑。追思吧，朋友们——追思久未忆起的将士们。当我们的时间在狞笑中终结，我们也将通过财富的考验。”

吟诵到最后一句，公爵让自己的声音慢慢低沉下去。他深深地喝了一口水杯里的水，把杯子重重地摔回桌子上。水从杯沿泼洒出来，落到亚麻布上。

无言的尴尬后，其他人也开始饮水。

公爵又一次举起水杯，这次把剩下的半杯水倒在地上。他知道在场的其他人也必须这样做。

杰西卡是第一个效仿他的人。

其他人都迟疑了片刻，才开始倾倒杯中水。杰西卡看到了坐在父亲近旁的保罗是怎样仔细观察周围众人反应的。她发现自己也忍不住在留意客人们的行为，分析那些行为所揭示的心理活动——尤其是女士们。这些水是干净的，可以喝的，而不是随着湿漉漉的毛巾被丢掉的水。内心的不情不愿化作了各色的外在表现：颤抖的手、迟缓的反应、紧张的笑声……以及用蛮力强行否定这么做的必要性。一个女人扔掉了她的水杯，然后当她的男伴找回时，她装作没有看见。

不过，最令她感兴趣的还是凯恩斯。行星学家犹豫了一下，然后把水倒进了外套下面的容器里。发现杰西卡在看他时，他对她笑了笑，向她举起空水杯，无言地敬了一杯。看起来他对自己的行为丝毫不感觉尴尬。

哈莱克的音乐仍然在房间里飘荡，不过已经跳出了小调的范畴。曲子悠扬而活泼，仿佛在努力活跃气氛。

“晚宴开始吧。”公爵说着坐在椅子上。

他胸含怒火，喜怒难料，杰西卡想。那台工厂履带车的损失给他造成的打击比预想的严重。肯定还有除此之外的原因。他表现得像个绝望的人。她举起叉子，希望用这个动作掩饰自己突如其来的苦涩。为什么不能绝望呢？他就是身处绝境啊。

一开始大家似乎迟迟找不到感觉，后来气氛便越来越热闹，晚宴终于有了晚宴的样子。蒸馏服制造商夸赞杰西卡的厨师和酒。

“这都是我们从卡拉丹带来的。”她说。

“棒极了！”他品尝着甜橘，“绝对是超级棒！里面没有丝毫香料味。什么东西都含香料的话，人总是会烦的。”

公会银行代表看向对面的凯恩斯。“据我所知，凯恩斯博士，又有一台工厂履带车被沙虫毁掉了。”

“消息传得挺快啊。”公爵说。

“这么说确有此事？”银行家将注意力转移到勒托身上，问道。

“当然！”公爵厉声喝道，“该死的铲运机不见了。那么大的东西总不该说没就没吧！”

“沙虫来的时候，我们没有载具去撤回履带车。”

“不应该消失的。”公爵重复道。

“没有人看到铲运机离开？”银行家问。

“侦察员们习惯把目光放在沙子上。”凯恩斯说，“他们主要对沙虫到来的迹象感兴趣。一架铲运机的编制通常是四个人——两个驾驶员和两个工兵随从。如果这支队伍中有一个甚至两个人在公爵的敌人那里拿了钱——”

“啊哈，我明白了，”银行家说，“那么，作为更替裁判官，你要不要过问一下这个事？”

“我得仔细考虑我的立场，”凯恩斯说，“而且我当然不会在餐桌上讨论这个问题。”他心里想的是：这个一脸枯骨模样的东西！他明知道按照指示，我是要忽略这类违规行为的。

银行家笑了笑，把注意力放回食物上。

杰西卡坐在那里，回忆着她当年在贝尼·杰瑟里特学校听过的一次讲座，主题是间谍和反间谍。讲师是一位身材丰满、神情愉快的教母，她那欢快的声音与主题形成了奇怪的对比。

> 任何一所间谍和/或反间谍学校，都有这样一件值得注意的事情：所有毕业生的基本反应模式都是相似的。任何封闭的学术训练都会在学生身上留下它的印记、它的模式。这种模式很容易被分析和预测。
>
> 那么，所有间谍人员的动机模式都将是相似的。也就是说：哪怕流派不同或者目的相反，也会存在某几种动机

是相似的。你首先要研究如何将这一要素分离出来进行分析——一开始通过暴露审讯者内心取向的审讯模式；其次，通过仔细观察被分析者的语言思想方向。当然，通过语音语调和言语模式，你会发现确定分析对象的源语言还是相当简单的。

现在，她和儿子、公爵以及他们的客人坐在桌前，听到那个公会银行代表的声音，杰西卡在一阵阵寒意中警醒：那个人是哈肯能人的特工。他有着吉迪·普莱姆的说话模式——他掩饰得很巧妙，但是在她训练有素的洞察力面前，他简直就像是在自报家门。

这是否意味着公会本身已经站在了阿崔迪家族的对立面？她问自己。这个念头让她震惊，她叫人上了一道新菜，来掩饰自己的情绪，同时留意那个人会不会把自己的目的暴露出来。他会转移到某个看似无关紧要，却用心险恶的话题上，她告诉自己。这是他的模式。

银行家咽下食物，喝了一口酒。他右侧的女人对他说了些什么，他回以微笑。有那么一会儿，他似乎在听下首的一个男人向公爵解释阿拉肯本土植物都不长刺。

“我很喜欢看阿拉基斯星上鸟类的飞行，”银行家转而对着杰西卡说，“当然，我们所有的鸟类都是食腐肉的，很多鸟类在没有水的环境中生存，成了饮血生物。”

在桌子另一端，蒸馏器制造商的女儿坐在保罗和他父亲之间，漂亮的脸蛋拧出了一个皱眉的表情，说道：“哦，簌簌，你说的事情好恶心。”

银行家笑了笑。“他们叫我簌簌，因为我是供水商联合会的财务顾问。”杰西卡继续看着他一言不发，他便又接着说，“因为水贩子们是这么吆喝的——‘簌簌簌克！’”他学得很像，桌旁很多人都笑了起来。

杰西卡听出了他自吹自擂的口气，但是最为引她关注的一点是，那个女孩是照着套路说话的——事先安排好的。她为银行家创造机会说出了刚才那些话。她看了一眼林格尔·比尤特。水务大亨正低头不语，专心致志地吃着晚饭。杰西卡明白了银行家话里的意思。“我也控制着阿拉基斯上的权力终极来源——水。”

保罗已经注意到了身旁这位共进晚餐者声音中的做作，看到母亲正以贝尼·杰瑟里特的专注程度聆听着谈话。他心血来潮，决定装一回傻，把对方的话引出来。他与银行家聊起来。

“你的意思是，先生，这些鸟同类相食？”

“这个问题很奇怪，少爷，”银行家说，“我只是说鸟儿喝血。未见得是自己同类的血吧？”

“这个问题并不奇怪。”保罗说。在他的声音中，杰西卡听出了她训练过的巧妙还击。“大多数受过教育的人都知道，对任何年轻的生物体来说，最致命的潜在竞争可能来自它的同类。”他特意从同伴的盘子里叉了一口食物，吃了起来，“它们是在同一个碗里吃饭。它们有同样的基本需求。”

银行家坐直了身子，皱着眉头望向公爵。

“不要错把我的儿子当成孩子。”公爵说。他脸上带着笑容。

杰西卡环顾席间众人，注意到比尤特面露悦色，凯恩斯和走私者图伊克都在笑。

“这是生态学的一条法则，”凯恩斯说，“少爷似乎很有心得。生命个体之间的斗争，就是对某个系统中自由能量的争夺。血液是一种高效的能量来源。”

银行家放下叉子，怒声道：“据说弗里曼人渣便会喝他们死者的血。”

凯恩斯摇了摇头，用教训的语气说道：“不是血，先生。不过一个人所有的水终究是属于他的人民——他的部落。如果你生活在大平原附近，这就是必然的选择。那里所有的水都很珍贵，人的身体按重量计算，大约有 70% 是水。死人肯定是不再需要那些水了。”

银行家双手抵在盘子旁边的桌面上，杰西卡以为他要把自己推开，怒气冲冲地离开。

凯恩斯看着杰西卡。“请原谅我，夫人，我在餐桌上阐释了这么一个不得体的话题，但是有人对你说了假话，那就需要澄清一下。”

“你和弗里曼人在一起混得太久了，早就不知道什么叫得体了。”银行家粗声粗气地说。

凯恩斯平静地看着他，审视着那张苍白而颤抖的脸。“你是在挑战我吗，先生？”

银行家愣住了。他吞了吞口水，硬着头皮说：“当然不是。我不会如此侮辱我们的男女主人。”

从那人的声音中，从他的表情、呼吸、太阳穴暴起的青筋，杰西卡觉察到了恐惧。这个男人很害怕凯恩斯！

“我们的男女主人完全有能力判断自己有没有受到侮辱，”凯恩斯说，“他们是勇敢的人，懂得如何捍卫荣誉。我们都可以为他们的勇气做证，凭据就是他们身在此地，身在阿拉基斯星。”

杰西卡看到勒托很喜欢这个局面。其他大多数人却不然。桌子周围的人把手伸到桌子下面看不见的地方，都做出了一副随时准备跑路的姿态。有两个明显的例外，一个是面对银行家的难堪公然露出微笑的比尤特，另一个是走私者图伊克，他似乎在留意凯恩斯的暗示。杰西卡看到，保罗正在钦佩地看着凯恩斯。

“怎么样？”凯恩斯说道。

“我本无意冒犯，”银行家喃喃道，“如果真有得罪，请接受我的歉意。”

“感佩阁下的坦荡，小可倒也不是戚戚之辈。”凯恩斯说。他对着杰西卡笑了笑，继续吃饭，好像什么都没发生过。

杰西卡看到那个走私者也放松了下来。她暗暗记下了：这个人各方各面都表现得打算随时助凯恩斯一臂之力。凯恩斯和图伊克之间存在着某种协议。

勒托玩弄着一把叉子，盯着凯恩斯若有所思。生态学家的言行表明，他对阿崔迪家族的态度有所改变。之前在他们的沙漠之行中，凯恩斯还显得比较冷淡。

杰西卡示意再上一道菜和饮料。侍者们端着红葡萄酒和发酵蘑菇酱进来了。

慢慢地，席间的闲谈又恢复了，但是杰西卡听出了众人情绪的焦躁和声音中的干涩，看到银行家闷闷不乐地吃着饭。凯恩斯若是打算杀他，肯定眼睛也不会眨一下，她想。而且她意识到，在凯恩斯的行为举止中，有一种对杀戮行为漫不经心的态度。他是个随意的杀手，她猜想这是弗里曼人的品质。

杰西卡转身对着左边的蒸馏服制造商说道：“我发现水在阿拉基斯星球上如此重要，真是令我一次次感到惊讶。”

“非常重要，”他表示同意，“这道菜是什么？很好吃。”

“野兔的舌头，配一种特殊的酱汁，”她说，“一个很古老的配方。”

“我非常希望能拿到那个配方。”那人说。

她点了点头。“我会安排人给你抄一份的。”

凯恩斯看着杰西卡说：“刚来阿拉基斯的人经常低估水在这里的重要性。你得知道，你面对的是最低限度法则。”

她听出了他声音中试探的意味，说：“成长受限于数量最少的必需品。而最不利的条件，自然也就决定了成长速度。”

“很少有大户人家的成员意识到星球学问题，”凯恩斯说，“水是阿拉基斯星上最不利于生命的条件。而且要记住，成长本身也会产生不利的条件，除非施以极其谨慎的调控。”

杰西卡感觉到了凯恩斯话里有话，但她自己又没能领悟到。“成长，”她说，“你的意思是阿拉基斯可以拥有有序的水循环，从而在更有利的条件下维持人类的生命？”

“不可能！”水务巨头叫道。

杰西卡将注意力转移到了比尤特身上。“不可能？”

“在阿拉基斯星上是不可能的，”他说，“别听这位梦想家的。所有的实验室证据都不支持他的说法。”

凯恩斯看了看比尤特，杰西卡注意到，新的一轮舌战再次吸引了众人的注意力，桌边安静下来。

“实验室的证据往往会让我们对一个非常简单的事实视而不见，”凯恩斯说，“这个事实是：我们在这里探讨的事项产生并存在于室外，而室外才是植物和动物的正常生存环境。”

“正常！”比尤特嗤之以鼻，“阿拉基斯没有什么是正常的！”

“恰恰相反，”凯恩斯说，“遵照自给自足的原则，在这里可以建立某些和谐的系统。你只需要了解这个星球的极限和它所承受的压力。”

“永远也做不到。”比尤特说。

公爵恍然大悟，知道凯恩斯是什么时候转变态度的了——就是杰西卡说要替阿拉基斯人民保管温室植物的时候。

“要怎样才能建立起自我维持系统，凯恩斯博士？”勒托问道。

“如果我们能让阿拉基斯星上 3% 的绿色植物参与合成作为食物的碳化合物，我们就启动了循环系统。”凯恩斯说。

“水是唯一的问题？”公爵问。他体会到了凯恩斯的兴奋，感觉到自己也被对方的情绪感染了。

“水是最大的问题，”凯恩斯说，“这个星球有大量氧气，却没有通常与之相伴的事物——广泛分布的植物和大量由火山等现象产生的游离二氧化碳。在这里，大片地表上都存在着不寻常的化学交换。”

“你有试点项目吗？”公爵问。

“我们花了很长时间建立坦斯利效应——一种业余水平的小规模实验，从中已经可以得到足够的证据来支持我的科研工作了。”凯恩斯说。

“没有足够的水，”比尤特说，“就是没有足够的水。”

“比尤特大人是个水专家。”凯恩斯说。他笑了笑，接着吃饭。

公爵用右手猛地向下一挥，喝道：“不！我要一个答案！水够吗，凯恩斯博士？”

凯恩斯盯着自己的盘子。

杰西卡看着他脸上的阴晴不定。*他挺会装腔作势啊*，她想，*但是现在她看穿他了，他对自己刚才说的话感到后悔。*

“有没有足够的水？”公爵咬住这个问题不放。

“应该……有吧。”凯恩斯说。

*他在假装没把握！*杰西卡想。

凭借着内心对真相的感知能力，保罗觉察到了凯恩斯潜在的动机，不得不使尽浑身解数来掩饰自己的兴奋。*有足够的水！但凯恩斯不希望被别人知道。*

“我们的行星学家有许多有趣的梦想，”比尤特说，“他和弗里曼人一起做梦——关于预言和弥赛亚的梦。”

桌子周围响起了零星的笑声。杰西卡记住了发笑者——走私者、蒸馏服制造商的女儿、邓肯·爱达荷、提供神秘护卫服务的女人。

杰西卡想，*今晚这里有一些莫名其妙的紧张气氛。好多状况我都搞不清楚。我得发展新的情报源了。*

公爵将目光从凯恩斯转到比尤特再到杰西卡。他心里有种说不清道不明的懑闷，就像是自己没能抓住某种至关重要的信息。“也许吧。”他喃喃自语。

凯恩斯很快就开口了。“也许我们应该改天再讨论这个问题，大人。有这么多——”

星球学家的话被打断了，因为一名身穿制服的阿崔迪部队士兵从服务门匆匆进来，得到警卫的通行许可后冲到公爵身边，弯下腰在他耳边低语。

杰西卡认出了哈瓦特军团的徽章，强压着内心的不安。她转向了蒸馏服制造商的女伴——一位身材瘦小的黑发女子，长着一张娃娃脸，内眼角有一点内眦赘皮。

“你几乎没有动过晚餐，亲爱的，”杰西卡说，“我可以为你叫点什么吗？”

女人看了一眼蒸馏服制造商才回答：“我不是很饿。”

突然，公爵在他的士兵旁边站了起来，用命令般的严厉语气开言道：“大家不必起身。请你们原谅我，但是出了一点状况，需要我亲自去处理。”他走到一旁，“保罗，如果你愿意的话，请替我招待一下宾客。”

保罗站了起来，很想问问父亲为什么必须要离开，不过他知道自己必须以庄重的样子承担刚刚落到自己肩头的职责。他绕到父亲的坐席前，坐了下来。

公爵转过身来，对着坐在凹室里的哈莱克说：“戈尔内，请坐到保罗的位置上。席上不能出现单数。晚宴结束后，我可能要你把保罗带到战地指挥所去。等我呼叫你。”

哈莱克穿着礼仪制服从凹室里走出来，笨重的丑态显得与亮丽的华服极不相称。他把他的巴利塞特琴靠在墙上，走到保罗的椅子那里坐了下来。

“不必惊慌，”公爵说，“但是我必须要求，在鄙舍的警卫宣告安全之前，谁也不要离开。只要待在这里，你们就会得到充分的保护，我们很快就会把这个小麻烦清理掉。”

保罗抓住了父亲话里的暗号——守卫，安全，保护，很快。问题出在安保方面，没有暴力事件。他看到他母亲也解读出了同样的信息。他们都放松下来。

公爵略一点头，转身大步穿过服务门，后面跟着他的士兵。

保罗说：“大家请继续用餐。我相信凯恩斯博士正在讨论水的问题。”

“我们可以换个时间讨论吗？”凯恩斯问道。

“当然可以。”保罗说。

而杰西卡也骄傲地注意到了儿子的威严、成熟和自信。

银行家拿起水杯，用它指了指比尤特。“在咱们这里，论谈吐高雅上谁也比不了林格尔·比尤特大人。基本上我们可以认为他是在有意向大户人家的水准靠拢呢。来吧，比尤特大人，带我们敬一杯。对这个我们必须待之如男人一样的孩子，说不定你有一大把智慧传授传授呢。”

杰西卡在桌下把右手握成了拳头。她看到哈莱克向爱达荷打一个手势，看到墙边的府兵们进入了最大警戒位置。

比尤特向银行家投去了狠毒的目光。

保罗看了看哈莱克，留意了一下卫兵的防守位置，然后一直盯着银行家，直到那人放下水杯。他说：“有一次，在卡拉丹，我看到一名溺水渔夫的尸体被打捞起来。他——”

“溺水？”说话的是蒸馏服制造商的女儿。

保罗犹豫了一下，然后解释道：“是的，被浸没在水中，直到死亡。溺水。”

“真是有趣的死法。”她喃喃自语。

保罗的笑容稍纵即逝。他的注意力又回到银行家身上。“这个人的有趣之处是他肩膀上的伤口——是另一个渔夫的爪靴造成的。这个渔夫是一艘船——在水面上行驶的载具——上的好多个人之一，船倾覆……沉到了水底。另一个帮助打捞尸体的渔民说，跟这个人的伤口类似的痕迹，他见过好几次了。它们意味着另一个溺水的渔民为了露出水面——为了接触到空气，曾经试图站在这个可怜的家伙的肩膀上。”

“这怎么就有趣了？”银行家问。

“因为我父亲当时提出的一个见解。他说，溺水的人踩到你的肩膀上自救是可以理解的——但在客厅里发生这种事就不能接受了。”保罗犹豫了一下，好让银行家悟出来他的意思，然后继续说，“而我应该补充一点，在餐桌上碰到这种事也是不能接受的。”

房间里刹那间一片寂静。

杰西卡想，*太冒失了。以银行家的身份，他应该是有资格要求我儿子跟他决斗的。*她看到爱达荷已经蓄势待发。府兵们都很警惕。戈尔内·哈莱克盯着他对面的人们。

“哈哈哈哈哈！”是走私者图伊克。他仰着头，笑得毫无顾忌。

桌旁众人的脸上现出紧张的笑容。

比尤特在笑。

银行家已经推开椅子，怒视着保罗。

凯恩斯说：“激怒阿崔迪家的人，风险可要自负。”

“侮辱客人是贵府的习俗吗？”银行家质问道。

还没等保罗回答，杰西卡便向前倾身道：“先生！”*她想着，我们必须搞清楚这个哈肯能畜生在搞什么把戏。他是来试探保罗的吗？他有帮手吗？*

“我儿子随便拿出一件衣服，你就说是给你量身定做的？”杰西卡问道，“这可就让人浮想联翩了。”她的一只手顺着自己的腿滑下去，摸到了她扣在小腿鞘里的刀。

银行家转而怒视杰西卡。保罗不再是众人注视的焦点之后，她注意到他从桌旁缓缓后撤，为展开行动腾出了空间。他已经注意到了暗号：衣服。“准备动手。”

凯恩斯略带询问地看了杰西卡一眼，向图伊克发出了一个微妙的手势。

走私者猛地站起来，举起了他的水杯。“我要敬一杯，”他说，“致敬年轻的保罗·阿崔迪。模样还是个小伙子，言谈举止却已经有了男子汉的风范。”

他们为什么要干预？杰西卡问自己。

银行家现在盯着凯恩斯了，杰西卡看到他的脸上重现恐惧。

桌子周围的人开始纷纷响应。

人们都听凯恩斯的话，杰西卡想，他这是在向我们表明，他站在保罗一边。他哪来这么大的威信？不会是因为更替裁判官的身份吧？那个头衔是暂时的。当然也不会因为他是公务员。

她将手从刀柄上移开，向凯恩斯举起水杯，凯恩斯也做出了回应。

只有保罗和银行家——（簌簌！真是个白痴的外号！杰西卡想。）——仍然两手空空。银行家的注意力一直在凯恩斯身上。保罗盯着自己的盘子。

我的处理方式没问题，保罗想。他们为什么要插手？他悄悄看了看离他最近的男宾。准备动手？从谁那里开始？当然不是银行家那家伙。

哈莱克动了动身子，对着对面客人的脑袋上面说着话，仿佛并非特意说给某个人听。“在我们的社会里，人们不应该急于动武。那种行为往往是自杀性的。”他看了看身旁的蒸馏服制造商的女儿，“小姐，你觉得呢？”

“哦，是的，是的。我也有同样看法，”她说，“暴力太多了，让我感到恶心。而且很多时候并没有人有意冒犯别人，但还是有人死了。根本没有道理。”

“的确没有。”哈莱克说。

看到女孩近乎完美的应对，杰西卡意识到，这位“头脑简单的小妞”并不是一个头脑简单的小妞。她这才看清了威胁的模式，明白哈莱克也察觉到了。他们打算色诱保罗。杰西卡放松了下来。她的儿子可能是第一个看出来的——受过的训练使他看穿了这个明显的计谋。

凯恩斯对银行家说：“是不是又要道歉了？”

银行家朝着杰西卡皮笑肉不笑地说：“夫人，恐怕您的酒我喝得太多了。您在餐桌上摆的酒都是烈性的，我不习惯。”

杰西卡听出了他话中的恶意，亲切地说：“陌生人见面时，应该尽可能体谅习俗和教育的差异。”

“谢谢你，夫人。”他说。

蒸馏服制造商的黑发同伴向杰西卡靠了靠，说：“公爵说我们在这里很安全。我倒是希望这意味着不会有更多战斗。”

杰西卡想，她是受人指使才这样引导谈话的。

“很可能最终会证实并没有什么大不了的事情。”杰西卡说，“不过在这个时代，有太多的琐事需要公爵亲自关注。只要阿崔迪和哈肯能之间的敌意仍然存在，我们怎么小心也不会过。公爵已经发过誓。他当然不会在阿拉基斯星上留下任何一个哈肯能特工的活口。”她看了一眼公会银行的代理人，“而大会自然也支持他那么做。”她又回头对凯恩斯说，“是不是这样，凯恩斯博士？”

“正是。”凯恩斯说。

蒸馏服制造商把他的女伴轻轻地拉了回来。她看着他说：“我觉得我现在要吃点东西了。我想吃点你们刚才吃的那种鸟肉。”

杰西卡示意一个仆人，然后转身对银行家说：“先生，你刚才说到了鸟类和它们的习性。我发现阿拉基斯有好多有趣的事情。告诉我，在什么样的地方能找到香料？勘探员会深入沙漠腹地吗？”

“哦，不，夫人，”他说，“很少有人知道沙漠深处的情况，对南部地区也几乎一无所知。”

“传说在南部有一个巨大的香料母矿，”凯恩斯说，“但我怀疑那只是有人为了创作一首歌而想象出来的。一些大胆的香料猎人偶尔也会深入到中央地带的边缘，但那么做是极其危险的——导航不稳定，风暴频繁。行动的位置一旦远离盾墙基地，伤亡就会急剧增加。还没有人发现深入南方探险会有利可图。如果我们有一颗气象卫星的话，说不定……”

比尤特抬起头来，含着一口食物说：“据说弗里曼人会跑到那里，他们哪儿都能去，甚至在南纬地区也找到过渗区和吸井。”

“渗区和吸井？”杰西卡问道。

凯恩斯迅速回答：“传言而已，夫人。这些在其他星球都有，在阿拉基斯你可找不到。渗区是指水渗到地表或者接近地表的地方，根据特定的迹象，通过挖掘就可以发现。吸井是渗区的一种形式，用稻草就能吸出水来……据说是这样。”

他的言语含有欺骗性，杰西卡想。

他为什么要撒谎？保罗在寻思。

“真是有意思。”杰西卡说。她在想，*“据说……”这里的人言谈举止是多么奇怪。怕是他们意识不到，这暴露出了他们对迷信的依赖。*

“我听说你们有一句话，”保罗说，“光鲜来自城市，智慧来自沙漠。”

“阿拉基斯星上有很多说法。”凯恩斯说。

还没等杰西卡构思出一个新的问题，一个仆人拿着一张纸条向她弯下腰来。她打开纸条，看到了公爵的笔迹和暗号，扫视了一下。

“这个消息你们听到了一定会开心，”她说，“公爵传信来让我们放心。让他不得不离开的事情已经解决了。失踪的铲运机已经找到了。机组人员中的一个哈肯能间谍制服了其他人，把机器飞到了一个走私者的基地，想在那里卖掉它。现在人和机器都被交给了我们的部队。”她向图伊克点了点头。

走私者也点了点头。

杰西卡将纸条重新叠好，塞进袖子里。

“我很高兴事情没有发展到开战的程度，”银行家说，“人民的希望是，阿崔迪家族会带来和平与繁荣。”

“尤其是繁荣。”比尤特说。

“现在可以上甜点了吗？”杰西卡问道，“我让我们的厨师准备了一道卡拉丹甜食：蓬基米饭配酱汁多尔萨。”

“听起来很不错，”蒸馏服制造商说，“可以给我菜谱吗？”

“你想要什么菜谱都可以。”杰西卡说，暗自记下了这个人，以后要向哈瓦特提。蒸馏服制造商是一个满心往上爬的家伙，可以收买。

周围的人又恢复了闲聊。“好美的布料……”“他在托人为珠宝做底座呢……”“下个季度我们可能会尝试增加产量……”

杰西卡低头盯着盘子，想着勒托信息中用暗语表达的那一部分：“哈肯能人试图运过来一批激光枪。我们抓住了他们。这可能意味着他们已经成功引入了其他货物。当然，这意味着他们并不把护盾当回事。请采取适当的预防措施。”

杰西卡将心思集中在激光枪上，思索着。破坏性的白热光束可以切割任何已知的物质，只要该物质没有受到屏蔽。护盾的反馈会让激光枪和护盾同时爆炸，这一点并没有让哈肯能人感到困扰。为什么呢？激光枪和护盾的爆炸是一个危险的变数，搞不好比原子弹还剧烈，也可能只杀死枪手和他的被屏蔽目标。

此事蕴含的未知因素让她充满了不安。

保罗说：“我从来没有怀疑过我们会找到铲运机。一旦我父亲动了解决问题的念头，他就会解决。这是一个哈肯能人正在开始发现的事实。”

他在吹嘘，杰西卡想。他不应该如此。为了防备激光枪，今夜要睡在很深的地下，这样的人并没有权利吹嘘。

（秦鹏　译）

传统科幻的活力

鲍勃·肖曾写道："我写作的目的是为传统的科幻小说主题注入新的活力，其方法是将传统主题和一般小说中对人物刻画的着墨程度相结合，如果我的写作功力能做到的话。"

肖出生于北爱尔兰的贝尔法斯特市，并在这座纷乱的城市度过了一生中的大部分时光。他在那里读完了技术专科学校，在那里成为一名建筑制图员（其中有三年在加拿大工作），又在那里成为一名飞行器制图员。1960 年，肖转而从事公共关系领域的工作，在 1966 年成为《贝尔法斯特电讯》的记者，又当了一年的自由职业者，之后转回公共关系领域，成为一家贝尔法斯特公司的文宣官员，之后又在一家英格兰公司从事相同的工作。1975 年，他成为一名全职作家。搬到英格兰后，他在六年内创作了六部长篇小说。

肖是作为一名科幻迷开始自己的科幻事业的，他最初的科幻写作始于给苏格兰杂志《星云科幻小说》（*Nebula Science Fiction*）投稿。他的第一篇短篇小说《方面》（"Aspect"）发表于 1954 年。在发表了数篇短篇小说后，他暂停写作将近十年，唯一的例外是 1960 年发表在《如果的世界》(*Worlds of If*) 杂志上的一篇短篇小说。1965年，肖重新开始写作，他最知名的短篇小说《昔日之光》发表于1966年8月的《惊异》杂志。后来肖又写了两篇续集，并收录在以《过去的日子，过去的眼光》(*Other Days, Other Eyes*，1972) 为题的单行本里。

肖的首部长篇小说是《夜游》(*Night Walk*，1967)，其后又创作了《出轨者》(*The Two-Timers*，1968)、《永恒之殿》(*The Palace of Eternity*，1969)、《一百万个明天》(*One Million Tomorrows*，1970) 和《归零人》(*Ground Zero Man*，1971)。1975年，他凭借《轨道城》(*Orbitsville*，1975) 获得了更进一层的成功和认可，这篇作品获得了英国科幻协会奖 (British Science Fiction Association Awards)。他后来又创作了"轨道城"三部曲的后两部《离开轨道城》(*Orbitsville Departure*，1983)、《轨道城审判》(*Orbitsville Judgement*，1990)。他后期创作的小说有:《星之环》(1976)、《美杜莎的孩子》(1977)、《谁来这儿了?》(1977)、《陌生人之船》(1978)、《眩晕》(1978)、《思维之匕》(1979)、《谷神星的答案》(1981)、《火之纹理》(1984)、《和平机器》[1] (1985)、《杀手行星》(1989)、《终端速度》(1991)、《沃伦·比斯》(1993) 和《维度》(1994)。他还开始将《褴褛宇航员》(*The Ragged Astronauts*，1986) 续写为三部曲。他也发表了六本选集，其中包括《氧气瓶中的信息》(*Messages Found in an Oxygen Bottle*，1986) 和《玩具岛的暗夜》(*Dark Night in Toyland*，1989)。

肖瞄准了自己的目标（他是一位射箭运动员，两次代表北爱尔兰参加比赛），从传统科幻中选择自己的小说主题：新发明、平行时间流、复制人、星际战争、环境问题、永生……《轨道城》使用了

1.《和平机器》其实是《归零人》更换题目后的再版书。

天体物理学家弗里曼·戴森的观点：高级文明可能会把自己居住的行星变成一个包裹恒星的球壳（叫作戴森球），以利用恒星产生的全部能量。这也导致他们的恒星除了在红外波段之外都不可见。戴森球的表面积可能比地球表面积要大上百万倍。拉里·尼文在《环形世界》（*Ringworld*，1970）中使用了戴森球上截取的一个环，而肖使用了整个球壳。《星之环》（*A Wreath of Stars*，1976）中设想了由反中微子组成的物质。在肖的这些作品之中，他对人物的刻画越来越关注。

肖对于人物刻画的关注在他饱受赞誉、不断再版的《昔日之光》中体现得尤为突出。传统科幻小说的主题是新发明——在这篇小说中，这个新发明是“慢光玻璃”。小说对人物刻画的关注不仅体现在拥有慢光玻璃农场的主人和他的行为动机上，还体现在拜访农场的一对情侣上。

“慢光玻璃”是一个如此巧妙、令人愉悦的想法，每一位读者都会为这种想法仅仅是个科幻创意而遗憾。因为受爱因斯坦的相对论的影响，我们习惯于认为光速是一种速度下限，也是一种速度上限。但是其实光在不同的介质中以不同的速度传播。光的折射就是一个例子，基于光的折射，棱镜可以在不同程度上减慢不同颜色光的光速，从而将光分为光谱；水滴可以创造彩虹。肖的想法是，光可能会被减慢到穿越一片特殊构造的玻璃都要花费好多年的程度，这种想法目前还是不现实的，但是肖努力让这种设定看上去似乎可行。肖设想，科学家和工程师通过某种方式让光不断转向，可能是通过转到其他的维度之中（“螺旋形的管道缠绕在玻璃内每个原子可俘获区域的半径之外”），这样玻璃的厚度就等同于到其他恒星的距离——光以一秒钟十八万六千英里的速度还要走一年那么远。肖还探讨了保持玻璃和真实世界的时间同步的难题，虽然这个问题只有在二者位于大概同一纬度、同一时区的情况下才能得到解决。

慢光玻璃这个概念本身就已经有足够的独创性，可以支撑一篇短篇小说了。肖还考虑了慢光玻璃在商业上的用途（如果没有商业用途，任何发明和推广都是不可能的），但是他还是只探讨了慢光玻璃的美学用途。人们也可以想出更多有价值的用途，比如为商业和政府会议录制存档、用于谍报工作、制作电影等等。但也许，作为生活的一个侧面，小说并不需要去探讨这些用途。肖的焦点在于，重新看到那些以其他任何方式都无法挽回的场景和人，以及由此给人们带来的悲哀和安慰之感。

简单说来，肖采用了直截了当的散文笔法，加以偶尔出现的诗意词汇和景象作为点缀（“慢光玻璃的领地”“畅饮光线”“饥渴的玻璃”），逐渐展示出这个关于人性的故事。小说中的夫妻拜访了一处慢玻璃窗星罗棋布的苏格兰农场，他们的婚姻生活出现了问题，妻子怀孕了而且还对此感到愤怒，这些都并不只是巧合。他们就像一片片慢玻璃，也像那个把这片片慢玻璃卖给他们的人，心中还带着过往。

（赵佳铭　译）

昔日之光

［英国］鲍勃·肖

我们将村庄抛在身后，沿着让人头晕的蜿蜒坡道一路驶入慢光玻璃的领地。

我以前从未见过这样的农场，在环境和想象力的双重影响下，初见此景感觉有点毛骨悚然。空气潮湿，汽车的涡轮机平稳而安静地运行，感觉就像是弯曲盘绕的山路在超自然的静默中将我们不断向前传送。在我们右侧，山势向下汇聚入山谷，山谷内是四季常青的松林，景色美不胜收。高大的安置架遍布山坡，慢光玻璃在架子上畅饮光线。午后的阳光偶尔会在防风支撑杆上一闪而过，造成有人穿行其中的假象，实际上安置架之间空无一人。一排又一排的玻璃窗年复一年的竖立在山坡上，凝望着山谷；为了防止人类的身影对饥渴的玻璃产生影响，工人只有在午夜时才会过来擦拭它们。

这种玻璃窗新奇有趣，我和赛利娜却都对此只字不提。我们彼此厌恶，谁都不愿意在我们错综复杂的情感纠葛中再加入新的因素，防止殃及无辜。我已经意识到出来度假实在是愚蠢透顶。我原以为度假可以解决所有问题，结果赛利娜在度假期间怀了孕，更糟糕的是，她对怀孕这件事极为恼火。

我们一直以来都宣称我们会要孩子——但不是现在，要找个合适的时间；这就可以合理地解释为什么我们对她怀孕这件事情如此惊慌。赛利娜的怀孕会让她丢掉薪水不菲的工作，进而导致我们无力购买已经看好的新房——只靠我出版诗集得到的稿酬远远负担不起房价。但是让我们烦恼的真正源头在于，我们不得不面对自己的真实想法：所谓“以后会要孩子”真正的意思是“永远都不会要孩子”。我们以为自己独一无二，其实早已落入生物学的陷阱，和古往今来所有无脑发情的生物别无二致。这一认知不断地撩拨着我们的神经。

我们沿着本克鲁亨山南面的山坡行驶，渐渐可以看到远方大西洋灰色的海面。我刚降下车速想好好看一看风景，就发现一块插在门柱上的广告牌，上面写着“慢光玻璃——质优价廉——J. R. 哈根”。我突然心血来潮，把车停在一片草地上。坚硬的草叶划过车身发出一阵乱响，我皱了皱眉头。

“怎么停车了？”赛利娜惊讶地转头问道，银灰色的头发丝毫不乱。

“你看那块广告牌。我们去看看都有什么。也许那玩意儿的价钱在这里会打个相当不错的折扣。”

赛利娜用鄙夷的语气尖声拒绝，而我已经打定主意，对她的话不予理睬。我毫无理由地坚信，只要做点打破常规又疯狂的事情，我们就能重归旧好。

“来吧，”我说，“下车走走挺好的。我们开车开得太久了。”

她以一种让我感到伤心的方式耸耸肩，下了车。我们拾级而上，紧实的土质阶梯宽窄高低不均，路两旁栽种着矮小的树苗。小径在山边的树林中弯曲上行，路的尽头现出一间低矮的农家小屋。石头小屋旁边竖立着高高的架子，架子上的慢光玻璃凝望着本克鲁亨山宁静广阔的山坡，凝望着林恩湖的水面。大多数玻璃都很通透，只有少数几块黑黝黝的，像抛光过的乌木板。

我们穿过铺着卵石的整洁院落走向那间小屋，一个穿烟灰色粗呢外套的高个中年男人站起身向我们招手。他之前一直坐在围住院子的低矮碎石墙上，抽着烟斗，注视着小屋。一个穿橘红色裙子的年轻女子站在小屋前窗内侧，怀里抱着一个小男孩。我们越走越近，她却表现出不感兴趣的样子，转身走出了我们的视线。

“哈根先生？”我推测问道。

“是我。来买玻璃的，对吧？那你们可算是来对地方了。”哈根说话干脆，带有纯正的高地口音，不熟悉这种口音的人还以为自己在听爱尔兰语。他的脸上有种平静的灰心丧气的表情，上了年纪的养路工和哲学家们脸上都有这种神情。

“对，”我说，“我们在度假。刚才看到了你的广告。”

赛利娜平时总能和陌生人交谈自如，这次却什么都没说。她看向空空的窗户，神情有些迷惑。

“从伦敦来的，对吧？我刚才说了，你们算是来对了地方——而且正赶上好时候。我和我老婆在这个季节刚开始的这段时间一般见不到几个人。”

我笑了起来，问：“是不是说我们不用抵押房屋也能买得起一小块玻璃？”

“看你说的，”哈根有些不知所措，尴尬地笑笑，“我的报价向来实在，从不整那些虚头巴脑的玩意儿。罗丝，就是我老婆，她说我总是不长记性。那什么，咱们可以坐下来好好谈谈。”他指着碎石墙，随后有点迟疑地看了一眼赛利娜整洁无瑕的蓝裙子。“等我去屋里拿块毯子来。”哈根一瘸一拐地快步走进农舍，并随手关上门。

“或许到这来不是什么了不起的主意，”我悄声对赛利娜说，“但你至少可以对他和善一点。我觉得我能和他讲个好价钱。”

“没啥希望，”她故意粗鲁地说道，“就算是你也一定看见他老婆穿的那件老古董长裙了吧？他可不会让陌生人占到便宜。”

“那是他妻子？”

“那当然是他妻子。”

“好吧，好吧，”我有点惊讶，“不管怎样，尽量对他客气点，我不想把场面搞得太难堪。”

赛利娜哼了一声，但当哈根回来后，她勉强露出一个苍白的笑容，让我略微松了口气。真是奇怪，一个男人怎么能在爱上一个女人的同时，祈祷她葬身于火车轮下。

哈根在墙头铺上花格毯子，我们就这样坐下来，习惯了城市生活的我们对这种乡村做派有点不太适应。越过一架又一架专注于风景的慢光玻璃，可以看到远处青石板一般的湖面上，一艘汽轮缓缓向南，拖出一条白线。鲜活的山区空气争相涌进肺里，给予我们超出正常所需的氧气。

哈根开始介绍：“这附近的很多玻璃场主都会对外地人——比如你们——推销说什么阿盖尔这片地方的秋天有多美之类的。有的时候说春天很美，有的时候说冬天很美。我不会那么说——傻子都知道，一个夏天就不好看的地方啥时候都不好看。你说是不是？”

我点头附和。

“你只需要朝马尔岛那边好好看一看，这位……”

“我叫加兰德。”

“……加兰德先生。你要是买我的玻璃，你买到的就是那边的景色，现在正是最美的时候。这些玻璃相位精准，每块的厚度都不少于十年——一块四英尺的窗玻璃只要两百英镑。”

“两百！”赛利娜惊叫道，“这和邦德街上风景窗商店里的价格一模一样。”

哈根耐心地笑了笑，然后认真地看着我，想知道以我对慢光玻璃的了解程度能不能领会他的诚意。他的报价比我预想的高出很多——但这可是十年厚的玻璃！“远景空间”和“罗摩窗格”的专卖店里卖的那种便宜货，通常都是在四分之一英寸厚的普通玻璃上再贴一层薄薄的慢光玻璃，大概只有十个月到十二个月的厚度。

我决定购买。“你不明白，亲爱的，这样的玻璃可以用上十年，而且相位准确。”

“相位不就是指这种玻璃能保存时间吗？”

哈根又对她笑了笑，知道不用再对我多做解释。“‘不就是’，看您说的！加兰德夫人，别怪我说得难听，您可真是不拿奇迹当回事，这可是真真正正、实实在在的奇迹，工程精度的奇迹；只有这种奇迹才能生产出具有准确相位的慢光玻璃。我说玻璃有十年厚，指的是光穿过这块玻璃要花十年时间。更准确地说，这些玻璃每块都有十光年厚——比我们和最近的星星之间的距离多出两倍以上——所以，每百万分之一实际厚度的变化就会……”

他停顿了一下，静静地坐着，看向小屋。我从湖光山色中收回视线，转头看到那个年轻女子又站在窗前。哈根眼中充满带有贪婪意味的崇敬之情，我对此感到有些不安，同时因此确信赛利娜说错了。以我的经验，丈夫绝对不会用这样的目光看妻子，至少不会这样看自己的妻子。

那女子的长裙散发出温暖的光芒，她停留几秒后转身回到屋内。我突然没来由地确认她是个盲人。我感觉我和赛利娜莽撞地闯入了一场情感纠纷，它的激烈程度和我们的不相上下。

“抱歉，”哈根继续说道，“我以为罗丝有事要找我。加兰德夫人，我刚才说到哪了？把十光年压缩成四分之一英寸就是说……”

我对他接下来的话全都充耳不闻，一方面因为我已决心要买玻璃，另一方面我听过很多遍慢光玻璃的故事，却从没搞清相关原理。一位受过科学训练的熟人给我做过讲解：可以将慢光玻璃视为全息影象，但在重构视觉信息的时候不需要来自激光器所产生的相干光；螺旋形的管道缠绕在玻璃内每个原子可俘获区域的半径之外，普通光的每个光子在穿越玻璃时都会从这些管道中穿过。这一番精妙绝伦的解释不仅没能为我驱散迷雾，反而让我再一次坚信：像我这种非技术型的头脑不需要思考原因，只要接受结果就够了。

对普罗大众而言，慢光玻璃最重要的特性就是光穿透它需要很长时间。刚生产出来的慢光玻璃像一块黑玉，因为此时还没有任何光线穿过它透出来；不过可以把它竖立在某个地方——比如林中湖畔——等待它显现出景色，也许一年就可以。之后如果把这块玻璃安装在沉闷的城市公寓内，在一年之内，置身公寓就可以远眺森林中的湖泊。这一年中，风景并不只是逼真却静止不动的画像——湖面在阳光下荡起涟漪，动物悄然无声地来到湖边啜饮，群鸟飞过天空，黑夜与白日轮转，季节更迭交替。一年之后，亚原子导管内存储的美景消耗殆尽，熟悉的灰色城市景象再次显现。

抛开令人惊叹的新奇性不谈，慢光玻璃在商业上的成功之处在于，拥有一扇风景窗的情感价值完全等同于拥有一片土地。最寒酸的地下室居民也能观赏轻雾弥漫的公园美景——谁又能说这公园不属于他？拥有私家园林和别墅的人，不会花时间趴在他的土地上，通过触摸、嗅闻和品尝来证明他的主权。他在这片土地上感受到的一切都来自由光线勾勒出的各种画面，而只要有了风景窗，就能在矿井里、在潜水艇中、在监狱的牢房里看到同样的画面。

我曾数次试图为这种魔法水晶写几首小诗，然而自相矛盾的是，在我看来这个主题饱含难以言喻的诗意，无法用诗歌表达出来——至少我的诗不行。另外，先辈们早已凭借赋有预见性的灵感，写下最为优美的歌曲和诗文，尽管他们在慢光玻璃被发明出来的很多年以前就已经逝去。我达不到他们的高度，比如穆尔笔下的：

> 一次又一次，当沉眠的锁链
> 尚未拖我进入静谧的夜晚，
> 甜美回忆，用昔日之光
> 环绕我身畔……[1]

慢光玻璃只用了几年时间，就从科学奇观发展成一项规模庞大的产业。而让我们这些诗人——仍然相信“纵百合凋败，美依然长存”[2]的诗人——倍感惊讶的是,这项产业的营销手法和其他产业没有任何区别。高端风景窗价格高昂，低端风景窗价格低廉。定价的重要因素是以年为测量单位的厚度，不过同时也要考虑实际厚度，或者说，相位。

即便使用最精密的工程技术，对玻璃厚度的控制也要碰运气。较大的误差意味着一块目标为五年厚度的玻璃可能会变成五年半的厚度，这样一来，夏天射入的光线冬天才会透出；细微的偏差则可能导致正午的阳光在午夜出现。这种错位也自有它的魅力——比如，很多夜班工人就喜欢拥有属于自己的个人时区——但多数情况下，和真实时间同步的风景窗总是卖得更贵。

---

1. 节选自爱尔兰诗人托马斯·穆尔的诗《常常在静夜里》。
2. 节选自英国诗人詹姆斯·埃尔罗伊·弗莱克的诗《驶向撒马尔罕的黄金之旅》。

哈根结束讲解后，赛利娜看上去并没有被说服。她难以察觉地摇着头，我知道他用错了方法。突如其来的狂风吹乱了她白锡头盔一样的发型，晴朗无云的天空在我们周围砸下大颗的纯净雨滴。

“我现在就签支票，你能安排运送吗？”听我突然这么说，赛利娜用她绿色的双眼愤怒地盯住我的脸，就像在做三角测量。

“可以，没问题，”哈根站了起来，“不过你不想现在就带着走吗？”

“啊，好啊——只要你不介意。”他如此相信我给出的票据，我感觉有些羞愧。

“我去拿玻璃。你们在这儿等着就行。把玻璃装进携带框用不了多长时间。”他蹒跚地走向依次排开的窗扇。可以看出这些玻璃上的林恩湖景有晴天，也有阴天，还有几块是一片纯黑。

赛利娜用外衣领子裹紧喉咙。“他至少也应该邀请我们进去坐坐。路过这里的傻瓜还没多到他能随意忽视的程度吧。”

我尽力忽略辱骂，专心签写支票。一大颗雨点穿过指关节间的缝隙，迸溅在粉色纸面上。

“好吧，”我说，“我们去屋檐下等他回来。”你这个可怜虫，我暗想；我觉得整件事就是个彻头彻尾的错误。我会和你结婚，可真是个傻瓜。出类拔萃的傻瓜，傻瓜中的傻瓜——你已经把我的一部分紧紧困住了，而我永远，永远，永远不会逃离。

我跟在赛利娜身后跑向农舍，感觉自己的胃痛苦地缩成一团。透过窗户，可以看到整洁的起居室内燃着煤火，室内空荡荡的，地上散落着儿童玩具：有字母积木和独轮车，车子和刚削了皮的胡萝卜一个颜色。就在我向内张望的时候，那个小男孩从另一个房间跑进来，踢着积木玩。他没看到我。很快那个年轻女子也走进来，抱起小男孩，一边开心地笑着，一边拽着他晃来晃去。她和之前一样来到窗前。我不自然地笑着，但是她和孩子都没有回应我。

我的额头直冒冷汗。他们两个都是盲人吗？我蹑手蹑脚地离开窗前。

赛利娜尖叫一声，我转向她。

“毯子！”她说，“要被淋湿了。”她跑进雨中，穿过院子，从斑驳的墙上抓起淡红色的方毯，转身跑向农舍的门。我下意识地猛然冒出一个想法。

“赛利娜，别开门！”我大声喊道。

然而太迟了。她推开闩住的木门，然后站在那里，捂住嘴，看向农舍内部。我走到她身边，从她松开的手上拿过毯子。

我在关门的同时扫视了一下农舍内部。我刚才看到的起居室整洁有序，里面有女人和小孩，而现实中的起居室里却杂乱地摆放着破家具、旧报纸、被丢弃的衣物和脏盘子，令人触目惊心。屋子里潮湿难闻，完全是一副荒废的模样。我唯一能认出的物品就是透过窗户看到的那辆小独轮车，掉光了油漆，破烂不堪。

我紧紧闩好门，并命令自己忘掉刚刚看到的一切。有些单身男人是家务好手，有些则什么都不会做。

赛利娜脸色苍白。“怎么会这样。为什么会这样。”

“慢光玻璃双向有效，”我轻声说道，“光线射入房间，同样也射出房间。”

“你是说……？”

“我不知道。这和我们无关。镇定——哈根马上就会带着玻璃回来。”我胃部的不适感渐渐减弱。

哈根拿着用塑料包裹的长方形框架走进院子。我把支票递给他，他却盯着赛利娜的脸看。他立刻就知道我们茫然无知的手指已经把他的灵魂翻查了一遍。赛利娜避开他的凝视。她看上去有些苍老，脸色很差，眼睛坚定地凝望着邻近的地平线。

“把毯子给我吧，加兰德先生，”哈根终于开口说话，“其实不用这么费心的。”

“也不麻烦。这是支票。”

“谢谢。”他仍然用一种奇怪的恳求神情看向赛利娜。“很高兴能和你做生意。”

“这是我的荣幸。”我回以同样的客套话。我拎起沉重的框架带着赛利娜走向通往公路的小径。就在我们抵达湿滑的阶梯时，哈根又说话了。

“加兰德先生！”

我不情愿地转回身。

“不是我的错，”他平稳地说道，“六年前，在山下的奥本公路上，一个肇事逃逸的司机撞死了他们俩。我儿子当时只有 7 岁。我有权利保留点什么。”

我点点头，没有说话，迈下台阶。我紧紧挽住我的妻子，珍惜着她手臂环绕我身体的感觉。在拐弯处，我透过雨丝往回看，哈根笔直端正地坐在墙头，就在我们最初看到他的地方。

他正看向小屋，我不知道窗玻璃上是否有身影显现。

（Ninesnow　译）

不可名状和不可知

虽然科幻小说的开先河者是法国的儒勒·凡尔纳和英国的H. G. 威尔斯（布赖恩·W. 奥尔迪斯认为科幻小说始于玛丽·雪莱于1818年所作的《弗兰肯斯坦》），但随着美国纸浆杂志尤其是科幻杂志的兴起，美国逐渐成为科幻小说的中心。当时美国科幻小说影响甚至主导了全球科幻界，以至国外科幻作品中的人物都要有一个美国名字才能显得“名副其实”。这股“美国化”的潮流在英国的新浪潮科幻运动中得到了逆转，其他国家的作家也开辟了不同的写作风格，如苏联的伊凡·叶夫列莫夫和斯特鲁伽茨基兄弟，意大利的伊塔洛·卡尔维诺，以及波兰的斯坦尼斯瓦夫·莱姆，等等。

斯坦尼斯瓦夫·莱姆生于利沃夫[1]，早年学习内科医学，在纳粹占领波兰期间，他成为一名汽车装配工和焊工，后于1948年完成医学学位。他没有继续从事医学，而是转向了写作，并于1951年发表第一部小说《宇航员》（*The Astronauts*）。此后，他总共出版三十余

1. 今属乌克兰。

部作品，被翻译为二十八种语言，销量超过七百万册。他被众多评论家称为“一位伟大的作家”，曾登上《纽约时报》书评版头版。他的著名作品包括《索拉里斯星》、《无敌号》（1973）、《浴缸中的回忆录》（1973）、《机器人大师》（1974）、《未来学大会》（1974）、《调查》（1974）、《星际日记》（1976）、《终有一死的机器》（1977）、《宇航员珀珂斯故事集》（1979）、《斯坦尼斯瓦夫·莱姆的宇宙狂欢节》（1981）、《其主之声》（1983）、《人性瞬间》（1986）、《惨败》（1987）。他也发表过科技方面的论文、著作和文学批评，包括一本对英语科幻小说的否定批判作品《科幻小说与未来学》（1970）。

美国科幻小说对莱姆只有负面影响，马克思主义哲学对他也影响不大。他的作品结合了奇异想象与严肃科学，尤其是控制论，并以充满人文关怀的方式将这两者以隐喻和寓言的方式表现出来。用他最出色的译者迈克尔·坎德尔（Michael Kandel）的话说，他的大部分严肃作品都贯穿着这样一种结构：主人公遇到了一个旷世之谜，为了寻找答案，他历尽艰险，最终在直面神秘之物的时候，他未能看到谜底，却对人类处境有了恍然大悟的认识。莱姆探讨的是不可名状与不可知，以及终极知识的不可企及。在他眼中，人类根本无法理解宇宙；他悲观地认为，意识与智力只会通往痛苦和死亡。

在他所写的戏剧和讽刺剧中，他充当的是一个编目者的角色，用大量的名称和细节堆砌一个极其绚烂的实体，充满天才和智慧。《第一次远行（A）：特鲁勒的电子诗人》[“The First Sally（A）, or Trurl’s Electronic Bard”]就是这种写作思路的体现。该文选自《机器人大师》，这是一系列“来自机器控制论时代的寓言”，最初于1965年在波兰结集出版，后经坎德尔翻译为英文。

《机器人大师》描述了两名机器建造师（或者说，神奇机器发明家）特鲁勒和克拉帕乌丘斯的一系列有趣行为[“建造师”可与乔纳森·斯威夫特（Jonathan Swift）的“规划者”[1]做对比]。特鲁勒和克拉帕乌丘斯自己就是由人类建造的机器繁衍出的后代；他们的家族历史从一首特鲁勒的电子诗人创作的史诗片段中可知一二，而这首史诗是维吉尔《埃涅阿斯纪》开头部分[2]的戏谑改写：

我歌咏那人工神经网络，
和那些机器的故事；
它们由于命运的驱使，
以及倨傲的人类无休无止的仇怨，
流离失所，离开地球的海岸……

关于机器人文明的起源，在《菲利克斯王子和水晶公主》（“Prince Ferrix and the Princess Crystal”）结尾一篇与特鲁勒和克拉帕乌丘斯无关的寓言中做了更详细的阐释：它“**来自电子心的情歌，或曰关于内心的脱轨和过度痴迷，以及失常的童话**”。

尽管特鲁勒、克拉帕乌丘斯还有他们交往的其他人都是机器人，他们却拥有人类的许多特质：他们会向他人施暴，会感到痛苦，会忍耐，会表现出虚荣心、嫉妒、非理性、恐惧、愚蠢的想法以及爱。在《菲利克斯王子和水晶公主》中，机器人的设定也同样不堪：他们当中有海盗，有白痴一样的公主，有谄媚讨好的侍从，以及黯然销魂的王子。《菲利克斯王子和水晶公主》是自《格列佛游记》以来对于人性抨击得最猛烈的作品。显然，读者会感到机器人是对人类愚昧的讽刺，而不是一种更纯净、清晰、理性的生命形式。

1. 出自《格列佛游记》。或译“研究者”“学者”“设计者”等。
2.《埃涅阿斯纪》的英文版开头这几句大致为：“我歌咏那战争 / 和那个人的故事。他由于被命运驱使，以及倨傲的朱诺无休无止的仇怨，流离失所，离开特洛伊的海岸……”

《第一次远行（A）：特鲁勒的电子诗人》最突出的特点就是妙语如珠（一部全无妙语的讽刺作品根本没有必要存在）：关于理发的诗篇中每一个词的第一个字母都是 S，全文在由纯数学写成的波澜壮阔的爱情诗篇中达到高潮。这部作品的翻译难度巨大，由此亦可见译者的语言功力。

不过这个寓言的魅力所在并不仅靠这种令人眼花缭乱的文学机巧（尽管没了这些让文中情节显得合情合理的技巧和文字游戏，故事就会沦于平庸），除此之外，它还探讨了诗歌的本质和诗人的愚昧。一个为写诗而编的程序即是生命和文明的全部，按照这种概念，对于整个宇宙，整个以机器人为终极形态的生命演化进程的观念都需要重建。并且，自然而然地，对诗人的嘲讽最终融贯成了一幅超越性（尽管是喜剧式[1]）的，关于诗歌终极力量的图景。

（姜澄　译）

1. 文学批评理论常常认为崇高和超越性需要以悲剧形式呈现。

第一次远行（A）：特鲁勒的电子诗人

［波兰］斯坦尼斯瓦夫·莱姆

为了避免不必要的误会和异议，我们首先要向大家澄清：这次远行和字面上的意思不太一样，特鲁勒其实哪儿也没去，他一直待在家中，除了不得不去医院看病，只去了某颗小行星逛了逛。然而，在更深的含义和更高的层面上，这是这位伟大的建造师进行过的最深远的征程之一，因为这一次到达了极限。

特鲁勒制造过一台会算数的机器，它只能算二加二等于几，而且还答错了。我们曾经提到过，那台机器野心勃勃，与建造师发生了冲突，甚至差点酿成一场惨剧。自此以后，克拉帕乌丘斯一见到他就会毫不留情地嘲笑他。特鲁勒实在受够了，于是决定制造一台会写诗的机器，让克拉帕乌丘斯刮目相看。为了实现这个目标，他收集了八百二十吨关于控制论的书籍和二十万吨诗集进行研究，看腻了控制论就转身投入诗词的海洋，看不进诗词就埋头去看控制论，循环反复。又过了一段时间，他忽然明白了：比起编写程序，建造机器其实只是一个空壳花瓶。一个普通诗人脑中的程序是由诗人所在世界的文明所创造的，而这一文明则是由之前出现的文明所创造的，而之前的文明则是由再之前的文明所创造，一直这样追溯下去，就可以追溯到宇宙的起源，那时关于未来诗人的信息还在漫无目的地围着原始的星云绕来绕去。所以，如果想要给机器编写程序，就得先进行复制——哪怕不能从宇宙的起源完整复制，至少也要复制它的大部分。

换成其他任何人，在这种情况下都会选择放弃，而我们的建造大师特鲁勒却毫不畏惧。他先是制造出了一台能够模拟混沌的机器，让机器内部的电子灵魂飘浮在电解水上方，然后他加入了光线参数和一团星云，逐渐接近第一个冰河时代的样子。这一切之所以能够成功，都是因为他的机器可以在五十亿分之一秒内模拟出发生在 400×10^{48} 个地点的 100×10^{42} 次事件。如果谁觉得特鲁勒是不是哪儿弄错了，那他最好自己去把这些数字检查一遍。

特鲁勒就这样模拟出了文明的开端：那时用燧石击打出火花，鞣制皮革，出现了爬行动物和洪水，还有四足动物和有尾巴的动物；接着出现了白人[1]的祖先，他们制造出了白人后代，白人后代又制造出了机器，就这样，在电流形成旋涡和流动时发出的轰鸣声中经历了亿万年的更迭变化。然而这台进行模拟的机器经常在构建下一个纪元的时候显得有些容量不足，这时特鲁勒就会给它加上一个零部件来扩展容量。在一个又一个扩展部件加上去后，这台机器变得巨大无比，仿佛是一座缠满了电线和灯管的小城，电线胡乱地交织在一起，就连魔鬼也理不清头绪。然而特鲁勒却差不多可以搞定，哪怕在过程中他不得不两次重新复制：第一次可以说非常不幸，几乎就是从头再来一次，因为他突然发现，在这个文明中，亚伯杀了该隐，而不是该隐杀了亚伯（原因是一根电线的保险丝烧断了）；第二次还好，因为只需要后退三亿年，从中生代中期开始重新复制，按理说应该是鱼类进化成两栖类，两栖类进化成哺乳类，哺乳类再进

1. 直译为白脸人，指普通人类。

化成类人猿，类人猿再进化成白人，但非常奇怪的是，白人没有出现，而是出现了一个风筝，据说是一只苍蝇不小心飞进了机器里，一头撞到了纵横交错的电路开关上。除此之外，一切进行得超乎想象的顺利。中世纪、西罗马帝国时期、法国大革命时期都已经被模拟出来了，机器也时不时地颤抖起来。随着它所构建的文明越来越先进，需要向机身泼凉水；为了防止由于构建速度过快而导致灯管飞出去，也需要一直用湿抹布擦拭。

在构建到20世纪末时，由于不明原因，机器先是开始左右震动，随后开始上下抖动。特鲁勒对此非常担心，他甚至准备好了一些水泥和拉手来防止机器突然散架。令人欣慰的是，他没有用上这些为最坏打算准备的工具，机器穿越了整个20世纪以后，运转得平稳多了。接下来，机器以五万年为单位，飞速地构建着每一个高度发达的文明，特鲁勒也从这些文明中选取了起始点。记录了构建历史过程的卷轴被接连不断地扔进储藏箱，卷轴多得哪怕用机器顶上的望远镜去看也看不到尽头。这一切努力都是为了制造出一位出口成章的诗人！这就是对科学的执着！终于，所有程序都编写好了，现在只需从这些程序中选出重要的，否则培养出这样一位电子诗人可能要花上几百万年的时间。

在最初的两个星期，特鲁勒为这个未来的电子诗人导入了总程序，又附加上了逻辑回路、情感网格和语义回路。他已经想邀请克拉帕乌丘斯一起来见证开机测试的时刻了，但他最终还是打消了这个想法，由他自己来启动。刚一启动，机器就发表了一篇为小型磁异常初级研究所作的关于晶体图形切割表面抛光的论文。特鲁勒听完就减弱了逻辑回路的力量，而增强了情感网格的能量。调整后，机器先是开始哽咽，然后号啕大哭，最后声嘶力竭地哭喊着生活是多么面目可憎。特鲁勒又调整了语义回路，加装了一个意愿组件。

这时机器宣布，从现在开始都要服从于他，还要求在他原有的机身上再加六到九层，这样他才能更好地思考存在的意义。特鲁勒又给他加上了一个哲学思考线圈，然后他就彻底保持沉默，一言不发，只是时不时地会发出噼里啪啦的静电声。在特鲁勒的百般哀求下，他终于背了一首儿歌的第一句"一座小房子呀，住着外婆和青蛙"，结束了自己的歌唱表演。特鲁勒又开始调试，整合电流线圈，这里增强一点，那里削弱一点，反反复复设定了半天，直到他认为已经完美无瑕了。机器终于又给他作了一首诗，特鲁勒听了不禁要为自己的先见之明感谢上苍：幸好没有邀请克拉帕乌丘斯来，不然他听了这狗屁不通的顺口溜岂不是要笑掉大牙？就为了这么糟糕的诗句，竟然要重新复制整个宇宙、构建一切文明？特鲁勒又给机器加上了六个写作偏执过滤器[1]，然而过滤器刚一装上就像火柴棍似的断了，他不得不重新用刚玉做了六个。装好后似乎一切都运转得挺正常，可是当他把韵律制造器连上时，就破坏了原有的语义模块，机器几乎把所有东西都抛向空中，渴望向那些贫穷的星际部落传教，拯救他们于危难之中。然而就在最后一刻，当特鲁勒手里拿着扫帚准备走向机器的时候，一个有趣的想法突然出现在他脑海中。他把所有的逻辑线圈都拆掉了，在这些地方安上了一个带有自恋弹簧的自我欣赏部件。机器变得一会儿闷闷不乐，一会儿哈哈大笑，一会儿号啕大哭，一会儿又说身上的第三层疼痛难忍，它已经受够了；生活是如此艰难，而所有人又是如此不堪；不久以后它肯定也会死，它只求一件事：有一天它要是不在了，希望大家还能记得它，然后它又要了一张纸。特鲁勒长出了一口气，把机器关上就去睡觉了。第二天一早，他去找克拉帕乌丘斯，克拉帕乌丘斯一听自己受邀参加新

1. 过滤器的作用是防止机器大量创作毫无意义的糟糕诗句。

制造出的电子诗人机器的启动仪式，立马扔掉了手里的工作，因为他迫不及待地想要见证好朋友丢人现眼的伟大时刻。

特鲁勒先输入低电流，让机器慢慢地运转起来。这台电子诗人机器就像是一艘巨大的航空母舰的引擎，整体由钢铸造而成，层层钢板上缀满了无数的计时器和阀门，他还几次踏着机器身上的层层钢板跑到机器顶端，每走一步都发出咚咚的回响。终于，特鲁勒检查了所有电极电流，确认运转无误，才开口道："来，我们先做个小测试，预热一下。"当然，他的意思是，如果克拉帕乌丘斯想要做测试，可以出个题目让电子诗人赋诗一首。

当显示器上显示抒情能力已达到最高值时，特鲁勒用颤抖的手按下了开关。一个略带沙哑却又似乎有着撩人心弦的魔力的嗓音朗诵道：

汗滴盘中餐，粒粒多饱满。

"就这些？"克拉帕乌丘斯非常礼貌地问道，打破了很长时间的沉默。特鲁勒咬紧嘴唇，一言不发，又给机器加了几道电流，然后再次启动了机器。这次响起了一个清晰的男中音，性感迷人却又铿锵有力，简直让人心驰神往：

良农拾粮田地间，种髈大泥黄。
土尔弭耳缰绳前，嶙峋利尖棒。
优种留存精细选，盘中餐癫狂。
闲田苦种莫相见，草深芦苇荡。[1]

1. 诗句原文基本由生造词组成，风格仿自古波兰语初兴起时，一位语言学家、文学家所写的一个关于在田间劳作的农民的故事。

“这说的是外语吗？”克拉帕乌丘斯冷静地看着手足无措的特鲁勒在机器上不停地调试着，最后特鲁勒绝望地挥了一下手，再次咚咚有声地踏着钢板楼梯跑到顶部。他四肢着地，爬进一扇打开的门中，随后只能听见他这儿敲敲、那儿拧拧的声音，当然还伴随着他气得发疯的咒骂声。过了一会儿，他又爬了出来奔向了另一层。终于，伴着一声胜利的欢呼，他扔出来一个烧坏了的灯泡，灯泡掉在地上，在克拉帕乌丘斯脚边摔得粉碎。但他兴奋得忘了和克拉帕乌丘斯道歉，就加快速度安装上新的灯泡，然后用一块软布擦了擦手上厚厚的灰尘，站在上面大喊着让克拉帕乌丘斯帮他启动机器。这时，那性感的声音又播出这些词句：

三个自我付出代价的人跋涉在绵延数千俄里[1]的群山，
芭蕉绿，蓝莓蓝，
林中精灵翻飞，青草地牛儿现，
巴姆巴嗫嚅，赤身裸体丢了衣衫。

“是不是好多了？”虽然特鲁勒不太能说服自己，但他还是对克拉帕乌丘斯喊道，“尤其最后一句，是不是还有点韵味？”

“你要是非得这么说的话……”克拉帕乌丘斯出于涵养勉强回答。

“真是活见鬼了！”特鲁勒大喊一声，再次钻进机器肚子里，接着又传来一阵乒乒乓乓的敲打声，当然也少不了特鲁勒的咒骂声。机器火花四溅，机器建造师火冒三丈，从第三层的小窗口伸出头来大喊道：“你现在再开一次！”

克拉帕乌丘斯听了他的话，又按下开关。电子诗人从头到脚打

1. 旧时俄制长度单位，1 俄里约合 1.07 千米。

了个寒战，开始吟唱：

窈窕淑女，
玉腿纤纤，
宛若天仙……

还没念完，电线就被气急败坏的特鲁勒扯断了，机器发出了一些奇怪的声音，突然安静了下来。克拉帕乌丘斯笑得前仰后合，一屁股坐在了地上。特鲁勒再次在机器上爬上爬下，机器又发出了噼里啪啦的响声和火光，随后发出了淡然却坚定的声音：

妒忌、自负与自私让人变得渺小，
有人妄图与电子诗人试比高，
哪怕龟速前行也是伟大的创造，
就算是克拉帕乌丘斯也别想逃，
终要品尝失败的味道！

“嘿，你瞧，恰如其分，非常合时宜！”特鲁勒欢笑着、旋转着，从狭窄的楼梯上飞奔而下，一头撞进好朋友怀里。好朋友嘲讽的笑容消失了，甚至显得有些惊讶。

“你玩的是什么鬼把戏？这不算数！”克拉帕乌丘斯说，“别以为我不知道，那不是机器作的诗，而是你作的！”

“怎么可能是我作的呢？”

“你肯定事先设定好了这首诗的程序，我一听那挖苦的内容、充满敌意的用词和毫无新意的韵律就知道是你作的！”

“行吧，那你来下达命令，让他作点别的，作什么都行！你怎么不说话了？害怕了？”

“我才不害怕呢，我得仔细想想。”克拉帕乌丘斯强忍着心中的烦躁，大脑飞速运转，想要出一道旷世难题。他考虑到了非常重要的一点，那就是很难判定电子诗人创作出的是不朽佳作还是一派胡言。

“就来作一首赛博艳情诗！”克拉帕乌丘斯忽然喜出望外地说出了他的命题要求，“这必须是一首不超过六行的短诗，既要包含爱情也要描写背叛，内容要有音乐，有黑皮肤的人，有王公贵族，有悲惨命运，有不伦之恋，既要押尾韵，还要押字母 S 的头韵。”

“要不要再包含无限状态自动机理论全面研究的完整讲义？”特鲁勒气得大喊大叫，“只有傻瓜才会想出这么刁钻的问题吧？你不能……”

他话还没说完，屋子里就响起了那个性感撩人的嗓音：

赛普连是个赛博情圣，潇洒风流，深情款款，
甚至黑色之神的女儿黑公主也为他魂萦梦牵，
赛普连拨弄琴弦也撩动她的心弦，
使她羞红了脸却又不发一言，任凭自己在爱恋中沦陷，
赛普连一转眼就吻住了姨娘，才不管黑公主为他以泪洗面。

“怎么样？”特鲁勒得意扬扬地问。克拉帕乌丘斯根本没理他，第二道命题脱口而出：“再来一首押字母 G 头韵的四行诗，这次要写一个机器怪物，他会思考却又不爱动脑，力大无穷也残暴无比，有十六个情妇，他还有翅膀，有四个大木箱，每个箱子里都装有一千个印着‘美髯公’国王头像的金币，他还有两座宫殿，他的生活就

是残害……”

“格里暴君握紧拳头……”电子诗人迫不及待地创作起来。特鲁勒一跃而上，跳上控制台切断了电源，用自己的身体护在机器前面，义愤填膺地说：“别用这些污言秽语浪费我这天才诗人的伟大创造力了！出这种题目简直是暴殄天物！你要么出个像样的题目，要么事情就到此结束！”

“你怎么能说刚才那些题目不是正经题目呢？”

“就是不正经！我制造出这伟大的机器可不是为了玩填字游戏！这台机器是我的杰作，是伟大的艺术品！你出一个真正的诗文题目，多难都没关系！”

克拉帕乌丘斯眉头紧锁，想了又想，终于开口说：“好，那就来一首关于爱与死亡的诗，但是所有的表述必须使用高等数学的语言，特别要用到张量代数，当然还可以包括拓扑学和一些分析与演算。诗歌要充满爱与情欲，要打破世俗，当然这首诗的创作要在机器控制领域内。”

“你是不是疯了？！关于爱的数学？我看你是脑袋出了问题！”特鲁勒气得开始咒骂克拉帕乌丘斯，可是还没等他说完，他和克拉帕乌丘斯就被电子诗人的诵读惊得哑口无言：

胆小的机器控制大师可以在非常规矩阵中看到极值，
可以在午后氤氲中计算机器所需的积分方程，
却无法知晓，爱情究竟是否已经降临。

离我远点，离我远点，从早到晚我眼前都是拉普拉斯数子，
从黑夜到黎明，又是单位向量将我层层包围，

原像啊，请靠近我，请靠近我，
因为只有将你缩小才能让我等到将挚爱拥于怀中的时刻！

所有的计量单位将喘息和呻吟紧紧相连，
变成跳跃的旋转群，令正负数不再孤单，
无论是瀑布模型，还是螺旋模型，
深情凝望就如同天雷勾了地火！

你是超限数，力量无边，无可比拟，
你是神通广大的联络，是洁白无瑕的坐标，
若能与你前无古人、后无来者地相恋，
我愿把克里斯托费尔符号和斯托克斯定理永生遗忘！

让我到达你标量丛生的内心深处，
让我这个沉迷于闭值域定理的人靠近你，
在这疯狂增长的梯度中，
嗅着松林清香，听着白鸽歌唱！

怎么会有人在爱情中全身而退？
无论是魏尔[1]空间理论还是布劳威尔[2]不动点定理，
都无法再给他带来一丝丝欢愉，
他强打精神翻开拓扑学理论，
研究着连莫比乌斯也计算不出的曲率。

1. 即赫尔曼·魏尔，德国数学家、物理学家和哲学家，传承了哥廷根大学学派的数学传统。
2. 即鲁伊兹·布劳威尔，荷兰数学家和哲学家，数学直觉主义流派创始人。

哦，张量代数，你是我壳层间的所有真情，

你可知道，只有那在每一道印痕中都感受到你的参数的人，

才会把你珍惜，

而他自己却在纳秒[1]中化为灰烬。

完整约束中的质点，

在坐标系中却找不到渐近线，

在这最后的方程中，守着最后的温存，

机器控制大师与爱永别，死而无憾。

此次赛诗大会就在这首诗中落下了帷幕，克拉帕乌丘斯立刻跑回了家，扬言一定会带着新的题目再回来，可是他却再也没有出现过，因为他担心那只会长特鲁勒威风，灭自己志气。特鲁勒自然到处宣扬，克拉帕乌丘斯是因为无法控制自卑，才落荒而逃的。克拉帕乌丘斯却拒不承认，反而说特鲁勒自从造出了电子诗人，就变得精神不正常了。

没过多长时间，电子诗人的大名就传到了那些真正的普通诗人耳中，引得他们勃然大怒。他们不相信，一台机器怎么能和他们这些真正的诗人相提并论呢？他们决定对电子诗人视而不见，可是却有那么几个好奇的人偷偷地拜访这位电子诗人。电子诗人在大厅里非常绅士地接待了他们，因为它日夜不息，笔耕不辍，大厅被写满了密密麻麻诗篇的纸张堆得满满当当。这几位来访者是新诗派的代表，而电子诗人却遵循传统写作风格，当然这是因为特鲁勒不太懂

---

1. 时间单位，一秒的十亿分之一。

诗歌，他编入电子诗人的程序都是站在古典派“诗圣”的肩膀上创作出来的。来访的诗人听了电子诗人的作品，纷纷嘲笑它，说它那些老掉牙的诗歌让他们笑掉大牙，然后得意扬扬地离开了。电子诗人气得瑟瑟发抖，它内置了能够自我更新内容的程序和一个特殊的电路——争强好胜装置，所以在很短的时间内就发生了天翻地覆的变化：它的诗变得晦涩难懂，一语双关，选题深奥复杂，内容更是稀奇古怪，完全无法理解。当第二批来挑衅的普通诗人找上门时，电子诗人出口成章，一首充满现代色彩的新派诗歌吟诵出来，令在场的所有人都目瞪口呆，哑口无言。而它创作出的第二首现代派诗歌差点让一位享有盛誉的大诗人因为自愧不如而背过气去，要知道这位诗人可是得过两次国家大奖的，公园里还立着他的雕像呢！从此以后，每个诗人都想挑战一下电子诗人，他们带着装满手稿的手提箱和文件夹，从四面八方赶来，就是为了要与电子诗人在赛诗大会中一决高下。电子诗人让每个挑战者朗诵他们创作的诗，而它在听完之后很快就掌握了那首诗的风格和手法，随后通过公式计算，创造出一首风格手法完全相同，可是却高明两三百倍的新诗。

不久之后，就出现了这样的情况：那些杰出的诗人在听电子诗人念了一两首十四行诗之后就黯然神伤，觉得自己技不如人；而最糟糕的是，那些三流诗人却丝毫没有受到影响，因为他们本身就分不出诗歌的质量高低。他们中的一人在离开电子诗人的家时，被他的一篇伟大的史诗绊倒了，摔断了腿，那首诗是这样开头的：

黑暗与空虚，在黑暗与空虚中循环往复，
伸手可得，却触到一片虚无，
风成了飓风，目光还在飘忽，
脚步如车轮，一步步却迈上了后退的路。

而电子诗人对真正杰出的诗人所造成的伤害是毁灭性的，尽管它没有对他们动一根手指。先是一位年长的抒情诗人自杀了，接着两名年轻的先锋诗人也步了他的后尘，从高高的岩石上跳了下来，而且非常不巧的是，那块岩石正好矗立在特鲁勒的家到火车站的必经之路上。

众多诗人开始了一系列的抗议游行运动，强烈要求要对电子诗人签发禁令，但其实除了他们以外，根本没有人在意这件事。甚至可以说，报纸杂志的编辑都对电子诗人青睐有加，因为电子诗人可以使用成百上千个不同的笔名，按照编辑的要求迎合读者的口味，迅速写出任何主题、任何风格以及任何长度的诗篇。人们为了抢先一步读到电子诗人的大作，甚至不惜在街上为抢夺一份报纸而大打出手，可能一首诗还没读完，报纸已被别人从手中抢走。街上随处可见读了诗以后沉醉其中的人们，他们或想入非非，或咧嘴痴笑，还有的低声啜泣。电子诗人的诗家喻户晓，人人都会背诵，空气中弥漫着美妙的韵律。更有一些天生对诗歌情有独钟的人，有时会被那独具匠心的比喻和别出心裁的音律弄得神魂颠倒，昏迷不醒。但是遇到这种情况也不用担心，电子诗人对此也有应对策略，立刻就会写出慷慨激昂的十四行诗，让这些人瞬间清醒过来。

特鲁勒因为这项杰出的发明惹上了不小的麻烦。他整天都被诗人围追堵截：古典学派诗人对他还没有造成最大的威胁，因为他们大多年事已高，顶多会拿石头砸他家的玻璃，或者在他家的墙上和门上涂上一种难以名状却令人作呕的黏性物质；而那些年轻的诗人可就没那么容易放过他了，一位身强力壮的抒情诗人把特鲁勒暴打了一顿，看来他的拳头和他的诗歌一样都可以“打动”人。特鲁勒在医院养伤期间，情况愈发难以控制：每天都有人因为电子诗人的诗歌自杀，每天都会举行葬礼；医院外也拉起了警戒线，城里时不时就会响起枪声或爆炸声，因为其他诗人自知水平很难超越电子诗人，所以佯装来向它挑战，实际是企图通过武力手段将它解决，他们早就把原来装手稿的手提箱和文件夹塞满了火药和子弹，可是他们的火药和子弹打在电子诗人坚固无比的钢头铁臂上，它却毫发无损。出院以后，特鲁勒回到家中，感到痛苦而绝望。某一天夜里，身心俱疲的他决定亲手拆掉自己辛辛苦苦创造出的旷世奇才。

电子诗人看到特鲁勒一瘸一拐地走到自己身旁，他手中的钳子、改锥闪烁着令人恐惧的寒光，眼中也充满着疲惫与绝望。电子诗人立刻就念了一首悲伤凄凉的诗，想要博得创造者的悲悯和同情。特鲁勒听完泪如雨下，手中的工具也掉在了地上，他痛苦地转头就跑，可是屋子里堆满了电子诗人的诗歌，纸张已经快没过他的胸口了，他只能在这一片诗海中蹒跚前行。

当特鲁勒收到了上个月的高额电费单时，眼前一黑，差点昏了过去。此时此刻，他多么希望他的老伙计、他的挚友克拉帕乌丘斯能在他身边给他出主意。可是克拉帕乌丘斯在哪儿呢？特鲁勒觉得天旋地转，脚下的土地似乎也崩塌了。他现在孤立无援，只能自己想办法了。于是在一个深夜里，他悄悄地剪断电子诗人的电源，然后把它大卸八块，将碎块塞进自己的宇宙飞船，飞到一颗不知名的小行星上，用一座核反应堆当作创作能量来源，又把碎片一块块地组装起来。

他驾着飞船返回，蹑手蹑脚地走进家中，然而悲剧没有就此结束：虽然电子诗人没有办法将自己创作的诗篇在报纸杂志上发表，但是它却利用无线电电波，通过宇宙中的所有波段播放自己的杰作，火箭驾驶员和乘客被它的辞藻和韵律弄得“诗”迷心窍，就连一些平常心智柔弱的人也变得痴痴呆呆，宇宙中一片混乱。在确定了混乱出现的原因后，宇宙舰队司令部立即向特鲁勒下达了官方通牒，要求他立刻销毁电子诗人，因为它已经严重影响到了公民日常生活秩序，并且威胁到了在宇宙中航行的人的健康与安全。

特鲁勒吓得躲了起来。宇宙舰队司令部找不到特鲁勒，只能派出一支小分队前往小行星，堵住电子诗人的输出口，阻止它继续播放诗作。可是小分队刚一到达，电子诗人就用几首歌谣俘获了他们的心，小分队全军覆没。司令部又派出了一支由聋哑人组成的小分队，可是电子诗人又用手语再次令他们无功而返。这在司令部中引发了众怒，大家纷纷要求一定要严惩电子诗人，将它就地摧毁。然而还没等到派出这样一支部队，就有一位来自邻邦星球的国王买下了这台机器，并将它和小行星一起带回了自己的王国。

至此，特鲁勒终于松一口气，感觉自己又能重见天日了。人们发现，在南方地平线上时不时就会有超新星爆发现象出现，这种现象之前从未出现过，一时间传闻四起，都说这肯定与电子诗人有关。因为那个脾气古怪、喜怒无常的国王突发奇想，命令天文学专家将电子诗人和亮巨星星群连接起来，让机器诗人写出的每一行诗都变成巨大的日珥，这样宇宙中最伟大的诗人就可以将它的杰作演变成热核能爆炸，传播到无边无际的浩瀚宇宙中。换句话说，就是这个国王把电子诗人变成了一个带有韵律的星群爆炸引擎。不管是真是假，这个传闻都发生在非常遥远的地方，遥远得不会再威胁特鲁勒的生活。特鲁勒用自己最珍视的宝贝发下毒誓，永远永远都不会去碰一台具有创作程序的控制模型了。

（毛蕊　译）

熵与世界观

熵（Entropy）是新浪潮运动的一个核心比喻。“熵”由德国物理学家克劳修斯提出，它表示系统焓与绝对温度[1]的比率[2]。在封闭系统中，该比率描述系统中可供做功的能量，随着系统温度达到常态，熵总是趋于增加。当封闭系统的熵达到最大值，温度稳定下来，可供做功的能量就会减少至零。

宇宙是唯一真正的封闭系统（如果它确实是封闭的），宇宙中熵的最大值意味着时间的终结，那时所有物质均达到同一温度（接近绝对零度），不再有热传递，不再有变化，也不再有时间。这种终结被称为“宇宙的热寂”，它是《新世界》作家的重要概念，因为这反映了他们自己的世界观——宇宙及其局部样本地球，以及人类和人类文明，都在凋零。

比如，巴拉德在一系列小说中描绘了世界或宇宙以各种奇妙的方式毁灭。布赖恩·奥尔迪斯在很多作品中体现了他的感受，“我们

1. 热力学温标，单位为开尔文（K），以绝对零度为最低温度。
2. 这个表述并不严谨。确切说应该是（等压等温）系统的熵变等于焓变除以绝对温度。

已经快耗尽资源和时间”。其他《新世界》作者以他们自己的方式和目的使用熵的概念，大多因为熵代表了一种哲学——西方文明的巅峰已经过去，现在正不可避免地走向枯竭、衰败和死亡。20 世纪 60 年代末，《新世界》作家 M. 约翰 · 哈里森[1]（M. John Harrison），曾在《迈向终结》（“Running Down”）等小说中涉及熵的问题，他在一篇发表于《23 号基地》（*Foundation 23*，1981）的采访中表示：“熵实在是对未来充满消极预期的产物……很多《新世界》作者都迷上了这个主题。他们大多并没有相互沟通，但这种想法似乎就是在许多人身上同时迸发，形式也大相径庭。比如，詹姆斯 · F. 萨利斯（James F. Sallis）对熵的解释就与帕梅拉 · 佐林（Pamela Zoline）完全不同……这个概念得到了太多注意，它实际上是迈克尔 · 摩考克关注的主题。我们都沉浸其中，人们遇到一个好比喻的时候就会这样做，而熵实在是个绝妙的比喻。”

在所有关于熵的小说中，以及所有新浪潮鼎盛时期刊载于《新世界》的实验性小说中，帕梅拉 · 佐林的《宇宙的热寂》（“The Heat Death of the Universe”）被很多人认为是最有名，也最能代表那个时代的作品。有点奇怪的是，这位作家只写过两篇科幻作品，也只有这篇发表在《新世界》上。

佐林出生于芝加哥，在美国和伦敦接受教育，并在斯莱德美术学院学习了四年。她的主业是艺术和插画，曾于 1966 年参加了泰特美术馆举办的“当代青年展”。她的第二篇科幻小说是在《新科幻》（*The New SF*，1969）上发表的《心灵的荷兰》（“The Holland of the Mind”）。她发表的小说非常少，全都收录在了《繁忙的生命之

1. 英国作家、文学评论家，被认为是现代奇幻与科幻的主要作家之一。于 1968 年至 1975 年担任《新世界》的文学编辑，常使用笔名“乔伊斯 · 丘吉尔”（Joyce Churchill）在科幻专栏中发表评论文章，对《新世界》的风格形成起到了重要作用。

树》（*Busy About the Tree of Life*，1988），又名《宇宙的热寂及其他》（*The Heat Death of the Universe and Other Stories*）中。《宇宙的热寂》发表于《新世界》1967 年 7 月刊。小说用熵来比喻家庭主妇生活和理智状况的恶化。佐林说，这个故事“试图将私人生活纳入公共领域，将公共领域纳入私人生活；试图将熵与个人选择、宇宙终结和人类衰老进行类比，使其成为关键的结构性隐喻，从而让事物、一般信息变得‘有意义’”。

为每个段落增加编号和小标题是流行于《新世界》的风格，编号也暗示了混乱的增长。佐林说：“段落编号能明确表示增长、堆积、单向的时间。随着语言越来越混乱，人物的烦闷加剧，隐喻不断积累，（我希望）小说的内部和外部也会相互结合，成为一个整体。”

百科全书和文本材料穿插于小说中，不但可以解释佐林涉及的艰深概念，也可以看作是萨拉·波伊尔所遭受痛苦的碎片残骸——她试图贴近它们以寻求意义。小说的超然叙事和刻意穿凿使书中人物远离读者——孩子们的存在近乎物品（连他们的母亲都不确定有几个孩子），萨拉也被描写得十分疏离，连她的情绪反应都被作为客观数据记录下来。她成了一件物品，一台正在奔向熵增末日的机器。

（杜阿　译）

宇宙的热寂

［美国］帕梅拉·佐林

1. **本体论**：形而上学的一个分支，关注存在或存在的本质问题。

2. 想象晨间的一片淡蓝天空，几乎呈绿色，只有天边的几片云彩。大地在滚动，太阳似乎在上升，山脉被侵蚀，水果在腐烂，有孔虫[1]的外壳上增加了一个孔，婴儿的指甲像墓中尸体的头发一样生长，煮蛋计时器[2]中的沙子落下，鸡蛋在继续煮。

3. 虽然有几个男人喜欢，萨拉·波伊尔[3]还是觉得自己的鼻子太大了。鼻子很大度地呈现出精致的曲线，鼻梁皮肤紧致，隐隐透出淡白色的鼻骨，那种建筑张力和数学计算感就像感恩节第二天还剩下的火鸡胸骨。她婚前姓斯洛斯，有德国、英国和爱尔兰血统。上小学时她垒球打得很差，一直都打替补，或者打永远无人问津的中外野。艺术中她最爱音乐，音乐中最爱巴赫。她成长于波士顿和托莱多，却生活在加州。

4. 加州阿拉梅达市佛罗里达街，波伊尔家的早餐时间，孩子们

1. 一种古老的原生生物，大多数有孔虫一生建造多个房室，房室之间有孔洞相通，故称有孔虫。
2. 专为水煮蛋设计的计时沙漏。
3. 爱尔兰和苏格兰姓，源自苏格兰人或欧洲诺曼人。是爱尔兰西北部最常见的姓氏之一。

要吃糖霜玉米麦片。

萨拉很不情愿地把糖霜玉米麦片端到孩子们面前，她几乎听到他们乳白色的小牙齿开始腐烂，以及牙医的钻头发出锉骨的嗡嗡声。牙医是个身材矮小的绅士，留小胡子，有时让萨拉想起住在俄亥俄州的叔叔。每个孩子一碗。

5. 如果把麦片盒看作一个抽象物体，那么对于来自完全陌生文化的人来说，它可能颇为美丽。长方体盒子结实而紧凑，比例均衡，色彩丰富，天青、深红、浓褐，这些珍贵颜料曾经只用于宗教画，或装点大理石神像的盲脸。超大的尺寸，净重十六盎司二百五十克。“他们虎虎生威！”老虎托尼[1]说。盒子上是高调的宣传：能量，大自然的精华，无尽的青春活力。背面印着威廉·莎士比亚的面具，可以剪下来折好，堪萨斯、底特律、图森、圣地亚哥、坦帕都有成千上万的小莎士比亚会戴它。莎翁比他平时的形象更和蔼，也更茫然。两三个孩子都想要那个面具，但萨拉打算等盒子空了的时候再做出这艰难的决定。

6. 橙色花体字写着盒子里有惊喜礼物一份，就混在金色的麦片里，目前还没露出来。孩子们会索要吃不完的麦片，黄澄澄的一大堆谷物，就为了快点找到礼物。尽管如此，早餐结束时盒子里还有好多麦片，礼物想必还在。

7. 还有一种特别优惠，只要把盒子盖和五角钱寄过去，就可以获得秘密会员资格、密码和魔法环。

8. 一盒麦片三种优惠。萨拉觉得这营销太过了，可能麦片质量有大问题，需要尽快卖掉，趁新闻报道前清空库存。可能它会让儿童得罕见又严重的癌症。萨拉收起印着小兔子和棒球比分的碗，里

---

1. 家乐氏公司为糖霜玉米片和相关产品创造的卡通人物，出现在产品包装和广告中，自 1952 年出现以来，已经成为代表早餐麦片的经典形象。

面剩的大半碗牛奶和泡软的麦片差点溅出来，她脑海里浮现出新闻头条《全国儿童着恶疾，命运之指涂甜浆，糖衣炮弹击幼儿》。

9. 萨拉·波伊尔是个活泼、聪明、年轻的妻子和母亲，毕业于美国东部的一所优秀大学。她为自己不断壮大的家庭感到自豪，虽然家务繁重，但她也乐在其中。

10. **生日**。

今天是一个孩子的生日。傍晚会有个派对。

11. **打扫房间一**。

打扫厨房。萨拉把碗、盘子、杯子和银制的刀叉匙放进水槽。黄色大理石花纹的福米加塑料桌上有污渍，她用蓝色合成海绵去擦。海绵的蓝色很特别，我们还会再看到它的。桌子各处都是孩子们大大小小的手印，是糖混着灰尘印上去的。这些手印在光线中若隐若现，随着观察角度不断变化。地上扫出来的垃圾里，有涂着葡萄果酱的半块三角形烤面包、波比发夹、绿色邦迪、麦片、洋娃娃眼睛、灰尘、狗毛和纽扣。

12. 想想这收缩的、被通信摧残的世界，如果不能抵达仅在统计上可能存在的星球，并与那里绿脸、有心灵传动能力的居民交流，我们还能期待完全不同的文化吗？从西方文化的转移扩散进程来看，这似乎越来越不可能了。萨拉想象整个世界变得像加州一样，所有地形缺陷都用散发香味的整形剖光机磨平。所有人都在节食，悠闲自在，有相似的粉红色、淡紫色头发，戴着有水钻的墨镜。如阴部一般粉红、如鳄梨一般黄绿的大地，被无比复杂的高速公路包裹、束缚，无尽的加州，拥抱和改变着整个世界，加州！加州！

13. **插入一，论熵**。

熵：最初引入这个变量是为了方便计算，清楚表达热力学的计算结果。熵的变化只有在可逆过程中才能计算，它被定义为吸收的热量与吸热时的绝对温度之比。对于现实中的不可逆过程，可以引入理论上等效的可逆变化来计算熵变。熵衡量的是系统的无序程度。孤立系统的熵在任何情况下都不会减少——它要么增加（不可逆过程），要么保持不变（可逆过程）。因此宇宙的总熵在增加，趋于最大值，这意味着宇宙中所有粒子的彻底无序（前提是宇宙确实可以看作一个孤立系统）。参见“宇宙的热寂”。

14. **打扫房间二**。

给婴儿洗尿布。萨拉在房子各处给自己做了标记，迷宫般狂野的笔迹，充满箭头、图表和图画。她在所有能用的平面上涂鸦，绝望而勇敢地索引、记录、诈唬、祈求、命令、安抚。在尿布桶刻有凹槽和花纹的白色塑料盖子上，她用“红粉羞夜”唇膏写了一段话，用来驱赶冲天的绝望。“氮循环是地球上的有机物和无机物进行交换的重要循环，是宇宙的甜蜜气息。”洗衣机旁的墙上画着阴阳符号和曼陀罗，还写了一段话：“很多年轻妻子感觉被困住了。这是一个当代社会学现象，部分原因大概是人们的生活方式发生了变化，而社会服务距离完全适应新的模式还很远。”在壁炉上她写着“救命，救命，救命，救命，救命”。

15. 有时她会给房间里的东西编号，给每件物品写上指定的数字或字母。算上书的话，客厅里共有八百一十九件可单独移动的物品。有时她用名字或化名标注物品。梳妆台上的梳子是“梳子”，古龙水是“古龙”，护手霜是“猫”。她非常喜欢儿童词典、百科全书、启蒙读物和各种参考书，沉迷于它们完整的目录和排序制造出的幻象，从中得到慰藉。

16. 卧室门上写着两条参考书里的定义，“**上帝**：礼拜的对象”；“**内环境稳定**：身体内部环境保持恒定”。

17. 萨拉洗尿布，洗睡衣，哦，圣维罗妮卡[1]啊，还给婴儿床换了床单。她开始收拾玩具，在似乎有人居住的玩具阵里走来走去。各种车辆、药品、生活用品和战争物品；填充玩具组成了一整个动物园，因为珍爱多年，已经有磨损和异味；数百个小人、塑料动物、牛仔、汽车、宇航员，孩子们在游戏中用这些东西创造了无数个次级世界和超级世界。萨拉最喜欢的玩具是“巴巴”，木制俄罗斯套娃，打开后里面是一个完全相同的小号娃娃，再打开后还是一样……这是一堂七以内的无穷大课程。

18. 萨拉的母亲已经去世两年。萨拉认为音乐是流动的时间，巴赫则是其中最动人的呈现。有时候，她的眼睛是前面提到的海绵的颜色。她的头发本是猎犬棕色，几个月前的一天她歇斯底里地把它染红了，所以现在是条纹分隔的两种颜色，就像贫民窟或旧学校里漆过的墙。

19. **插入二，宇宙的热寂**。

热力学第二定律可以解释为，封闭系统的**熵**趋于最大值，其可用**能量**趋于最小值。人们相信宇宙构成了一个热力学上的封闭系统，如果这是真的，那就意味着终有一天，宇宙将自我“释放”，不再有能量可供使用。这种状态被称为“宇宙的热寂”。不过，当前还不能肯定宇宙就是这样的封闭系统。

20. 萨拉从冰箱里拿出可乐倒了一杯，点了一根烟。浓浓的棕色液体又冷又甜，让她嗓子疼，牙齿也刺痛了一下。青春的甜美汁液，碳酸让她的眼睛呆滞，她想起了宇宙的热寂。夏末的日子无穷无尽，像爱尔兰蛇一样，永远缠绕着镶满珠宝的书稿，首尾相连。热量挤

1. 圣徒名。维罗妮卡是耶路撒冷的一位妇女，相传在耶稣背负十字架前往受难地的路上，她心生怜悯，将自己的面纱递给耶稣擦汗，耶稣擦完汗后还给维罗妮卡，于是面纱上奇迹般地出现了耶稣的面容。维罗妮卡因此封圣，她的面纱也被称为“维罗妮卡的面纱”。以该故事为题材的绘画中，维罗妮卡往往双手提起面纱上方两个角，和在将洗涤的衣物、毛巾等提起来打量的妇女姿势相似。

压着，膨胀着，破坏着。洛杉矶的天空充满碎屑，褪去了所有颜色，光亮得像一面镜子，反射着杂乱的大地。一切都在变得越来越热，物质的每个粒子都在被扰动，被激发，直到化学键被打破，结合力失效，除臭剂失去了密封。她想象整个纽约就像达利[1]的作品一样融化成一大摊巧克力，一大锅汤，一大锅纽约汤。

21. **打扫房间三**。

床铺好了。开始用吸尘器吸走廊，地毯上褪色的花朵、藤蔓和树叶无止境地蜿蜒，在热烈而永恒的狂喜中相互缠绕。突然，吸尘器的气流开始向外喷，弹珠、娃娃眼睛、灰尘、饼干都喷了出来。又来了。“哦，天哪。”萨拉说。婴儿正好在这时开始哭喊，希望得到关注/换尿布/食物。萨拉踢了踢吸尘器，它咳了一下，又开始干活了。

22. **午饭只打翻了一杯牛奶**。

午饭只打翻了一杯牛奶。

23. 植物需要浇水，天竺葵、风信子、薰衣草、鳄梨、仙客来。喂鱼，鱼缸里有瓷制的城堡和美人鱼，鱼很快乐。乌龟看上去越来越虚弱，可能快死了。

24. 萨拉·波伊尔有双蓝眼睛，有多蓝呢？远胜自然界那些用来打比方的蓝，虽然它们激发和滋养了大量已有的文学作品。那是一种精细、现代、尖锐、合成的蓝；是从葱郁的亚热带寄来的明信片上天空耀眼的蓝，天空下还有当地土著黝黑的面容上露出的象牙色的牙，模棱两可地笑着；是强效镇静剂的胶囊上那充满希望的、丰满的、奇异的蓝；是厨房里那块假海绵冷酷、低劣的蓝；是加州游泳池里铺着瓷砖、没有苔藓的内壁那深沉而难以置信的蓝。化学家在厨房里蒸煮、冷却、结晶，从成千上万种透明无色、结构奇妙、

1. 即萨尔瓦多·达利，西班牙著名超现实主义画家，作品以梦境般的怪诞和想象力而闻名。达利最著名的作品是 1931 年创作完成的《记忆的永恒》，也被叫作《软钟》。

独一无二的晶体中提炼出这种蓝。现在，这蓝正在萨拉眼中嘶吼，迸裂，燃烧。

25. **插入三，论光**。

光：让观察者的眼睛能看到物体的那种物质。由波长在约 4×10^{-5} 厘米到 7×10^{-5} 厘米之间的电磁辐射组成，不同的波长让眼睛产生不同的觉知，形成不同的颜色。见“色觉”。

26. **光，打扫客厅**。

客厅里所有物体（八百一十九件）和它们的表面都蒙了灰，普通的灰，像一只蜕皮的大老鼠的窝。突然，强烈的太阳光带来的波——或者说粒子，从窗户射进来，所有东西都白热化了，很多条彩虹。萨拉身处光的立方体中，像一只困在琥珀中的古老昆虫，她发现灰尘真是房间里最美丽的东西，是上天赐给双眼的礼物。思想之父杜尚[1]把落在雕像上的灰尘定格，当作他作品的一部分。萨拉说：“那简直是疯了。”按照达达主义原则整理屋子的想法又膨胀起来。所有房间都堆满东西，报纸和杂志成堆，架子上的土豆、垃圾桶里的罐装青豆重新焕发生机，向着太阳长出新芽。植物疯长，风吹进屋外的丛林，灰泥开缝，瓦片断裂，花园破门而入。金鱼死了，鸟儿死了，我们把它们填充起来。狗没人照料也死了，可能还有孩子们——都变成填充玩具，坐在房子各处，满身灰尘。

27. **插入四，达达主义**。

达达（法语，儿童木马）主义是超现实主义之前的虚无主义先驱，兴起于第一次世界大战期间的苏黎世，约活跃于 1915 年至 1922 年，是歇斯底里和愤慨的产物。它故意反艺术、反理性，试图激怒和颠覆传统。达达主义最著名的作品是杜尚对《蒙娜丽莎》的再创

1. 即马塞尔·杜尚，20 世纪实验艺术的先驱，被誉为现代艺术的开创者。他是达达主义和超现实主义的代表人物之一，对西方艺术有重要影响。

作，他为她加上胡子，并配上不雅的标题“LHOOQ”（读作“elle a chaud au cul”，意为“她有一个性感的屁股”）。其他代表作还有阿尔普[1]用撕碎的彩纸随机做成的拼贴画，杜尚“签名”的《瓶架》和《自行车轮》等现成品[2]，毕卡比亚[3]画的机械零件加上不协调的标题和语无伦次的诗歌，三十八位讲师齐声讲座。还有1920年在科隆举办的展览，它位于一个通向餐厅洗手间的附属建筑，里面为观众提供了可以用来摧毁展品的斧头——最终他们也这样做了。

28. **计时器和其他测量工具**。

波伊尔家有四座钟、三块手表（其中一块是坏了的米老鼠手表）；两本日历和两个记事本；三把直尺、一根码尺；一个量杯；一套红色塑料量勺，里面是一个大汤匙、一个茶匙、一个二分之一茶匙、一个四分之一茶匙和一个八分之一茶匙；一个煮蛋计时器；一个口腔温度计和一个直肠温度计；一个童子军罗盘；一个房子形状的气压计，上面有一个老头和一个老太太，进进出出互相追逐，永不休止；一个浴室台秤、一个婴儿秤；一个能从鼓囊囊的毛毡草莓里拽出来的卷尺；一面记录孩子们身高的墙；一个节拍器。

29. 午饭后，萨拉打扫浴室的时候发现脸上长了一条新皱纹。皱纹从她的前额一直延伸到鼻梁，还非常浅。把眉毛向内弯就能看清皱纹的形状，以后它会变得清晰。她在墙上已有的记号区又添了一笔。那里的标题是“皱纹等死亡信号”。算上最新的这个一共有

---

1. 即让·阿尔普，德裔法国雕塑家、画家和诗人。1916年参与达达主义运动，第一次世界大战之后又与超现实主义者和表现主义者有着广泛的交往。

2. 现成品一词最初广泛使用于美国，特指非手工制作的工业产品，杜尚选取现成品作为艺术品，称之为对抗“视网膜艺术”的解药。1913年，杜尚在工作室里把一个自行车轮安装到一张凳子上，无意中成就了他的第一件“现成品艺术”——《自行车轮》。1914年，杜尚第一次有意识地用现成品创作了另一件作品——《瓶架》。不幸的是，杜尚后来离开法国到美国居住，这两件作品连同一些其他现成品，被杜尚的妹妹苏珊当成垃圾处理掉了。

3. 即弗朗西斯·毕卡比亚，法国艺术家。最初崇尚印象主义，后转而推崇立体主义。1915年后，转而投向达达主义和超现实主义运动。

三十二个记号。

30. 萨拉·波伊尔是个活泼、聪明、年轻的妻子和母亲，毕业于美国东部的一所优秀大学。她为自己不断壮大的家庭感到自豪，虽然家务繁重，但她也乐在其中。她有许多爱好，也参与社区活动，只是偶尔痴迷于时间 / 熵 / 混乱和死亡。

31. 萨拉一直不确定自己有几个孩子。

32. 萨拉时不时会思考。她偶尔会有这种想法——人应该有所希望，在纯粹的繁衍之上有所追求，而不仅仅是创造同类的复制品。婴儿。晚上躺在床上，分娩的情景有时会涌上心头，每次都是剧院里红色毛绒座椅的色调和质地。撕裂的痛苦达到了一定程度，总是滑向远景，大汗淋漓的护士的甜美气息。木制俄罗斯套娃的脸颊上有明亮的、完美的圆形红点，分开中间会露出另外一个娃娃，除了小一些，其他方面都一模一样，脸上也有明亮的圆形红点，等等。

33. 人类这个物种是多么幸运啊，萨拉若有所思，孩子们就像我们认为的那样讨人喜欢。不然像他们这样的寄生虫，很快就被消灭，然后人类就会带着最后几代人巨大的艺术成就和对高级文明的追求，在美丽甜蜜的繁花中自我毁灭。最优秀的女人会在 12 岁的时候就做输卵管结扎，或者彻底远离情爱行为？所有的兴趣都将致力于凝练和完善——每一种温热的感知、每一个流动的时刻，而不必懦弱地通过自己子宫里产出的好坏不一、经常令人失望的后代，来获得生命的延续。

34. **插入五，爱**。

爱：一种典型的情感，涉及对某一对象的喜爱或依恋。它只要在脑海中出现，就会染上情感色彩，正如尚德[1]所说，根据对象所处

1. 即亚历山大·尚德，英国作家、律师、心理学家，他是 1901 年成立的英国心理学会的创始成员，曾在一篇写于 1896 年的学术文章中探讨性格、情感和爱。

的和所代表的不同场景，它能够唤起各种基本情绪[1]。爱常常用于表达性爱甚至是色欲（参见该条目），对精神分析师来说则总是如此。

35. 萨拉有时感到自己身心合一，有时又觉得完全分离。精神和身体的二元性考虑过了。时间和空间的二元性考虑过了。男性和女性的二元性考虑过了。物质和能量的二元性考虑过了。在极端情况下，她有时觉得自己的身体是一只用缰绳牵着的动物，被她的精神牵着在公园里散步。经验是路灯。她的手臂有轻微的色斑，她很累的时候眼圈就会发紫。

36. 家务永远也做不完。混乱潜伏在角落里，随时准备侵入任何未被清理的地方。那是塞满脏锅的丛林，巨大的填充动物玩具突然变成了野兽，咆哮着。那可怕的玻璃眼睛。

37. **买生日蛋糕**。

在超市采购，婴儿坐在手推车前，一个大点的孩子推着车。冰格子形状的日光灯发出蓝粉的光，比日光亮，比日光冷，也比日光便宜。门一碰就会打开，坦塔洛斯牌，门轴声安静得可怕。派对上的热狗。薯片、水果糖、带生日图案的一次性桌布、热狗面包、番茄酱、芥末酱、辣腌菜、气球、欧陆风速溶咖啡、狗粮、冷冻青豆、冰淇淋、冷冻扁豆、冷冻的黄油西兰花、一次性生日帽、三色纸巾、一盒背面印有莫扎特面具的糖霜玉米麦片、面包、速食比萨。微弱的背景音乐透过巨大的商店，大部分绕过大脑直接进入了肝脏、血液和淋巴。空气中有一点铝的味道。淡奶油、袋装茶、培根、夹面包片的肉、草莓酱。萨拉站在洗涤用品的货架前，婴儿开始哭了。她四周是琳琅满目的商品，不断推销着自己。让她把头发染红的那种歇斯底里又来了，她没有回避。曾经她是有选择的，就像站

1. 一般认为情绪可以被分类为与生俱来的“基本情绪”和后天习得的“复杂情绪”，其中基本情绪具有生理因素，为全人类所共有。常见的基本情绪包括：喜悦、愤怒、悲伤、恐惧、厌恶、惊奇、羡慕等。

在粉笔画的十字路口上，就像站在十字面包上，但她没有选择冷静和理智。萨拉开始挑选店里卖的各种清洁产品，有条不紊，从容不迫，又带着一种谨慎的狂喜。窗户清洁剂、玻璃清洁剂、铜器擦亮剂、银器擦亮剂、不锈钢球，十八种不同品牌的洗涤剂、消毒剂、厕所清洁剂、软水剂、衣物柔顺剂、下水道清洁剂、除斑剂，地板蜡、家具蜡、汽车蜡，地毯清洗剂、犬用洗毛精，适用干性、油性、一般发质的洗发水，改善头皮屑、白发的洗发水。牙膏、牙粉、假牙清洗剂、香体剂、止汗剂、防腐剂、肥皂、洗面奶、研磨剂、烤箱清洁剂、卸妆剂。如果相同的产品有不同的规格，萨拉就每种都拿一个。有些产品她已经收集了一整个家族：巨大的洗发水爸爸瓶，洗发水妈妈瓶，稍小一点的姐姐瓶和非常小的弟弟瓶。萨拉装满了三辆购物车，不得不请人帮她推到结账通道。结账时，她的大笑和歇斯底里几乎要发作，那个像蒙娜丽莎一样没有眉毛又苍白的金发店员，假装一切正常又完全漠不关心的样子。账单是 57.53 美元，萨拉不得不开了一张支票。开车回家时，婴儿被绑在婴儿床里，后座上的纸袋胀得鼓鼓的，她哭了起来。

38. **生日派对前**。

萨拉的婆婆大卫·波伊尔夫人会参加孙子的派对。她带了个玩具，一个黄色木制的拉线小鸭子，产自奥地利，在地板上拖着走时会嘎嘎地叫。萨拉把水果糖和巧克力倒进纸杯里，波伊尔夫人就坐在餐桌旁和她聊天。她聊到好几件事，聊到她的花园枝繁叶茂，就是苦于一种不常见的黑色甲虫，这种甲虫可能来自香港，专门破坏植物根部的嫩芽，还吃其他植物的叶子。她聊到有个家用亚麻制品大甩卖，她打算下周二去参加。她聊到她的邻居得了癌症，身体越来越差。那位女士是天主教徒，得癌症前从没生过病，现在病情却迅速恶化。医生说她的身体一片混乱、一片混乱，全身的细胞都失控了，波伊尔夫人说。我去看她的时候，她几乎不认识我了，也不会说话了，全身都很脏，波伊尔夫人说。

39. 萨拉都快不记得自己有几个可爱、圆润的小孩子了。

40. 她以前站在远离其他球员的中外野时，常常编歌唱给自己听。

41. 她想到世界终结于冰。

42. 她想到世界终结于水。

43. 她想到世界终结于核战争。

44. 萨拉想，一定还有其他事情会不时发生。人要能做什么才能证明自己走的道路是正确的呢？或者平实一点，即使是最微不足道的事情也好，人能做什么才能改变世界的走向和进程呢？萨拉有时会做英雄主义的梦，比如一曲新的交响乐，由还在实验中的机器和所有人造乐器演奏，博大精深又雅俗共赏，可以治愈血淋淋的伤痛；比如一系列画作，使狂乱、喘息着竞争的艺术界收获理想、惊叹和平静；比如一部新的小说，使语言焕然一新。有时她会想那些神秘的、边缘的、随机的事情，似乎不管多小的改变，都足以让她满足。龟会活很久。在龟壳上刻一个名字，一个日期，或一个愿望，然后让它去自由地征服这个世界，应该可以抵消荒谬吧？

45. 波伊尔夫人长着淡淡的小胡子，就像杜尚的《蒙娜丽莎》。

46. **生日派对**。

许多穿着五颜六色的衣服的孩子坐在长桌旁。他们游戏玩得太凶，又累又兴奋。有些孩子脸红红的，全身是汗，另一些面色异常苍白。他们全都很激动，戴着派对的纸帽子，就像一群堕落的侏儒在开晚宴。该吃蛋糕了。巨大的巧克力蛋糕做成了火箭和发射台的形状，上面撒了蓝色和粉色的糖霜。安静下来后，过生日的孩子哭了起来。哭过之后，他许了愿，吹灭了蜡烛。

47. 有个孩子不吃热狗，也不吃冰淇淋和蛋糕，他要吃麦片。萨拉给他倒了一碗糖霜玉米麦片，他一会儿就噎住了。萨拉帮他拍背的时候，呛出了一条绿色的小塑料蛇，蛇眼睛是红色玻璃做的，就是那份惊喜礼物。所有孩子都想要。

48. **派对之后孩子们准备睡觉**。

洗澡时间。看赤身裸体的孩子们，他们像海豹一样又粉又滑，还在尖叫，樱桃色的肌肤在树莓色的肌肤上喷溅、咕噜、拍打，在铺了珍珠色瓷砖又蒸汽弥漫的小屋里回响。孩子的赤裸比成年人的赤裸要纯粹得多。没有麝香味的鬈发标示目标，也没有平面上的突起、脂肪和曲线来凸显这野兽王子的高贵。营养充足的裸体小孩看起来可以直接吃。萨拉的牙齿在头脑中嗡嗡作响，回想史前的血腥盛宴。人类幼崽看起来真像其他物种的幼崽，这比较甚至并不对人类幼崽有利——它们是所有幼崽中皮肤最少、最不灵活的。如此粉嫩，完全赤裸的粉嫩，全身的孔窍边缘清晰，周围是略深的玫瑰红，无休止地需要乳房、时间和各种乳汁。

49. **插入六，维纳论熵**。

在吉布斯[1]的宇宙中，有序是最不可能出现的，混沌是最可能出现的。如果宇宙真的是个整体，即使趋于衰败，也会在大环境中出现局部的熵减，呈现有限而短暂的有序化。生命就在这些孤岛中安身。

50. 萨拉想象自己清理和打扫整个世界，甚至整个宇宙。用甜蜜芬芳的清洁泡沫填满宇宙的广阔空间。给臭烘烘的山洞、火山除味。擦洗岩石。

51. **插入七，龟**。

在各大洲热带和温带的淡水中，生活着许多不同种类的食肉龟。

1. 即乔赛亚·威拉德·吉布斯，美国科学家。他有关热力学实际应用的研究奠定了物理化学的基础。吉布斯还通过系综理论给出了热力学定律的一种微观解释，由此成为统计力学的创建者之一。“统计力学”这个术语也是由他引入的。

欧洲龟（分布范围可以到达荷兰和立陶宛）中分布最靠北的是欧洲泽龟，它长八至十英寸，可以活一百年。

52. **派对后的清扫**。

派对后，萨拉在清扫。水果糖和融化的冰淇淋从一次性纸盘里冲下去，在纸桌布的玫瑰图案上穿出了洞。一只苍蝇死在了草莓冰淇淋汁里。湿湿的果冻豆会弄脏所有碰到的东西，最后失去颜色，变成不透明的白色，就像成群被驯服或沉睡的蛆。塑料小礼品堆在吃剩的蓝色蛋糕上。到处都是日式爆米花里的幸运签纸条。上面印着各种奇怪的短语，显然是不懂英语的日本人选的。一群纤弱的黄种人终其一生都在制作这些转瞬即逝的物品，在成千上万张精美的纸上印上荒谬而不可理解的文字。有一条上面写着："你的每一根头发都被编了号。"大多数气球都破了。有人在水仙花里插了一个热狗。几个氦气球逃离了主人，飘在天花板上。另一张幸运签上写着："御马遇横死，气数，气数。"

53. 她很累，眼圈开始发紫，眼圈变成浅紫色。她在俄亥俄州的叔叔以前也是这样。她去厨房把明天早餐的桌子摆好，然后看到养龟缸里的龟仍然浮在水面上。萨拉用铅笔戳了它一下，没动静。有几分钟的时间，她站在那看水面上的死龟。她又哭了。

54. 她开始大哭。她走到冰箱前，拿出一盒鸡蛋，白色特大号鸡蛋。她把鸡蛋一个一个扔到厨房的地上，地上有排成方形的草莓花纹。鸡蛋破得很美。有一个秘密牙医协会，成员都留着小胡子，有特殊的密码和魔法戒指。她开始大哭。她拿起三个小兔盘子，把它们扔到冰箱上，摔了个粉碎。地板上都是碎片，一些是小兔子的碎片，有耳朵，有眼睛，有爪子。加州，斯托克顿，加州，阿克顿，加州，奇科，加州，雷丁，加州，格伦艾伦，加州，加的斯，加州，天使营，加州，半月湾。因此宇宙的总**熵**在增加，趋于最大值，这意味着宇宙中所有粒子的彻底无序。她在大哭，她张大嘴。她扔出一罐葡萄果酱，把水槽上方的窗户砸得粉碎。她的眼睛很蓝。她开始张大嘴。人们相信宇宙构成了一个热力学上的封闭系统，如果这是真的，那就意味着终有一天，宇宙将自我“释放”，不再有能量可供使用。这种状态被称为“宇宙的热寂”。萨拉·波伊尔开始大哭。她把一罐草莓酱扔到炉子上，上面的瓷片掉了下来，炉子开始流血。巴赫有二十个孩子，萨拉·波伊尔有多少个孩子？她张大嘴。她的嘴在张开。她打开水龙头，在水槽里加满洗涤剂。她在厨房的墙上写字，“威廉·莎士比亚得了癌症，他住在加州”。她写道：“糖霜玉米麦片是上帝的食物。”水池里的水冒着泡，溢了出来，噗噗落到草莓地面上。她快要哭了。她的嘴在张开。她在哭。她哭着。人怎么能弄清是一条鱼还是很多条鱼呢？她开始摔杯子和盘子，扔杯子、锅、罐装食品，它们碎掉、破掉、散得满厨房都是。煮蛋计时器中的沙子在下落，安静无声。气压计上的老头和老太太从未相遇。她捡起鸡蛋扔到空中。她开始大哭。她张大嘴。鸡蛋在厨房里慢慢划成弧线，远远望去，像棒球高高地搏击着春日的天空。鸡蛋在寂静中越飞越高，在最高点迟疑了一下，然后开始慢慢地，穿过明朗清新的空气，慢慢地下落。

（杜阿　译）

对“推想小说”的推想

与其说凯特·威廉是一位女作家，或者一位创作文章的女性，不如说她是一位在科幻小说（她更喜欢用“推想小说”这个名字）和主流文学之间架起桥梁的作家。她的创作技巧是将更为敏感和自我怀疑的角色置于探讨基本主题以及避开传统文学惯例的小说之中。

凯特·威廉生于俄亥俄州托莱多，19 岁时和约瑟夫·威廉结婚，在接近 30 岁时开始写作。尽管她的《一品脱那么大的妖怪》（“The Pint-Sized Genie”）于 1956 年 10 月发表于《奇妙故事》（*Fantastic Stories*）杂志，但她作为专业作品卖出的第一篇小说是《一英里长的太空船》（“The Mile-Long Spaceship”），这篇作品于 1957 年 4 月发表于《惊异》杂志。她于 1963 年和达蒙·奈特结婚，同年她的第一部短篇小说选集《一英里长的太空船》出版。她的第一部长篇小说，即怪诞小说《比死亡更苦涩》（*More Bitter than Death*）也于该年出版。

威廉的第一部长篇科幻小说《克隆》（*The Clone*，1965）是和西奥多·L. 托马斯[1]（Theodore L. Thomas）合作撰写的，他们还共同撰写了另外一部长篇小说《云之年》（*The Year of the Cloud*，1970）。她第一部独立创作的长篇小说是《不再发生的事件》（*The Nevermore Affair*，1966），紧接着她又创作了《杀手之事》（*The Killer Thing*，1967）、《让火落下》（*Let the Fire Fall*，1969）和《玛格丽特和我》（*Margaret and I*，1971）。她创作的《迟暮鸟语》（*Where Late the Sweet Birds Sang*，1976）以大灾难后的世界为主题，讲述了一个一群被隔绝的人试图通过克隆技术生存下去的故事，这部小说获得了雨果奖。她创作的其他长篇小说还有《克莱维斯顿实验》（1976）、《故障线》（1977）、《杜松时代》（1978）、《一阵阴暗的感觉》（1981）、《欢迎你，混沌》（1983）、《海斯曼的宠物》（1985）、《疯狂时代》（1988）、《黑暗之门》（1988）、《坎比奥海湾》（1990）和《甜甜蜜蜜的毒药》（1990）。她也创作怪诞小说，她近期[2]的作品大多属于该领域。

她致力于号角科幻作家写作营的发展，担任联合导师达九年，并编辑了《号角科幻小说》（*Clarion SF*，1977）一书。她还编辑了《星云奖获奖小说·第九卷》（*Nebula Award Stories Nine*，1976）。她的盛名主要来源于技巧娴熟的短篇科幻小说，在这一点上，虽然可能不比西奥多·斯特金和哈伦·埃利森，但她比许多科幻作家都要突出。她的短篇科幻小说被收录在以下选集中：在《一英里长的太空船》后出版的《楼下的房间及其他推想小说》（*The Downstairs Room and Other Speculative Fiction*，1968）、《深渊：两部中篇》（*Abyss: Two Novellas*，1971）、《无限之盒：推想小说选集》（*The Infinity Box: The Collection of Speculative Fiction*，1975）、《听，听》（*Listen,*

1. 美国化学工程师、专利权律师、科幻作家。
2. 此处指本书英文原书再版的时间，即 1997 年。

Listen，1981）和其他六部选集。

威廉更喜欢用“推想小说”这个词，这说明她的作品不仅不必须包含科学元素，而且还可能无视或违反科幻文学的惯例。她的短篇小说大部分都首次发表在奈特的推想小说选集《轨道》上。《轨道》第一卷出版于 1966 年，其后又出版了很多卷。她笔下的小说大部分都发生在已经分崩离析的世界中，或者发生在末世灾难即将到来的世界中。她笔下的人物就像大部分主流文学中的角色一样，是一些擅于发掘自己内心的人，他们察觉到了自身的希望和期待之间的悲剧性鸿沟，相比于追寻知识和问题的解决之道，他们会在接受现状和投入情感方面找到更多的寄托。

《策划人》（“The Planners”）最初发表在《轨道》第三卷上，获得了为 1968 年的作品颁发的星云奖。这篇短篇小说有其科学基础——对于学习和行为本质的生物学实验研究。这篇小说的核心是一个旨在提高猴子智力的科研计划，方法是向这些猴子注射从最聪明的猴子身上提取的可溶性核糖核酸（即 sRNA）。记忆可能建立在化学的基础上，而不是建立在大脑内神经细胞的“电流通路”的基础上，这种可能性可以追溯至二十多年前密歇根大学的詹姆斯 · V. 麦康奈尔教授对真涡虫的实验，在加州大学洛杉矶分校贝勒医学院以及一些其他机构对其他生物（包括老鼠）的研究中也涉及这一点。这些研究认为诸如走迷宫和躲避阴暗环境这些学习行为可能可以通过某些血液中的蛋白因子转移到其他个体身上，这个蛋白因子可能是核糖核酸（RNA）。这个观点也被用在了一些其他小说中，包括詹姆斯 · 冈恩的《校园》（*Kampus*，1977）和《造梦人》（*The Dreamers*，1981）。主流生物学家从未相信这种推断，这个观点已经被大多数人抛弃了。

猴子实验是一项旨在为证明这个观点的正确性而进行的纯粹研

究，而这个观点在人类身上的可能性则通过本篇小说中一位精神有缺陷的男孩桑尼·德里斯克尔展示出来。讽刺的是，猴子实验成功了，而男孩德里斯克尔的实验则失败了。但如果这就是小说的全部内容的话，它也不会被人铭记。这篇小说的成功在于它不寻常的第三人称视角。读者跟随实验的主导者达林博士进入故事，还可以彻底地深入达林博士的思维，以至于会觉得他的幻想如同现实一般。

小说中的所有非科学家角色，甚至包括一位科学家角色，都不吸引人，甚至让人觉得无趣。而猴子更聪明、更直率，也不那么沮丧，这可能是因为猴子的生活更为自然。达林本人就很沮丧，这是因为他的婚姻生活以及对男孩德里斯克尔实验的失败，还有对遭受痛苦表现出的麻木不仁，虽然对于科学研究来说，这些似乎是必需的。随着一项调查不断威胁着研究计划，达林的幻想部分也在增加。作者细心地让描写幻想和描写现实的部分在文字上并无差别，尽管二者都有相应的线索。就像现实生活中一样，要区分幻想和现实是读者的责任。

（赵佳铭　译）

策划人

[美国]凯特·威廉

雷在单向玻璃前停下脚步，俯身端详笼中的长臂猿婴儿。达林苦涩地看着她。过了一会儿，她挺直身体，手放在工作服的口袋里，一脸若无其事，沿着两排笼子之间的走道漫不经心地向他走来。

“你仍旧认为这样做残忍且毫无意义？”

“你不这么认为吗，达林博士？”

“你为什么总是这样？用你的问题来回答我的问题？”

“这惹火你了吗？”

他耸了耸肩，转过头去。实验室大褂被他扔在椅子上，他把它拿起套在了他的天蓝色运动衫外。

“德里斯克尔家的男孩怎么样了？”雷问。

达林僵硬了一瞬，然后又放松下来。他仍旧没有面对她：“和上周一样，和去年一样。到死他都会是一样。”

大厅的门开了，现出一张又大又老实的脸。斯图·埃弗斯的眼光掠过达林，来到走道上。“你一个人？我好像听到有人在讲话。”

“自言自语，”达林说，“委员会已经准备好了？”

“就快了。雅各布森博士一如既往，还在折腾他那个鼻喉喷雾。”

他犹豫了一瞬，又看了看那排笼子，然后看向达林。“你不觉得一个对猴子过敏的人应该找找别的研究方向吗？”

达林四处看了看，但雷已经走了。这次又是什么惹着她了？是德里斯克尔的男孩，还是这个项目的方向本身？他不知道她在工作之外是否还有自己的生活。“我这就去大院。”他说。他经过待在门口的斯图，迈向来自佛罗里达森林的幽暗植被。

噪声在门口冲着他迎面扑来。这里有四百六十九只猴子，聚集在研究机构所使用的三十六英亩林地中。每只猴子都在尖叫，哀嚎，歌唱，咒骂，或是用别的方式显示自己的存在。达林哼了一声，走向大院。“世界上最快乐的猴子”，有一家报纸的文章这么称呼它们。“唱歌的猴子”，一则副标题声称。“喂了聪明药的猴子”，最具前瞻性的报纸如此宣称。“被控虐待”，另一家报纸则以低沉悲伤的口吻补充。

大院占地面积三英亩，是一片得到精心规划与维持的原生态森林，被三十英尺高的光滑塑料墙包围。一个透明的穹顶笼罩着整片区域。墙面上每隔一段距离都设置有单向玻璃窗，一小群人站在窗前：委员会的成员们。

达林停下脚步，通过一扇窗子望向大院内部。他看到赫洛伊丝和斯其特一直在为对方捉并不存在的虱子；亚当正在大嚼一根香蕉；霍默正无所事事地躺着，用脚碰自己的鼻子；一对猩猩在水龙头旁，没有在喝水，而仅仅是踩着踏板看喷水，时不时把头或手浸在满是冷水的盆子里。雅各布森博士出现了，达林加入了这群人。

“早上好，贝尔波图女士，”达林礼貌地说，“您可知道您的裙子掉了？”他随即转向多尔茅斯少校说，“今天您又用您那可爱的绯闻小报整死了多少敌人？”他又朝一个拿相机的长粉刺的年轻人愉快地笑了笑，“少校，您这是带了个专业偷窥狂啊。看来新闻里会有更多故事了，还是带图的？”脸上长着粉刺的年轻人换了个位置，摆弄着相机。上校怒火中烧；贝尔波图女士跪在地上，在灌木丛底下找她的裙子。达林眨了眨眼。他们全都一丝不挂。他转向窗子。猩猩们正在布置一张桌子，上面满是茶具，银的、瓷的，还有小块手指三明治。猩猩们全都穿着印花衬衫和裙子。霍滕斯戴着一顶夸张的淡绿宽边草帽。达林紧靠着栏杆来忍住笑意。

“可溶性核糖核酸，”当达林止住笑时，雅各布森博士正在说，“简称 sRNA。最开始我们训练整条虫子，并把它们喂给其他虫子，这样它们就会从原本的训练中受益。但现在我们找到了更精练的方法。我们现在从受过训练的动物身上提取 sRNA 分子，然后将这些 sRNA 分子喂给未受训练的样本，并观察结果。”

当雅各布森博士说话时，那个年轻人一直在拍照。胡齐斯女士则在做笔记，她的嘴唇抿成一条线，太阳帽让她的皮肤染上绿色。阳光让她红黄花纹的裙子看上去在摇摆，让她丰满的臀部也像是随着裙摆在不断荡漾。达林看得入迷。她大约 60 岁。

“……我的同事达林博士，是他提出了这一系列实验。”雅各布森博士终于说，达林于是轻轻鞠躬。他不知道关于自己雅各布森说了些什么，决定在别人提问之后再发言。

“达林博士，据说您还从人身上提取这种物质，这是真的吗？”

“你每次挠自己的时候都会失去这种物质，”达林说，“你每流一滴血都会失去它。你体内的每个细胞中都有它。是的，我们有时会用人血样本来做研究。”

“然后将它们注射进这些动物体内？”

“有时我们会这么做。”达林说。他等待着下一个问题，那个不可回避的问题，好奇自己会如何回答。雅各布森曾经解释过应该如何回答，但他不记得雅各布森说了什么了。那个问题没有来。胡齐斯女士往前走了几步，望向窗子。

达林将注意力转向她；她移回视线，迅速将目光重新锁定大院里的猩猩。“您好，呃……女士？”达林提示她，但她没有看他。

“为什么？所有这一切的目的到底是什么？”她问。她的声音像是被谁掐住了脖子。长粉刺的年轻人向下一扇窗子缓缓挪动。

“这个嘛，”达林说，“我们的理论很简单。我们相信几乎每个物种的学习能力都有可能得到大幅提高。学习曲线是符合正态预期的钟形曲线。曲线一端的少数个体能够快速学习，中央的大部分个体以平均速度学习，而另一头的少数个体则学得很慢。通过我们的实验，我们能让任何组群中部的大部分个体，以及落后一端个体的学习速度提升到与学习速度最快的个体相当的水平……”

没有人在听他说话。这不重要。他们会收到他为他们准备的新闻稿，用简单易懂的语言撰写，没有多音节词，没有长难句。他们都在看窗子对面的猩猩。他说：“我们可怜巴巴地吹了三次卡祖笛才让姑娘们心中燃起野营的热情。”委员会成员中的一个人瞟了他一眼。“静脉注射和口服似乎同样有效，”达林接着说，而那个满头大汗的男人再次转向窗户，“每天早上都会注射……排斥反应，计划性的节食，计划性的父母，计划性地计划一个计划。”雅各布森怀疑地看了他一眼。达林不再讲话，点燃一根雪茄。臀部不安分的女士从窗户那儿转过身来，满脸通红。“我看得差不多了，”她说，“这儿太阳太毒了。我们能看看实验室内部吗？”

达林将他们交给在室内的斯图·埃弗斯，缓缓走回大院。他的唇边浮现一丝笑容，因为他看到亚当出现在另一头，大摇大摆地往前走，完全没有在意霍滕斯正一脸迷茫地前后摇晃腰部。达林向亚当行了个礼，然后吹着口哨回到了自己的办公室。下午1点，德里斯克尔太太和桑尼会在那儿和他见面。

桑尼·德里斯克尔14岁，身高五英尺九英寸，体重一百六十磅。他的男护士身高六英尺二英寸，体重二百二十七磅。桑尼在他12岁时弄断了他妈妈的胳膊，在13岁时弄断了他爸爸的胳膊和腿。到目前为止男护士还毫发无伤。每天早上德里斯克尔太太都会充满慈爱地为她的宝贝梳洗打扮，喂他吃饭，带他去庭院里散步，兴高采烈地对他说接下来几个月的计划，又或者是对他唱摇篮曲。他似乎从来注意不到她。男护士乔尼在当班时永远待在距他三英尺以内的地方。

德里斯克尔太太拒绝思考总有一天她不得不将她的孩子交给有关机构。她将信念和希望全都寄托在了达林身上。

他们在2点15分到达，比他预料的要早，比他们承诺的要晚。

“这孩子总在脱衣服。”乔尼愁眉苦脸地说。孩子又在办公室脱掉了衣服。乔尼瞪着他，但达林摇了摇头。这不重要。达林从他肌肉发达的手臂里得到了血样，并将注射剂注入另一侧手臂。桑尼似乎没有意识到他在做什么。他似乎从来都不会意识到。桑尼拒绝接受测试。他们把他带向桌椅，但他坐在那里，眼神空洞，无视那些积木，那些闪亮的小球，那些蜡笔和糖果。达林所说所做的任何事情都没有显现出效果。终于，时间到了。德里斯克尔太太感谢达林帮助她的孩子。

斯图和达林每天4点至5点要给研究生们上课。凯莉·欧格雷迪会给猴子做好标签，好在他们两位来教室前完成准备工作。凯莉高挑苗条，一头红发。当她行动时不小心碰到斯图，他会颤抖。达林则希望斯图哪天能像亚当一样在她面前抖擞一回。她一本正经地坐在她的高脚凳上，笔记本放在膝盖上，没有注意到斯图在上课时的变化，又或者注意到了却不在乎。达林怀疑她是不是一个编了程序的芭比娃娃，只为完成实验室的任务。

他设想有一家芭比女子精修学校，也就是那些双腿修长、胸脯位置很高并且没有小肚子的女孩去的地方，她们需要把毛剃干净，脚指甲涂成粉色，去掉乳头，全身除嘴唇以外的所有开口都缝上，而嘴唇则永远保持毫无意义的微笑。

这堂课由六只还没喂食的黑色蜘蛛猴参加。它们需要完成六个任务：（1）拉绳子；（2）穿过笼子，拿到一根由绳子放下来的棍子；（3）再拉一次绳子；（4）拿到第二根棍子，这根棍子能和第一根拼在一起；（5）把两根棍子拼在一起；（6）用加长过的棍子把一挂香蕉弄到笼子附近，再把香蕉拿进来吃掉。5 点时，猴子被送回凯莉身边，她则把它们一只一只推回库房。没有任何一只猴子完成了所有的任务，虽然在时间结束时有两只已经接近完成了。

斯图一边等最后几只猴子被带回自己的住处一边问："今天早上你对那些蠢货做了些什么？我和它们会合的时候它们都一脸不知所措。"

达林告诉他亚当干了些什么，当凯莉回来时他们两人正在大笑。斯图的笑声瞬间噎住，听上去像啜泣。达林想跟他描述一下在他想象中凯莉上过的那所学校，却觉得还是不说为妙，于是走开了。

他开车回家走的是一条十六英里的狭窄笔直的道路，穿过佛罗里达深处逐渐幽暗的森林。

"我当然不介意住在这里。"莉娅曾经说，那还是九年前，他刚刚接受了佛罗里达的工作岗位。她确实不介意。房子有空调；他们家的车，也就是莉娅的车也有空调；后院有一个巨大的游泳池，大到足够放一艘玛丽皇后号。一个怯生生的大眼睛佛罗里达姑娘负责做家务，莉娅长胖了，偶尔写诗作画，供研究所的太太们消遣。达林怀疑她有时也给研究所的先生们提供消遣。

"丁普斯教授，今晚一个小时？你知道这得花十五美元。"他草草记下日程，转向莉娅，“像今天这样再来两次，你就能付汽车贷款了。不错吧！”她将纤细的手臂缠绕在他的脖子上，紧致高耸的胸脯紧紧地压在他身上。她得微微仰头来接受他的吻。“该你了，亲爱的。免费的。”他试着去吻她；然而有什么东西制止住了他的舌头，他意识到笑容仅仅浮于表面，那开始根本不存在。

他把车停在一辆名爵跑车旁边——不是莉娅那辆。他来到家里，房间里的马提尼酒总是冰凉的。

“亲爱的，你还记得格蕾塔吧？以后她每周会来给我上两次课。这太让人兴奋了！”

“可你已经毕业了。”达林咕哝道。格蕾塔个子不高，腿也不长。她是个挺有意思的小东西。他似乎对她有那么点印象。她的手在他的手中是那样冰冷。

“格蕾塔要搬过来了，她会在春季学期教授现代艺术。我问她能不能给我上私人课，她同意了。”

“格蕾塔·法雷尔。”达林说，仍旧握着她的小手。他们离开莉娅，从开着的落地窗走出去，来到中庭，空气中散发着橘子花的浓重芬芳。

“格蕾塔觉得能和心理学家结婚一定棒透了，”莉娅的声音跟了上来，“你俩跑哪去了？”

“你为什么说这种话？”达林问格蕾塔。

“嗯，我想到您一定非常了解女人，懂得她的情绪，以及那些情绪都是怎么来的。您一定知道什么时候该做什么，以及什么时候该做别的……嗯，就是那样。”

他火热的手触碰在她的身体上，她的肌肤冰冷。莉娅任性的声音靠得更近了。他将格蕾塔拥入怀中，走进游泳池，两人沉入底部仍未分开。她没去过芭比学校。他的手熟悉着她的身体；而他的身体也熟悉了她的身体。他们做完后，格蕾塔遗憾地放开他。

“我得走了。达林博士，您是个幸运的男人。您对自己毫无怀疑，非常清楚是什么让自己产生热情。”

他躺回皮沙发，瞪着天花板。“总是那样，博士。幻想，美梦，幻觉。我知道这是因为我们依然面临调查，但即使在事情比较顺利的时候，我还是会那样无缘无故地走神。”他不再说话。

达林在椅子里动了动，手指在胳膊上轻轻敲打，眼睛盯着时钟停下的指针。他问：“在最近的压力出现之前，你是否有过如此强烈的幻想？”

“我想没有。”达林若有所思地说，试着回想。

另一边没有给他时间。他问：“当你不得不或者想要保持清醒时，你是否能摆脱这些幻想？”

“那是当然。”达林说。

他大笑着走出车门，拍了拍那辆名爵，走进了自己的家。他听到起居室里传来说话声，想起莉娅确实要在周四上绘画课。

达林回家五分钟之后，莱西博士就离开了。莱西含糊其词地说了一些关于莉娅大有前途，天分尚未被发掘的话，达林清醒地点头同意。如果她有天分，那显然尚未被发掘。他没有把这话说出口。

莉娅穿着一套女招待款式的情趣制服，午夜蓝的连体紧身衣外面飘逸着一层淡蓝色的网状罩衫，轻薄如同窗纱。达林想知道她是否意识到这几年里她胖了不少。他觉得她没有。

“噢，那个人越来越不可理喻了，”当名爵从他们家门口飙出去的时候她说，“已经两年了，他还是不想让我的作品参展。”

达林看着她，思考她有什么作品能参展。

“别把马提尼喝得没完没了，”她说，“我们7点得去里特家吃蛤蜊。”

他冲澡的时候电话响了，是找他的。是斯图·埃弗斯。达林接电话时身上还在滴水。

“你看晚报了没？那个女人声称工作站的条件很极端，我们的动物正在遭受不必要的折磨。”

达林轻声呻吟起来。斯图继续说：“她打算明天把她那群女支持者带过来证实她的说法。她好像是防止虐待动物协会的大人物还是什么的。”

达林不禁笑了出来。胡齐斯女士把脸贴在一扇窗户上，其他那些穿花裙子的胖女人则把脸贴在别的窗子上。没人呼吸，没人动。在大院里，亚当睡了霍滕斯，然后又走向埃斯梅拉达，走向希尔达……

“该死的，达林，这不好笑！”斯图说。

“但这确实很好笑。确实。”

里特家的蛤蜊很美味。蛤蜊，锤子，一篮子黄油，成山的沙拉，啤酒，最后是调了白兰地的咖啡。当晚结束时，达林感到愉快而满足。里特正在研究中世纪英国文学，但他体谅地没有挑起话头。他对防止虐待动物协会的破事儿深表同情。他认为科学家们没有想象力。达林表示赞成，不久之后他和莉娅就踏上了回家的路。

“真高兴你没有待太晚，”莉娅说，鸣着喇叭开过黄线，“晚上有场我特别想看的电影。”

她喋喋不休，他却没有在听，十二年的训练让他得以在适当的时候发出咕哝声。“里特真是个无趣的家伙，”他们快到家时，她说，“就好像你和今晚报纸上那个不得了的声明有什么关系似的。”

“什么声明？”

“你不会没看那篇文章吧？天啊，为什么不看看？所有人都会谈论它……”她戏剧性地叹了口气。“有可靠消息称，在可见的未来，只要拓展现有的线索，你就能培养出和普通人类一样聪明的猴子。”她笑了，声音清脆而毫无意义。

“等我们回家我会去读读那篇文章。”他说。她没有问关于声明的事，不在乎它究竟是对是错，不在乎他到底有没有做出过那样的声明。她在电视机前坐下来，而他则读了那篇文章。随后，他去游了个泳。水是温热的，凉爽的风吹拂着他的皮肤。他一离开泳池，蚊子就找上了他，让他只好坐在阳台的纱窗后面。起居室的泛蓝光线在一段时间后消失了，只剩下夜色。莉娅上床睡觉时没有跟他打招呼。他知道她悄无声息地睡了，关门时小心翼翼。这样的话，如果他在阳台上打盹儿，门锁的咔嚓声就不会打扰到他。

他知道自己为什么没有和她分开。怜悯。那是人心中会产生的最具腐蚀性的情感。她是娃娃学校的产物，学校教导她们红毯尽头就是终点，是少女梦想的实现，直到她们惊恐地意识到这里只是另一个开始。其中一部分人永远不会从这场打击当中恢复过来，比方说莉娅就从未恢复。永远不会。到了60岁的时候，她将会对未开化动物的性表现撅起嘴，不管是不是人类，她都会感到厌恶，还会帮助制定法律来禁止这种活动。很久以前，他曾期望生一个孩子会是答案，但学校对她们内部也做了改变。她们不会受孕，就算受孕也不会怀胎，就算怀胎也只会生出死婴。至于那些总算活下来的孩子，恐怕比起那些在她们的子宫里打了败仗的孩子更值得同情。

一只蝙蝠低低地掠过静静的泳池，又消失在杜鹃花的黑暗里。过不了多久月亮就会出现，黑猩猩们会不安地骚动一阵子，然后又回到无忧的睡梦中。黑猩猩们亲密地挨在一起睡觉，毫无欲念。只有夜行生物和人类才会在夜晚交合。他不知道亚当是否记得捕获它的人类。大院里的聚落是在近二十年前开始的，从那时以来，没有一只黑猩猩见过人类。当人们需要进入场地时，会在晚上给黑猩猩喂食麻醉剂，以防止它们惊醒。人们会趁机更换道具，在已被克服的障碍物上增加新的障碍物。时不时会有黑猩猩被带走进行研究，通常以解剖结束。除了亚当。亚当是世界之父。达林在黑暗中微笑起来。

亚当将他的新娘从其他野兽身边带走，知道她可爱。她是他真正的新娘，为他而造，她的智慧与他燃烧的智慧相匹配。他们一起爬上光滑的围墙，瞥见他们的花园之外的广袤世界。他们一同找到了通向世界的入口，那世界本该属于他们，于是他们将劣于他们的生灵留在身后。上帝寻找他们却未能找到，于是诅咒他们，并封住了入口，让其他生灵无法跟过去。就这样，亚当和他的新娘成了最初的男人和女人，他们诞下子孙，而后栖居整个世界。一日，亚当说，可耻啊，女人，你可看见你赤身裸体？而女人则回答，你也如此，大男孩，你也如此。于是他们用树叶遮掩他们的赤裸，在暗夜中交合，这样男人就无法看到他的女人，而女人也是同样。就这样，他们摆脱羞耻，得到净化。永远这般。阿门。哈利路亚。

达林打了个激灵。他还是睡着了，而晚风变凉了。他上了床。莉娅在睡梦中翻身离开他。他触到她身体火热。他转向他的左边，背对着她，睡着了。

“有一个潜在的 x，”第二天早餐时，达林对莉娅说，“我们不知道 x 究竟在哪里。比如它可以代表猴子可能达到的最高智能。我们对每一批新到的猴子进行测试，然后分组，$x-1$，$x-2$，$x-3$ 这样，然后我们培育更多的 $x-1$。我们还会给另外两组喂我们从原来的 $x-1$ 那儿得到的 sRNA。最终我们得到一只比原来的 $x-1$ 还要强的猴子，然后再次评级，从头再来，用它的 sRNA 让其他的猴子达到它的等级。我们持续监测，以确保劣质品种不会混进最高级的品种。我们还有对照组，有相同的训练，相同的食物，相同的分类过程，但没有 sRNA。我们对照它们的测试结果。”

当他说话时，莉娅颇有兴趣地望着他的脸。他以为他讲清楚了，直到她说：“你有没有意识到你的鬓角几乎全白了？它们一口气变白了。”

他小心地把杯子放回杯碟。他朝她笑了笑，站起身。“晚上见。”他说。

他们还有两组彼此独立的黑猩猩，开始时完全相同。两组黑猩猩这些年来都没有受到过任何训练。它们一直相互隔离，也没有接触人类。人们将已知最聪明的黑猩猩的 sRNA 喂给亚当所在的组，对照组则没有被喂食。对照组还没有学会打开结构复杂的水龙头，放出冰凉的水；它们的饮水来源是流过大院的小溪。对照组也没有学会如何得到高高挂在脆弱树枝上的果实，其实只要用伸缩棍把它们打下来就行。穹顶打开的雨天，对照组会在毫无遮掩的地方蜷缩在一起，或是躲在棕榈树的稀疏遮蔽之下。而亚当很久以前就带领它的小组建造了一座简陋却实用的小屋，每当下雨它们就会聚集在那儿。

达林停车时看到女性委员们从大院中走过。他径直走向他办公室的控制台，打开开关，操纵着按钮和拨盘，带着这群人走过一条条小路，打开一条，关闭另一条，直到将她们带至最新的大院之一。他打开门，让她们进去。他迅速关上门，看着她们疯狂地想要出去。随后他把黑猩猩放了出来，看着新人类蹂躏老女人。它们的后裔有些黑肤多毛，有些粉肤无毛，还有一些在两者之间。它们迅速成长，排着队伸长胳膊来获得它们每天的剂量，很快就站在一台即时测量它们的机器前，然后被分类。有些进入分解室，另一些则来到外面的世界。

汽车的喇叭声在他耳旁响起。他关掉点火开关，下了车，而斯图·埃弗斯正把车停在他旁边。“我看到老妖婆们都来了。”斯图说。他和达林一起走向实验室。“德里斯克尔家的小子最近怎么样？”

“不怎么样。”达林说。斯图知道他们尝试将人类的 sRNA 用在那孩子身上，但始终是失败的。对他的身体而言，这一步实在跨得太大，难以接受。“目前他完全不耐受 A-127。几乎立刻产生了排异反应。”

斯图对此感到同情，却并不表态。没有其他人对达林自己的实验有任何信心。达林想，A-127 这一步可能迈得太大了。巴西的阿特利斯蜘蛛猴太聪明了。

他在办公室给凯莉打了电话，问起前天他们测试过的新到的蜘蛛猴。血液已经处理过了，有一个可用的样品。他看了看自己的笔记，选了一个看上去有意思的工作任务，却没有完成任何一个。凯莉答应在下午 1 点之前准备好注射器。

项目相关人员再也无法怀疑以下事实：那些被注射了德里斯克尔家的男孩的 sRNA 的猿类和人类，他们的学习能力实际上已经遭到了抑制，其中有些个体显然遭到了永久性抑制。

达林不愿想象如果有一天德里斯克尔太太知道了他们在如何利用她的孩子，她会作何反应。雷坐在他办公桌的一角，蛮横地慢慢说：“也许我会亲自告诉她，达林博士。我会说，抱歉太太，您得让您家的白痴离开这儿；您在用他的污浊血液损害我们的猴子的大脑。怎么样，达林？”

“上帝啊，你这又是想干什么？”

“测试，”她说，“仅仅如此，测试而已。”

斯图叫他去观察亚当小组的最新挑战，这项挑战将在四十分钟后进行。达林忘了他也得在场。晚上，每个院子里都放入一棵倒下的树，树干落在小溪上，堵住了水流。11 点时，水龙头将被关闭，直到这一天结束。倒下的树放在了院子的另一头，靠近溪流进入院子的墙，这样一来流经小屋的细流都被切断了。没有服用 sRNA 的小组已经开始显现干渴的迹象。亚当的小组还没有意识到水流的中断。

达林见到了斯图，他们一起走到另一端，好看清整个院子的情况。女人们已经离开了。“对它们而言这个早晨太安静了，”斯图说，“亚当在巡视；它在倒下的树上蹲了将近一个小时，然后才离开，回去找它的同伴。”

他们能看到正在漫延的水潭。水潭浑浊，看上去不太像是能喝的样子。11 点 10 分，小溪失去供水的消息已经传遍了院子。有些老黑猩猩试了试水龙头，亚当也试了好几次。它用棍子抽打水龙头，然后再次尝试。然后它一屁股坐下来，盯着水龙头。有一只小黑猩猩可怜巴巴地呜咽着。小黑猩猩还不渴，只是疑惑不解，或许还被吓着了。亚当怒视着它。那只小黑猩猩蜷缩在霍滕斯身后，而霍滕斯则对亚当露出獠牙。亚当恶狠狠地向霍滕斯挥了挥手，而霍滕斯则开始为自己的后代捉跳蚤。当小黑猩猩再次对霍滕斯呜咽时，霍滕斯轻轻拍了拍它。小黑猩猩将目光从霍滕斯身上转向亚当，把食指伸进嘴里，缓缓离开了。亚当继续盯着没用的水龙头。一个小时过去了。终于，亚当站起身来，漫不经心地向干涸的溪流走去。四处都是逐渐缩小的泥水滩，在阳光下蒸腾。其他黑猩猩跟在亚当后面。它顺着溪流穿过院子，直到墙边的源头。来到池边，它再次坐下。小黑猩猩中的一只小心翼翼地绕着池子转圈，俯下身来摸了摸脏水，缩回去，然后再次俯下身，喝了起来。其他几只也喝了。亚当继续坐着。12 点 40 分，亚当又动了起来。它对着几只年轻雄性又是哼哼又是打手势，走向树干。在大量噪声和无意义的手势中，它们挪动了树干。它们使劲再次挪动树干。水被释放出来，浇在了抬着树干的黑猩猩身上。两只黑猩猩扔下树干逃跑了。亚当和另外两只继续抬着。逃跑的两只回来了。

它们还在干活儿，但达林不得不离开，好去赴他与德里斯克尔太太和桑尼的约会。他们在1点10分到达。凯莉把装有新配方的注射器留在了达林的小冰箱里。他给桑尼打针，取了他的样本，然后开始测试。有时桑尼会拿起桌子上的东西乱扔以表示配合。今天他只用十分钟就清理干净了桌面。达林把一块糖放在他手里，桑尼扔掉了糖。达林又耐心地放了另一块糖在他手里。他设法让第八块糖在桑尼紧握的手里停留了足够长的时间，好让他把手引导到桑尼的嘴边。当它消失后，桑尼张嘴想要更多。他的手无用地放在桌上。他似乎没有将手和糖果的美好味道联系起来。达林试着将第二块糖送到他嘴边，但桑尼拒绝再次抓住糖。

一个小时结束，桑尼显然很疲倦，德里斯克尔太太紧紧握住了达林的手。她的眼里噙着泪水。“你竟然让他自己吃了点东西，”她断断续续地说，“上帝保佑你，达林博士。上帝保佑你！”她吻了吻他的手，转过身去，脸颊上流淌着泪水。

当他们离开时凯莉正在等他。她收集了用来处理的新血液样本。“你听说院子里出大事了吗，亚当正在建造自己的水坝。”

达林盯着她看了一会儿。突破口？他跑回院子。这次，距离猩猩活动最近的位置是窗户。看起来全体工作人员都在那儿，静静地看着。他看到了斯图，于是挤到他身边。溪流蜿蜒曲折穿过院子，不到十英寸深，任何一处都不超过两英尺。有一处水下埋了石头；其他地方则是坚实的沙子。亚当和它的部下正在适合建造水坝的地方堆石头，离它们的小屋很近。它们正在建造的水坝有两英尺深，离墙不到五英尺，离达林和斯图所在的窗子十五英尺。当水坝完成时，亚当看了看围墙。达林感觉黑猩猩和自己四目相对，眼光停留了一会儿。后来他听说几乎每一个在场观看的人都感受到了同样的瞬间：那些智慧的黑眼睛正在望向外界，寻找其他智慧。

“……下一场雷雨。亚当和洪水……”

“……最终当成了种子而不是食物……”

“……它的大脑。脑回和任何人类一样复杂。”

达林离开他们，耳朵断断续续捕捉到对未来计划的讨论。他的桌子上有一张备忘录。雅各布森正在把防止虐待动物协会的调查报告交给他。他要在下周一早上10点和大学代表、当地的防止虐待动物协会以及有关各方的法律代表见面。他写下关于桑尼·德里斯克尔的每日报告。桑尼的良好表现持续太久了。这最后一针会不会成为压死骆驼的最后一根稻草，让他发狂？达林提醒过乔尼——那个保镖，不，男护士——这一可能性，但他知道乔尼并不认为那孩子有多么危险。他希望桑尼不要杀死乔尼，然后再向他的父母下手。如果那种极具目标导向性的冲动当真在他身上出现，他或许会强暴他的母亲。而那三个自愿接受注射桑尼血液的人呢？他坐在桌前，目光空洞，实在不愿去想他们，也因此无法将他们赶出脑海。三个罪犯。不过就是想要通过为科学做贡献而获得假释的罪犯。他突然笑了起来。他们现在没有任何计划。那三个人肯定没计划。什么计划都没有。他们只会干坐着，等待着身上出点什么事情，不去想会是什么事情，或是他们会在何时以及如何受到影响。不去想。就这样。

“但你总是可以安慰自己，你的动机很纯粹，一切都是为了科学，不是吗，达林博士？”雷嘲讽地问。

他看着她。“滚蛋吧你。”他说。

他关灯时已经很晚了。凯莉在通往正门的走廊上遇到了他。“达林博士，今天过得不太顺？”

他点点头。她的手在他的手臂上停留了一会儿。“晚安。”她说，转向她自己的办公室。他盯着门看了很久才让自己出来，开始走向他的车。这么晚他都没打电话肯定会让莉娅气疯的。或许她会到睡觉前才开口说话，届时她将会爆发出泪水与指责。他能够预想她的泪水和指责将会如何起效，与此同时他依然会确切记得凯莉身体的触感，她的话回响在他耳畔。他会对莉娅说谎，不是因为他不想被她知道，而是因为谎言才是恰当的应对。她不知道该如何去面对真相。真相会让她陷入困境，她会试图自杀，但最终失败；她会尖叫着吸引他的注意力，最终将会用浸透了泪水的绳结将他绑住，永不松开。不，他将说谎，而她将明白他在说谎，而他们会就此了事。他启动车，朝着面前漫长的十六英里进发。他好奇凯莉住在哪。好奇如果斯图知道了会怎样。如果凯莉终于变得令人讨厌，他的工作会怎样。他耸了耸肩。芭比娃娃永远不会变得令人讨厌。这不是她们的内在程序。

莉娅在门口迎接他，只穿一件透明睡袍，头发松散，没有造型。她的身体流进他的身体，让他根本不需要凯莉。当斯图和凯莉结婚时他是伴郎。他给雷打电话问："这样你满意了吗？"但她没有回答。也许这次她一去不复返了。他把车停在他漆黑的家门外，头靠在方向盘上好一会儿才下车。即使不是一去不复返，也应该是很长一段时间。他希望她能长久地离开。

（冰村　译）

异星人的异化感

特里·卡尔为王牌图书公司编辑了大获成功的“王牌特别系列”[1]（“Ace Specials”），因此他以编辑的身份为大众所熟知。他还编辑了许多其他选集，包括他的每年年度最佳科幻小说选集和年度原创科幻选集《宇宙》。但是卡尔是以作家的身份开始自己的科幻事业的，而且他也一直在时不时地创作短篇和长篇科幻小说。

卡尔生于俄勒冈州，就读于旧金山城市学院，随后进入加州大学伯克利分校。他在很小的时候就成为科幻迷，15 岁时加入了幻想文学爱好者出版物协会（一个粉丝杂志交流组织），并在 1959 年和 1973 年分别获得了雨果奖最佳粉丝杂志奖和最佳粉丝作家奖。他在 1961 年至 1962 年间做过自由作家，第一篇公开发表的短篇小说《谁与魔鬼共饮》（“Who Sups with the Devil”）发表于《奇幻与科幻杂

1. 王牌图书公司，美国的一家出版机构，现为企鹅兰登的子公司。“王牌特别系列”全称“王牌科幻特别系列”（“Ace Science Fiction Specials”），为王牌图书公司出版的科幻小说系列书籍，于 1968 年至 1990 年间一共出版了三个系列。特里·卡尔担任第一系列和第三系列的主编。其中第一系列的作品被认为是科幻史上影响力最大的系列丛书之一。

志》1962年5月刊。在斯科特·梅雷迪斯文学代理公司[1]任职副主编兼经纪人两年之后，他在1964年至1967年间于王牌图书公司任职副主编，并在1967年至1971年间任主编。

在他编辑“王牌特别系列”的七年间，该丛书刊载了许多雄心勃勃的新作家的优秀作品。卡尔还在1971年创办了《宇宙》杂志，并和唐纳德·A. 沃尔海姆（Donald A. Wollheim）合作编辑了一部年度最佳科幻小说选集。1971年卡尔离开王牌图书公司并成为一名自由编辑后，他继续编辑自己的年度最佳科幻小说选集，并继续编辑《宇宙》杂志，二者都在若干家出版社出版过。去世前，他又编辑了“王牌特别系列”的一个新系列，这一系列在最初两年推出了许多惊世之作，其中包括威廉·吉布森的《神经漫游者》、金·斯坦利·罗宾逊（Kim Stanley Robinson）的《蛮荒海岸》（*The Wild Shore*, 1984）、卢修斯·谢泼德（Lucius Shepard）的《绿眼》（*Green Eyes*, 1984）和迈克尔·斯万维克（Michael Swanwick）的《漂流》（*In The Draft*，1985）。这些小说都是上述作者们创作的第一部长篇小说，后来他们都成为科幻领域的知名作家。

1963年，卡尔出版了第一部长篇小说《山谷的军阀》（*Warlord of Kar*，1963）。他的第二部长篇小说是与特德·怀特（Ted White）合著的《来自2500年的入侵》（*Invasion from 2500*），这部小说在1964年以诺曼·爱德华兹（Norman Edwards）的笔名出版。他更野心勃勃的一部科幻小说《盆地》（*Cirque*）于1977年出版。他最好的短篇小说都被收录在题为《宇宙尽头的光》（*The Light at the End of the Universe*，1976）的小说集中。

《变换者和三旅人之舞》（“The Dance of the Changer and the

---

1. 由美国作家经纪人斯科特·梅雷迪斯（Scott Meredith）成立的文学作品代理公司。

Three”，1968）首次发表于小说集《最遥远的距离》[1]（*The Farthest Reaches*，1968），随后在两部年度最佳科幻小说选集中重印，包括《星云奖获奖小说·第四卷》（*Nebula Award Stories Four*，1971）。这篇小说探讨了关于异星人的最基本的问题，即差异的问题。

许多与异星人有关的问题都已经成为科幻小说的焦点。与异星人第一次接触的主题流行了很长时间：它们是友善的还是有敌意的？第一印象是否至关重要？为了让会面顺利友好，我们该做些什么？异星人会不会想征服我们、利用我们、毁灭我们——或者人类会不会对异星人做这些事情？我们和它们之间的差异会如何影响它们看待生命、看待自身、看待宇宙的态度？我们在它们看来是什么样的？许多类似的问题都在科幻小说中有过讨论：H. G. 威尔斯的《世界大战》、罗伯特·A. 海因莱因创作的从《傀儡主人》到《有太空服——乐意出行》（*Have Space Suit—Will Travel*，1958）的一系列作品、厄休拉·K. 勒古恩的《黑暗的左手》以及数百位其他作家的作品，这些作品都探讨了这些不仅超越他们自身，也超越人类所知的问题。

卡尔的作品探讨了异星人最基本的异化问题。即便是对于H. G. 威尔斯笔下和人类完全没有共同点的“巨大、冷酷、毫无同情心的智慧生物”，人们也能理解这些火星人的行为动机：它们也许来自异星，它们也许从未与人类交流，也从未试图交流过，但是它们和我们一样懂得力量、征服和用低等生物作为食物。但如果我们完全无法理解异星人怎么办？如果我们觉得我们理解了，但是突然间发现我们的理解其实一直都是错误的，又怎么办？像美国和伊朗这样联系紧密的国家都会发现自己无法理解对方的行为，即便是心理学

1. 美国编辑约瑟夫·埃尔德（Joseph Elder）编纂的短篇科幻小说选集。

家也不能解释一些人的群体行为，在不同的行星或不同的星系进化出的生物，甚至可能在使用不同种类、不同来源的能量——它们又怎么可能理解对方？它们的行为是否总是会看起来无法预料？

卡尔的短篇小说提供了一个答案。这篇小说构建出与不可交流的外星人进行交流的尝试。这篇小说的叙事方式与弗雷德里克·波尔早两年发表的《公元第一百万日》（“Day Million”，1966）有类似之处：叙述者拥有上帝视角，至少他在一开始就知道整个故事的走向，他直接与读者沟通，强调了关于经验本质的沟通有多么困难。

卡尔运用了富有异化感的写作策略和语言：故事发生在另外一个星系中，在超越“黑暗边界”之外“几百万光年”的位置；核心情节是一段“民族英雄神话”，它发生在几十亿年前，但是异星人仍然记得、仍在传唱这段故事；异星人是“能量生命体”，通过“电流舞”来交流。水不是水，天空不是天空，生物也不是我们所知的生物。用来描述异星人和异星人的生活状态的文字留下了许多问题：什么是“变换者”？什么是“生命周期”和“周期顶峰”？“本体寓所”？“电流舞”？“忠诚礼”？“生命微粒”？“生命变换”？在他们的生活环境之下，“复仇”是什么意思？故事的讲述者明显想要努力给出定义，但是这个问题很显然超出了他的能力范围，也很可能超出了人类的能力范围。文中的词汇所描述的事物和动作在我们的生活中是无法找到类似物的，要描述这些事物和动作，不可能不扭曲它们的含义，毕竟它们是——异星上的东西。

实际上，故事中的叙述者（与波尔故事中的叙述者不同，这个故事中的叙述者参与到了故事情节之中）是这么描述罗尔人的：“他们是疯子一样莫名其妙的生物，愚笨、白痴，并且毫无用处。”卡尔出色地反映出了故事和风格中不可理解的特质，这让故事获得了成功。

从故事“很久以前”的开头到其随性不羁的情节，读者都可以联想到童话故事。在童话故事中，角色们都有其性格特点——善良、邪恶、超感知、有力量——角色们并不需要去学习或争取来得到这些特点。故事中简简单单地列出巫婆、公主、眼睛和茶盘一样大的猫、可以把稻草变为黄金而且还想要吃小婴儿的矮人等角色。为何童话故事要这样，为什么孩子们喜欢童话故事，这些问题可能都有很好的心理学上的原因。但与卡尔的故事相类似的一个原因是，在儿童看来，成年人的世界似乎就是随性不羁的。

儿童和异星人的区别在于，儿童会长大成人，并往往会发现世界并不是童话故事，人们的行为可以理解甚至可以预测，人们的性格和行动并不是随性的。但是，异星人却并非如此……

（赵佳铭　译）

变换者和三旅人之舞

［美国］特里·卡尔

一切都发生于远古时代，在“黑暗边界”之外的宇宙深处，星系像发着微光的鲸群一样，默默地在漆黑的宇宙中漫游。那年代如此久远，以至当罗尔星系的光穿越几百万光年的距离终于抵达地球的时候，地球上还没有能看到这一切的人类，只有海洋中的几个浮游生物光顾着一刻不停地进行单细胞反应，根本没去注意它。

虽然年代久远，今天的罗尔人仍然记得这个故事的一切，并且在每次有新的变换者问起时还能用他们复杂、游移的电流舞将故事重演一遍。这些电流舞看上去并没有什么稀奇，甚至整个故事，如果平铺直叙地讲下来，也没什么特别的。所以把它当作是翻译过来的东西就好，比如当我说“水”这个词时，我指的并不是我们平日里所见的氢氧化合物，又或者我说“罗尔星的天空”，而罗尔星上并没有我们平日所见的天空，或者罗尔星系的生物并不像我们一样“思考”和“感知”时，也不要大惊小怪。实际上，你可以将其当作一个纯虚构的故事，因为当中确实没有多少事实——但是我了解的真相更多（也可以说知道更坏的一面），因为我知道它有多真实。这也是我为何要重回地球，把死在罗尔星上的四十二个朋友和工作伙伴扔在那里。他们没有机会回来了。

曾经有一名变换者用了三个生命周期的时间来计划一个特别的生命周期顶峰，并且最终付诸实施。我将叫他米涅罗，因为这是我能讲出的最接近他的名字中蕴含的音调、情感矩阵和相关信息的词了，他其实并不叫这个名字。

当他下定决心后，他转身从峭壁上走下来，他一直在那里眺望着罗尔海。然后赶往他的三个好朋友的本体寓所。他用电流舞对第一个朋友阿斯特利亚欢快地说："我要去自杀了！"

如他所愿，阿斯特利亚开始大笑，但只持续了一小会儿。然后他甩下米涅罗径自走了。因为这个地方近期已经有几起自杀事件了，他并不很在意。

他对第二个朋友行了个忠诚礼，毕恭毕敬地把礼节的六十个程式全部表演了一遍，并用电流舞演示道："明天我会把自己的身体浸入海中，如果有人要看的话。"

他的第二个朋友弗莱斯露出宽容的微笑，说他明天会去观看他的表演。

在第三个朋友面前，米涅罗又蹦又跳，激动地描述了他被海洋的波涛淹没后将要发生的情景。他用复杂甚至有些魔幻的舞蹈演示了这个过程，因为米涅罗花了第三个生命周期的大部分时间才在思维中构想出这段舞蹈。这支舞使用了动作、颜色以及某种类似气味的知觉，共同传达出坠落、入水、与洋流融为一体、意识逐渐模糊消失、黑暗包裹四周，还有最终苏醒并完成变换的过程。米涅罗心里逐渐产生一种浪漫的情怀，想象自己附着在罗尔最伟大英雄克洛林姆的生命微尘上重生，并再现他生前的形象。在舞蹈的结尾，他甚至想象自己至高无上，众人纷纷对他效仿——这实在是太夸张了。但他的朋友却不时对他点头称赞。

“这些就算能实现一半，我也要羡慕死你了。但到时谁也说不准。”他的朋友珀尔说。

“我猜实现不了。”米涅罗有点垂头丧气地说。他犹豫了一下才离开。我觉得珀尔应该可以被称为罗尔人中的“女性”，米涅罗本希望她能和他一起跳。但她没有任何表示，只是平静地看着他等他离开，所以他就走了。

到了约定的时候，在朋友弗莱斯的注视下，米涅罗在悬崖上跳了他作为米涅罗的最后一支舞。因为激动，他的动作显得不太协调，但在这种情况下可以理解。然后他走到悬崖边，一跃而下，在空中翻了二十多个圈，然后扎入水中。

弗莱斯赶回家，向阿斯特利亚和珀尔讲述了刚才的情景，两人不时在关键的情节爆发出大笑和掌声。看来总体还算成功。然后三个人坐下，商量如何为米涅罗复仇。

亲爱的读者，我知道我讲的故事看起来很蠢。可能这是因为我是用人类的语言讲述罗尔人的所作所为，谈及他们那样的外星生物，用人类语言是个错误。实际上，罗尔人是近乎纯能量组成的生物，他们的意识在每个生命周期内都附着在一个空间里的“生命微尘”上，他们的能量阵（我用一个专门的滤波器看到过）看上去就像是一个螺旋星云或聚集在磁铁周围的铁屑，或者像一朵半融化的雪花。（这可能就是米涅罗那天看上去的样子，因为自杀者和老年人都拥有这种阵式。）这些阵式不断改变，但每个个体的阵式是相对固定的。

罗尔星是一个气态行星，它的轨道离主星非常近，以至于它的一年只有地球上的三十七天那么长。（相当于在太阳系中一个比金星靠内得多的位置。）罗尔星有一个固态内核，表面有很多岛屿一样的突起，但其表面大部分都处于熔态或气态，夹杂着旋涡和气泡，气流和风暴在上方呼啸。这对人类来说不是一个引人入胜的地方，但确实有一个特点让它引起了统一中心的注意：它是个矿产宝藏。

你想过在一个大多数金属由于受热和/或受压而处于液态的星球上采矿吗？很多人对此并不知晓，因为这并不符合我们的常识，但在罗尔星上确实是这样的，并且非常非常有趣。因为我们的分析显示那里存在一些元素，在此之前，这些元素只是停留在电脑计算出来的理论中——例如，一些元素以前被公认为只存在于恒星内部，诸如此类。如果能获取一些这种东西……嗯，你知道我的意思。在那里采矿的可能性的确引起了人们很大的兴趣。

当然，要去那里进行一次装备齐全的探险，需要耗费半个地球系统的财富。但是统一中心思考了二点八秒，就给出了一份罗尔星探险的完全指南。然后我们就动身了。

我在那里待了一整个标准年（距现在是五年以前的事），在一个罗尔星的“岛”上焊出的人造地球的山里坐着，思考着我到底在干什么。我不是采矿工程师，也不是物理学家或者计算机技术人员，事实上我从事的职业都不需要任何技术培训。我是一个公关人士，我想不出我为什么要到这个鬼地方来。这里看起来就像一个被上帝遗弃的地方，荒凉死寂、令人难以想象。这就是罗尔星。

但是确实有一个原因，就是因为这里有罗尔人。他们都生活（应该说，“生活”）在这里，并且他们是智慧生物，所以我们要和他们谈判。

所以我就来了。

在接下来的几年里，我们一边谈判，一边建立起了合作，我充当中间人，了解到了非常多的关于他们的知识。这些知识足够我把变换者和他的三个朋友的电流舞翻译成人话，尽管翻得很不像样。他们的舞相当于我们的经典民族英雄神话（或者说可能相当于，如果他们的文明中真的有什么和我们文明对等的东西的话)。

继续:

弗莱斯赞成在三人中订立合约，根据合约，三人将轮流按照米涅罗的方式完成自杀，并且故意不向彼此致敬。“这样我们就能消灭这种自杀方式了。”弗莱斯用激动的电流在空中示意。

但是珀尔想得更实际一些。“这样我们只能消灭这一次自杀行动。这样很没想象力，很程式化，米涅罗不应该被这么对待。”她纠正道。

阿斯特利亚看上去犹豫不决：他到处乱跳，全身发出火花，消失，然后换了一种颜色出现在几英尺之外。另外两人一直等着他的回答。最终他安静下来，静静地站在空中，然后稳稳地落地。他缓慢而仔细地打着手势说：“我不确定他是否值得我们以一种全新的方式为他复仇。这也不是什么新型自杀方式。并且谁来给我们复仇呢？”他身上迸出一个火花。“谁来给我们复仇呢？”他重复道，这次比上次明显多了一些动作。

“也许，”珀尔慢慢地说，“我们不需要复仇——如果我们自己的行动够厉害的话。”

另外两人随便挥舞的动作停下了，也在思考着。弗莱斯的光芒由蓝转绿，再转为亮红色，最后转为黯淡的黄色；阿斯特利亚发出紫外线脉冲。

“每个人的死都被复仇过，”弗莱斯说，“你的建议没有意义。”

“但是假如我们做一些足够厉害的事呢？”珀尔说。现在她开始发热，将另外不情不愿的两人拉到她身边。“这是一件从前没有任何人以任何形式做过的事，一件没有人能够为之复仇的事，因为它本身即是积极的——并不是死亡交换，不是毁灭、消失或者遗忘，甚至不是什么大事。这是一件积极的事。”

阿斯特利亚的紫外线光芒越来越暗，直到他看上去就像是空中的一个黑洞。“太危险了，太危险了，太危险了。”他低吼着，急速前后移动。“你知道的，不能提出这样的要求，我们要为此付出我们所有的生命周期作为代价。因为在世界上，一件积极的事……”他随即遁形于黑暗中，好久没再出现。再度出现时，他一声不响，脉冲发着虽然微弱但正逐渐变强的光。

珀尔一直等待着，等到他的颜色和声音显示他的意识已经恢复，然后以一种轻柔的波动动作将两人带回平静、理性的对话中来。“我已经想了六个生命周期了，”她舞着，“我一定是对的——还没有人用如此长的时间去解决一个问题。一件积极的事不一定是危险的，不管第三和第四周期的理论怎么说，它都会是有益的。”她停下来，在空中呈现出橘色。“这会是一次全新的行动。”她迅速旋转着。“啊，全新的！”

最终，他们同意执行她的计划。大致是这样：在罗尔海最远处，风暴常年咆哮，熔化的金属在空中被吹成飞沫，人沾上就会失明。在风暴当中有一座小岛，岛上有一个罗尔人都避之不及的力场旋涡，那里藏着终极死亡变换。那个世代流传的最古老的电流舞说，旋涡一直在那里，罗尔人就在那里诞生，或者从那里逃脱，或者因为违反了那里的法律而被驱逐出来。不管真相如何，旋涡都是侵吞能量的东西，任何漫游到它的引力范围中的生物，不管是罗尔人还是别的东西，都会被它吸引然后被吞噬。（因为罗尔星的所有生物都是基于能量的，即使是无意识的、漫游的食兽——一种外表千篇一律的暗黑色生物，没有内部系统活动，没有气味和声音，并且毫无自主意志。它们在罗尔星生物谱系上存在的意义几乎就只是作为食物；虽然星球大部分地方都有不计其数的食兽飘浮在空中，罗尔人也几乎注意不到它们。他们只有在饿的时候才会吃它，其他时候都对它视而不见。）

“所以你希望我们摧毁旋涡？”弗莱斯说，焦躁地跳来跳去。

“不是摧毁，”珀尔平静地说，“这是生命变换，不是摧毁。”

“生命变换？”阿斯特利亚前后摇摆着小声说。

然后她又重复了一遍：“是，生命变换。”因为旋涡曾经孕育出了罗尔人的上古者，或者说为他们的诞生创造了条件。这些许多个生命周期之前的生物分分合合，彼此反应改变无数次，最终形成了今天的罗尔人。既然旋涡中曾经发生过这样的过程，也可以再发生一次。

“但是怎么做呢？”弗莱斯尽可能用理性、精确的动作舞出这个问题，同时发出稳定的绿色光芒。

“我们需要帮助。”珀尔说。她接着解释说，罗尔星上有一种名叫风鸟的生物，它智力几乎为零，但是记忆力绝佳，她从它那里听说，目前仍然有一个上古者处在第一个生命周期中，他的本体寓所就在旋涡附近的某处。在种族的古老时代，自杀还被认为是一种周期变换的极端形式，在当时，这个上古者就以一种消极自杀的形式完成了变换——将生命周期冻结。这样当他的朋友们进入一个又一个周期，变换、生长和学习，成为不同周期中拥有共同记忆的不同人的时候，他的意识和形态却永远周而复始地重复下去，作为最后一个上古者保持不变。他只看见开始，只记得开始，也只理解开始。

由于这个原因，他一直是罗尔人变换过程中最悲剧的一个。（风鸟曾经听过这个故事的八种版本，它把每一个版本都逐字逐句向珀尔讲了一遍。在那次变换以后，有成百上千个罗尔人尝试为这个上古者复仇，但都没有成功。）并且，这个过程只发生了一次，之后再也没有过，因此这个上古者就成了唯一的一个。因此，珀尔解释说，他对他们的任务非常重要。

阿斯特利亚动作忽大忽小，光芒忽明忽暗，以表现他的疑惑。他问："但是他是怎么住得离旋涡那么近还不被旋涡吞噬的？"

"这是我们最重要的问题。"珀尔说。在完成了必要的礼节和仪式后，三人踏上了寻找上古者的旅程。

变换者和三个旅人的电流舞通常需要很长时间，流光溢彩，光芒四射，夹杂着几丝有点别扭的黑云，他们蹦跳，俯冲，眨眼，来回晃动，表现珀尔、弗莱斯和阿斯特利亚漂洋过海寻找古熔岩海洋的旅程。我曾见过这支舞无数次，每次都让我更深地理解了它对罗尔人的意义，让我为之疯狂。乌云低垂，迸发出漫无目的、死气沉沉的能量，乌云下方，海浪波涛汹涌，旋涡就像电子围着一个看不见的原子核一样做着杂乱无章的运动，互相追逐着漫过三人头顶，似乎要随时将他们吞没。被遗弃在故乡崎岖岛屿上的变换者们发出一阵阵低沉哀伤的悲鸣，新近完成变换的则发出咯咯的笑声。三个旅人的颜色也在变化：阿斯特利亚的光呈现出炽热的红，弗莱斯发出幽幽的绿，珀尔发出坚定的金光。我能看见、听见他们的一切，但只感到一阵徒然、异样的美，而不是罗尔人拥有的那种崇高、激动、敬畏的感情。

当三人感知到来自旋涡附近的空气的振动和回旋时，他们停止了飞行，以一系列交替的动作停驻在黑暗、汹涌的波涛之上，只用短暂的闪光交流信息。他们需要紧紧地维持能量阵，使之不受旋涡的强吸力影响，因此不得不采用这种方式。

"在这附近吗？"阿斯特利亚迅速地闪着绿光。

"应该离旋涡挺近的。"珀尔闪着红光和紫光。

"确定吗？"弗莱斯问，但是珀尔和阿斯特利亚没有回答。

海浪轰鸣拍打，风暴在上空回旋。旋涡不断吸引拉扯着他们。

突然他们感到自己的动作序列发生了改变，不再受自己控制。好一会儿，三个人都在害怕这是旋涡的引力在作怪。他们互相靠得更紧了，动作也加快了，织成的能量阵也更密集了，但是没用。他们被迫与彼此分开，三人同时被拽向旋涡的方向。

这时他们感觉到上古者就在他们当中。

他加入到了他们的动作中，这使他们感到阵列被改变并且打散了——是为了给新来者腾地方。上古者咆哮着，闪烁着，带着他们穿过惊涛骇浪抵达大海远处。风暴中，他发出温暖的光芒。他们一边跟着他——或者说被他拖着，一边好奇地端详他。

上古者看起来和他们一点都不像，似乎……并不完全是以能量的形式存在。他有一半是物质。他以奇异苍老的端庄姿态拖着自己的躯体，由于他的中心已经凝固，他身形的轮廓看上去十分僵硬，他就是这样勉强拖着自己前进的。他看起来就像一片融化得不成形了的雪花，沾满了煤灰，只残存着凄惨的暗影。至少到目前为止，上古者未发一言。

直到他将三人安全带到他荒凉的本体寓所（海边兀立的一块不大的孤岩），他才开始说话。在狭小宁静的空间里，能听到海浪不停地涌来又退去，尽管旋涡的力量已经静止，还是能感到砂石在不停地战栗。他疲惫地说："你们终于来了。"他一边说，一边缓慢地前后移动，发着暗淡的红光。

三人不知说什么好。珀尔大着胆子小心地说了一句："您是在等我们吗？"上古者震颤了一下，发出更明亮的红光，一次，两次。他停了一下，又接着说："我没有等——没有什么值得等的。"他又发出更明亮的红光，"值得等的只有未来。但是，你们知道，这世界上没有未来。"

"是对他来说没有了。"珀尔轻声对她的同伴们说。弗莱斯和阿斯特利亚摇晃地跌坐在上古者寓所的地板上，前后晃动着身体。

上古者也一同坐下，坐下后一动不动。珀尔从其他人头顶上飘过去，她能保持动作，但是只能勉强维持蓝绿色的光。她对上古者说："但您知道我们会来的。"

"会来？什么叫会来？是啊，你们确实来了。你们已经来了、正在来。对我来说，就只有今天。随着他人一个一个从我身边消逝，我将成为上古者。我永远不会改变，我的世界也是。"

"但是其他人已经从您身边消逝了，"弗莱斯说，"我们是您之后好多个生命周期后才诞生的人，这中间过去的时代，连风鸟都数不过来。"

上古者似乎努力将身体坐得直了一些，小心地在身体周围形成了一股能量流。他一边发出红光，一边颤声低吟道："在我之后，再无别人守在这块孤岩上。你们是穿越了时间来到这里的，我也是。所以今后你们只要在这里，就会从过去到将来一直在这里。"

阿斯特利亚突然迸发出黄色的光芒，手舞足蹈地蹿到空中。他一次又一次冲向上古者宁静小屋的边缘上，弗莱斯在一旁瞪着眼看着，珀尔则迅速移动过去让他镇定下来。每次他都会被反弹回来，然后再一次将自己甩过去，试图冲进风暴里。他闪着无比耀眼的光芒，空气中充满奇怪的声波，直到最后珀尔拉住他，弗莱斯茫然地瞪着他，他才颓然坐在地上。"这，这是个陷阱，"他说，"这就是旋涡。我们应该早点知道！现在我们再也出不去了！"

上古者并没去看阿斯特利亚的表演。他慢慢地说："旋涡吸收不了我，是因为我已经脱离了时间而存在。这也是我知道旋涡本质的原因，因为我能记得自己就是出生在那里的。"

珀尔离开阿斯特利亚走向上古者。她悬浮在他头顶上，发着蓝色光波在思考。她问："能不能告诉我们您是怎么出生的？生命和新事物是怎么创造出来的？”她停顿了一秒，又问道，“还有，旋涡到底是什么东西？”

上古者微微前倾，看上去有点疲惫。他变成了最暗的深红色，三人能清晰地看出他的能量场中的每个物质原子，粗陋而且坚硬。他说：“你们问了这么多，就只为了知道这一个问题的答案。”然后他将答案告诉了他们。

——我无法告诉你们答案，因为我不知道。如今没人知道，包括现今的罗尔人，他们就是经过了百亿亿个生命周期后的三旅者。因为罗尔人从一个生命周期进入下一个生命周期后，确实就和从前不同了……变成不同的“人”了。在变换了很多次之后，记忆就逐渐没了意义。（曾经有一个罗尔人舞动着电流向我说：“你也可以试试！”看上去一点都不像在开玩笑。）

今天，就连这三个旅人自己，都已经离开原来的自己百亿亿个生命周期那么远，但他们仍然是“自己”。他们经常会来看“变换者和三个旅人之舞”，尽管这就是讲的他们自己，他们也还是会兴奋、感动，仿佛讲的是一个从未有人听说过、更别说经历过的故事。但是即使哪个舞者的哪个动作、颜色或声音出现了最微小的偏差，他们也会立刻纠正。（没错，很多时候就连米涅罗那个传奇变换者自己，也就是这一切的始作俑者，也会来看这些舞，尽管他经常看了他被改编后的自杀之舞后就走了。）

区分一个罗尔人与其他罗尔人有时是件特别困难的事。统一中心有非常高超的精密技术，并且给我提供了各种各样的滤波器、频率模拟器、模式信号器、特殊的重力电感器，以及一个迷你型电脑——在这个罗尔星球表面粘制起来的地球小岛上，它占了差不多一半空间，不过它在两秒钟之内完成的思考比我五十年都多。借着这些东西，我在罗尔星的四年里得以“认识”了罗尔人中的几个，但即使在最后一天，我也不能确定眼前这个跟我“说话”的到底是谁。我把滤波器和小电脑连在一起，经过一连串的十七八个测试才能精准判断。但是罗尔人比较缺乏耐心，常常是还没等我搞定，他们就跳着闪着跑开了，消失在周围阴森森的蒸汽里（他们把那叫“空气”）。所以我在做研究、谈判，或者就是闲聊的时候，通常就只找那些愿意对我的反重力映射“眼”表示关注的罗尔人。实际上我发现，对方是谁其实并不很重要——反正都是一样的不可理喻。至少在我看来，他们是疯子一样莫名其妙的生物，愚笨、白痴，并且毫无用处。

如果这样说显得我太刻薄的话，那是因为我本意就是要刻薄。我这儿有四十二个被谋杀者的故事，我可以刻薄地讲上三天三夜。但是暂且回到这个最伟大可敬的族群的故事上。

当上古者回答了他们想知道的一切后，那三个人欢呼雀跃，在空气里上下翻舞，闪光。珀尔也和其他人一样。这比他们想要知道的多多了，他们获得了他们要完成的任务和他们遇到的困难的整套解决方案。有了这些，他们就有了创造力，并且能战胜消极“变换”顶峰中可能遇到的最糟糕的情况。

一段时间之后，他们回过神来，想起他们的礼仪。

“我们以米涅罗之名致谢，我们此行就是为他复仇。”弗莱斯凝重地说。他用充满敬意的深蓝螺旋光打着信号。

“我们也要以自己之名向您致谢。”阿斯特利亚说。

“我们以无名之人、无名之物之名，向您致以最崇高的敬意！”珀尔说，“因为这是所能想到的最伟大的谢意了。”

但是上古者只是坐在那，发出暗红色的脉冲光，三人不得其解。最终上古者开口道：“接受敬意就要接受责任，只在今天，我无法接受你们的谢意，因为不会再有新的变换了。我现在已经不再活在时间里，实际上，也不再拥有生命。所有这些我告诉你们的，都有人跟你们说过很多次，并且今后还会再有。”

然而，三人仍然一丝不苟、尽心尽力地履行着他们的感恩仪式，展示着他们的颜色，声音，舞蹈，输出着他们自己的能量……珀尔说：“为了一个早已过去的行为或者是无意识的条件反射表达谢意都是可以的，我们以最高的形式将它奉献给您。”

上古者闪着暗红色脉冲光，没有回答。过了一会儿，三人径自离开了。

带着从上古者那里得来的知识，他们没有任何障碍地穿过了边界守护岩，也就是上古者的本体寓所。只过了片刻，他们又回到了空无一人、风暴肆虐的旋涡附近。他们保持着最紧的队形在空中伫立了好久，任凭风暴和旋涡的力量将他们推拉得站立不稳、晕头转向。然后，他们突然解散了队形，故意投身进旋涡中，旋即消失不见。

在旋涡里，他们似乎对物体运动和时间都失去了知觉。这是一场没有知觉和思想的变换，一场自我变为非我、存在变为虚无的变换。他们只知道自己进入了旋涡里，只知道他们突然进入黑暗，周围全是无边无际的虚空。他们想都不用想，就知道即使大喊大叫，也不会有任何回声，火花和火焰也不会产生任何影子。因为这里就是生命的起源，完全的空无。如果要用什么来填这个空无的话，那就是他们三个。

所以他们动用了上古者告诉他们的秘密，也就是最早的生命偶然发现的、现在只有上古者记得的秘密。由于在进入旋涡之前就做好了思想准备，他们自动地就扮演起了各自的角色——无我，无知无觉，几乎是全然随机地运动，甚至就像无生命的能量一样。精确无误地做完这一切后，在万事俱备的那一瞬间，创造便拉开了序幕。

被创造出来的是一头食兽。在虚空中，它在他们面前逐渐成形，逐渐生长，发着了无生气的光，直到完全成形。它在虚空中飘荡着，须臾便像遇到爆炸一样从旋涡中被甩了出来，离开那里的虚无、黑暗和寂静，等着它的则是外面风暴的怒吼和冲击。三人也跟着这个他们自己造出的原始生物一起，从旋涡里被吐了出来。

在风暴中，三人自动开启了最高速的阵列，疯狂地互相绕着旋转，避免被肆虐的暴风吹走。然后他们又一次感到旋涡在背后的强大吸力，似乎在叫嚣着要再将他们吞噬回去。现在他们知道如果他们不能抵制旋涡的话，它就会永远把他们吞进深渊，从此不见天日。但是他们感到精疲力尽了。他们在旋涡中失去了过多自我，超出了他们的预期。他们只剩下最后一点力气，但仍得抵挡风暴和旋涡的双重夹击，必须放弃之前紧密的队形才能走出这个地方，回到平静安全的世界之中。

现在只剩下一个恢复体力走出去的办法。

他们一声令下似的向那头无意识的食兽扑上去，吃掉了它。

这并不是变换者和三个旅人的故事的结尾——后面还有一些情节：三个旅人回归后被授予何种荣誉，米涅罗借助一只垂死的风鸟的生命周期顶峰完成变换、重新降临世间，他对此又作何反应，三人组又如何从荣耀之中抽身而出，几乎没有停歇地进入下一轮变换——但我自己并不太怎么在意这些情节。我总是纠结于刚才的那个情节，那个极为冲突的关于他们如何毁掉自己亲手创造的东西的情节，关于他们来去都是两手空空的情节。这甚至都算不上讽刺，但对于罗尔人来说却是这支舞的感情高峰。实际上，这也是这支舞存在的全部意义。当他们告诉我这些事情的时候，他们闪烁的光比平日任何时候都要强烈。如果不是因为吃掉了那只食兽的话，那他们的丰功伟绩一定会载入史册，传诵千古，让新的变换者听了忍俊不禁，然后——在两个生命周期内被彻底忘掉。

这就是我要打交道的对象，保护他们的权利也是我的义务。对这一整个星球的东西来说，我就是来自异星的大使，听他们绷着脸一本正经地告诉我“二加二等于橘红色”。没错，这就是为什么我又回到了地球——也是为什么这场历险的幸存者也回到了地球。

就算您可以读到我存在统一中心的十五卷微型磁带（您不会听到，统一中心往往把失败的经历加密起来），那里面也不会讲比这支舞的故事更多的事。事实上它讲得可能还简略很多，因为除了大量关于罗尔星的硬数据以及我能从电脑里调出来的各种理论，并没有太多关于舞的内容。只有通过那些体现他们态度的数据，而不是他们的智商指数和心理资料，才能真正了解我们在罗尔星上从事的事业。

在罗尔星上待了四个标准年以后，我们与罗尔人建立了联系，交换过礼物，表达了对彼此的善意并交流了各自的情况，建造了整套采矿系统并且毫无阻碍地运行了三年——然后，浩劫来了。有天，一片暗紫色的光从天边蔓延开来，随着它逐渐靠近，我们看清那是一支罗尔人大军，他们各自的颜色和光波融汇在一起，形成了那一大片紫色。我当时在山里，没有和外面正在采矿的机器触角在一起，所以我目睹了这一切并且活了下来。

他们就像蝗虫一样涌上来，首先遭到袭击的是车辆和疏浚船只。那些金属制品变得红热，接着变得白亮，然后融化，汽化成天上翻涌的云。在云团的内部还保留着十七个人的人体物质元素——他们现在也已全部化为蒸汽。

我按响警铃让大家都回来，但只回来了几个人。其余的都在隧道里被罗尔人绞杀殆尽，化为青烟。然后自动锁关闭，矿山封锁。我们六个人坐在那里，从屏幕上看着罗尔人在外面来回奔跑着，清理着战场上他们没有注意到的角落。

我派出三只“映射眼”，但它们也迅速汽化了。

然后我等着他们撞击山体……五六个人在电脑室抱成一团，心惊胆战，大汗淋漓，谁都不敢说话。

但是他们没有来。他们紧紧地围成一个螺旋，围着山转了三圈，最后俯冲行了个礼，然后一飞冲天再也看不见了。只有几个落在了后面。

过了一会儿我又放出第四只“映射眼”。其中一个罗尔人过来，像萤火虫一样围着它扑腾了一阵，发出像光谱一样丰富的光，然后盘旋在我们面前等着跟我们说话。这个人是珀尔——但不是我们了解的、喜欢的那个百亿亿个生命周期之前的珀尔，不过她仍然保留着很多那个珀尔的影子。

我发出一阵光和动作，大意是：“你们究竟为什么这么做？”

珀尔发出一阵持续几秒钟的淡黄色光，然后给了我一个无法破译的答案。如果能破译的话，也只有“因为”两字。

然后我又换种问法问了一遍这个问题，她也换了一种方法给了我同样的答案。我又问了第三遍，第四遍，她也一样。她似乎很享受变着法舞蹈，可能她觉得我们只是在和她玩闹。

嗯……我们已经发出了无奈的信号，剩下能做的就是等待救援船，并且祈祷在船来之前，他们不会再次攻击我们，因为我们没有任何能力反击。我们是采矿者，不是军事派遣队。但老天才知道军队能对能量物质有什么办法。等候的时候，我一直在派出“映射眼”，跟罗尔人一个接一个交谈。船用了三周时间到达，跟我交谈过的罗尔人一定不下一百个。汇总一下，他们告诉我的版本是这样的：

他们毁掉矿业有着无法言说的原因。他们没有疯。他们不希望我们走。是的，他们欢迎我们从罗尔星海洋深处开采矿藏。

最重要的是：他们不肯告诉我是不是还会把袭击重演一遍。

我们回到地球，向统一中心做了报告。我们汇报了所有能想到的内容，包括罗尔星上发现的新元素的价值——大约是地球系统上全部元素价值的六倍。我们请示了统一中心是否应该回去。

统一中心已经叮当作响咔嗒咔嗒了十个月，但还没有给出答案。

（姜澄　译）

迂回手法的优点

西奥多·斯特金在1976年的一场演讲中提到，除了小詹姆斯·提普奇（James Tiptree，Jr.）之外，几乎所有近期出现的顶尖科幻作家都是女性。就在不久之后，爱丽丝·谢尔登（Alice Sheldon）宣布她就是提普奇本人。

使用笔名这一点体现了20世纪三四十年代的特征，那个时候，希望创作科幻小说的女性使用首字母缩写，比如C. L. 穆尔，或者使用中性化的笔名，如利·布雷克特（Leigh Brackett）。那时，人们认为创作科幻小说是男性才能从事的活动。

但是这种推断可能是不准确的。提普奇在20世纪60年代晚期开始写作，那个时候女性作家不仅人数众多，而且还正如斯特金所说，正在引领科幻小说领域。提普奇使用笔名的理由是她希望将作家和作品区分开，虽然有很多作家和编辑们都和提普奇通信，但直到她自己宣布的那一天，没有人看穿她在使用笔名。

爱丽丝·谢尔登生于芝加哥，是一位探险家兼博物学家与一位悬疑小说家兼游记作家的女儿。在童年时代，她就和父母远赴非洲、印度和苏门答腊游历。她参过军，在美国中央情报局工作过，还在商业领域做过尝试。她曾是一名实验心理学家，并于 1967 年在乔治·华盛顿大学获得了心理学博士学位。与此同时，她也开始创作科幻小说。

提普奇早期的小说相对来说过于平铺直叙，但是逐渐变得复杂和具有争议性。她于 1968 年 3 月在《类比》杂志发表了第一篇短篇小说《推销员的诞生》（“Birth of a Salesman”）。在一年多之后，她的作品就获得了多个奖项的提名，首先是《艾恩博士最后的旅程》（“The Last Flight of Dr. Ain”，1969），接着是《随后我醒来，发现自己在冷山之上》（“And I Awoke and Found Me on the Cold Hill’s Side”，1972）。《爱是计划，计划是死亡》（“Love is the Plan, the Plan is Death”）获得 1973 年的星云奖，《插上电源的女孩》（“The Girl Who Was Plugged In”）获得 1974 年的雨果奖；《休斯敦、休斯敦，能听到吗？》（“Houston, Houston, Do You Read?”）获得 1976 年的雨果奖和星云奖；以拉卡娜·谢尔登（Raccoona Sheldon）为笔名发表的《螺旋蝇方案》（“The Screwfly Solution”）获得 1977 年的星云奖。她还写了两部长篇小说，《在世界的围墙之上》（*Up The Walls of the World*）获得了 1979 年雨果奖的提名，《光明从天而降》（*Brightness Falls from the Air*）出版于 1985 年。

她的短篇小说被结集收录于《离家一万光年远》（1973）、《温暖的世界及其他》（1975）、《老首领的星星之歌》（1978）、《在世界之外及其他不同寻常的幻想》（1981）、《字节之美》（1986）、《星之冠》（1988）和《她的烟雾永远升腾：小詹姆斯·提普奇的辉煌岁月》（1990）之中。她还出版了两部系列短篇小说集：《星空裂谷》（*The Starry Rift*，1986）和《金塔纳罗奥故事集》（*Tales of the Quintana Roo*，1986）。她的作品中，两个主题开始渐渐凸显：第一个主题是异星人、他们的繁衍和抚养的方式，在她的长篇小说和《爱是计划，计划是死亡》中，这个主题得到了丰富的展现；第二个主题是男性和女性之间的关系，这个主题在《男人看不见的女人》（“The Women Men Don't See”，1973）、《休斯敦、休斯敦，能听到吗？》、《你们的脸！哦我的姐妹！你们的脸充满光芒！》（“Your Faces, O My Sisters! Your Faces Filled of Light!”，1976）和《螺旋蝇方案》中体现出来。

《艾恩博士最后的旅程》发表于 1969 年 3 月刊的《银河》杂志，并在全面修订后再次发表于《作者选择佳作集·第四卷》（*Author's Choice 4*，1974）。这篇小说并不涉及提普奇笔下的主要主题，而是一个涉及生态学和大灾难的故事。小说通过一层暗喻来表达主题，这层暗喻的意义一直到故事结尾才揭晓。故事中的生态危机是通过初看上去似乎随意自然的细节描写来体现的，而危机也并不仅仅是表面看上去那样。

小说的行文类似悬疑小说：为什么科学家要去莫斯科，还是在他看上去已经得了流感的时候？为什么他要绕路，而不是直接坐飞机过去？那个和他一起的生了病的女人是谁，又为什么没有人看得到她？又是谁一直在调查他的行程？故事叙述中似乎随意地提及了一些场面，这些场面同样带来了更多问题：为什么艾恩博士一直在用咽喉喷雾？他又为什么坚持要喂鸟？

从第六段开始，回答这些问题的线索就开始出现在文章中。在与格拉斯哥的教授会面时，文中出现了更多线索，艾恩博士在莫斯科科学会议上的演讲以迂回的方式回答了大部分问题，虽然一些读者可能到这里还没有明白（甚至可能读到结尾也没明白）。当然，故事进行到这里已经快要结束了，这篇小说以惊人的短小篇幅暗含了如此多的内容。更何况，这篇小说可以被非常简要地概括。

在叙述故事时，即便是一篇很短的故事，迂回的手法也是必须的吗？或者说是恰当的吗？这种关于文字风格的问题，其回答一定要取决于读者个人：在读过故事之后，读者是感到满足，感到困惑还是感到失望？尽管如此，文学理论仍然能够阐明文章主题是否匹配文章的叙述方式。在《艾恩博士最后的旅程》中，故事是由关键事件发生之后的许多片段拼接而成，悬疑和推理看上去很合适。此外，艾恩博士的言辞是很典型的模糊用词，而且在他最后陷入癫狂时，他说了更多的胡话。

提普奇曾经写道，她创作《艾恩博士最后的旅程》的手法是"从末尾开始，最好在一个阴暗的日子里，从地下五千英尺深的地方开始，之后什么都不要告诉读者。"

最后，读者在读完后对艾恩博士行为中显露的智慧进行揣摩：他是因为自己的疾病而走向疯狂，还是在寻找一个灾难性难题的解决方案？解决方案虽然也是灾难性的，但不得不做。读者可以从提普奇为主角起的名字中猜测答案——查尔斯·艾恩，简称 C. Ain[1]。提普奇似乎很倾向于灾难性的解决方式。1987 年，爱丽丝·谢尔登健康状况恶化，她射杀了自己患有阿尔茨海默病的丈夫，随后自杀。

（赵佳铭　译）

1. 查尔斯·艾恩（Charles Ain），简称为 C. Ain，Cain 是《圣经》中记载的人物该隐，《圣经》故事中，该隐因为嫉妒自己的弟弟亚伯而杀了亚伯，Cain 这个词后来成为恶人和凶手的代名词。

艾恩博士最后的旅程

［美国］小詹姆斯·提普奇

在奥马哈飞往芝加哥的航班上，艾恩医生被人认了出来。一位来自帕萨迪纳的生物学家同人从厕所里出来，看到艾恩坐在靠过道的座位上。五年前，这个人曾对艾恩获得巨额拨款感到非常嫉妒。这次，他只是冷冷地点点头，但艾恩热情地回应了他，这让他有些吃惊。他差点儿就要回头和艾恩说话了，但又觉得很累，便放弃了。和大部分人一样，他也正在对抗流感。

那个在飞机着陆之后分发雨衣的空姐也记得艾恩：一名不起眼的男子，又高又瘦，一头铁锈色的头发。他站在队伍里面盯着她，但他已经拿到了雨衣，空姐便认为这表明他已经拥有了某种古怪的通行证，挥手让他过去了。

她看见艾恩踉踉跄跄地走进了机场的烟雾中，显然是孤身一人。尽管有着硕大的民防标志，但奥黑尔机场迟迟没有地下通道。没有人注意到那名女子。

那名受伤垂死的女子。

在飞往纽约的途中，没有人认出艾恩，但是一架于 2 点 40 分起飞的喷气机的乘客名单上却有一个“艾姆”，人们认为这是谁把“艾恩”拼错了。事实确实如此。飞机盘旋了一个小时，而艾恩看着烟雾弥漫的海岸线呆板地倾斜，拉平，然后再次倾斜。

那名女子现在变得更虚弱了。她咳嗽着，有气无力地抓挠着被长发半掩着的脸上的痂。艾恩看到，她的头发，曾经那么美丽浓密的长发，如今却变得干枯而稀疏了起来。他望着大海，希望自己能想象出一片冰冷、干净的浪花。地平线上，他看见一片巨大的黑毯——某处，一艘油轮打开了它的烟道。那名女子又咳嗽了一声。艾恩闭上了眼睛。烟雾笼住了飞机。

接下来，在办理前往格拉斯哥的英国海外航空公司[1]航班的登机手续时，他又被注意到了。肯尼迪地下机场[2]里人山人海，在9月这种炎热的下午，空调设备简直无异于杯水车薪。热得汗流浃背的人们摇摇晃晃地站在登机队伍里，茫然地盯着新闻。“**拯救最后的翠谷**”——一个环保组织正在抗议亚马孙平原出现的脱叶和水流失现象。有几个人在回忆那些新型清洁炸弹漂亮的彩色照片。队伍挤在一起，让一群身着制服的人通过，他们佩戴的徽章上面写着：“**谁怕？**”

这时，一名女子注意到了艾恩。他拿着一张报纸，她听到报纸在他手里沙沙作响。她们一家没患流感，所以她仔细看了看他。果然，他的额头正在冒汗。她把孩子们带到了一边，离艾恩远远的。

她记得，他当时在用速效咽喉喷雾。她不怎么用速效咽喉喷雾，她的家人用“清喉灵”。就在她正往那边看的时候，艾恩突然转过头来，盯着她的脸，雾化药剂还在往下飘。真是太以自我为中心了！她转过身去。她不记得他有和哪个女人说过话，但在工作人员说出艾恩的目的地的时候，她竖起了耳朵。莫斯科！

那名工作人员也不情不愿地回忆了起来。艾恩是独自一人来办

1. 即现在的英国航空。
2. 肯尼迪机场是美国纽约市的主要机场。小说中这座机场位于地下。

理登机的，他报告说。并没有那么一名拿着飞往莫斯科的机票的女子，但是她要是分段买票也不难。（他们相信，那时候她已经和艾恩在一起了。）

艾恩的航班经过冰岛，在凯夫拉维克机场耽搁了一个小时。艾恩走到了机场公园里，满怀感激地呼吸着弥漫着海洋气息的空气。每吸几口，他就会颤抖一下。在推土机的轰鸣声中，他能听到海洋的巨爪在陆地的键盘上舞动。小公园里有一片泛黄的桦树林和一群在小径旁觅食的麦翁鸟。下个月，它们就会飞到北非了，艾恩想。拍动小小的翅膀越过这两千英里的距离。他从口袋里的一个小包中拿出了一些面包屑扔给了它们。

在这里，那名女子显得健康了一些。她在海风中大口喘着气，大大的眼睛始终盯着艾恩。她的头顶上方的白桦是金黄色的，就和他第一次遇见她的那个地方一样，就是在那一天，他重获新生……当时，他正蹲在树桩下观察一只鼩鼱，这时一道绿色的波浪落了下来，他吃惊地发现那是一位裸体少女，有着白里透红的皮肤，粉色的乳头，正从金黄色的欧洲蕨丛中朝他走来！年轻的艾恩屏住呼吸，把鼻子埋在可爱的苔藓里，心怦怦乱跳。然后，他痴痴地看着她那一头从窄窄的背上披落的长发，看着头发在她心形的臀边翩翩起舞，鼩鼱从他动弹不得的手上跑过。湖面一片寂静，在雾蒙蒙的天空下微微泛着银光，只要像麝鼠那般在水面上轻微一触，她便让浮在湖面上的金色树叶摇曳。那名裸体少女走进了树林，她身后的树叶火炬一般地燃烧了起来，映在艾恩闪亮的眼睛里，一切重归寂静。一时间，他相信自己看到了一位俄瑞阿得斯仙女[1]。

艾恩是前往格拉斯哥的航班上最后一名登机的乘客。空姐模模

1. 希腊神话中掌管山脉和岩洞的仙女。

糊糊地回忆起他似乎有些不安。她没有看到那名女子。机上有很多妇女和婴儿。她手上的乘客名单上也有几处错误。

在格拉斯哥机场，一名服务员记得有一个很像艾恩的人点了苏格兰燕麦粥，还吃了两碗，当然那并不是真正的燕麦粥。一名推着婴儿车的年轻母亲曾看见他向小鸟扔面包屑。

在英国海外航空公司的服务台前办理登机手续的时候，一位来自格拉斯哥的教授朝他打了个招呼，他也要去莫斯科参加同一场会议。这个人曾经是艾恩的老师。（现在大家都知道，艾恩在欧洲完成了研究生学业。）在跨越北海的旅程中，他们一路上都在聊天。

“我很好奇，”教授后来说，“你为什么要去绕那么一大圈？我问他。他告诉我直达航班已经订满了。”（但事实并非如此：艾恩没有选择直飞莫斯科显然是为了避免引人注意。）

谈起艾恩的工作，这位教授来了兴致。

“才华横溢？噢，没错。还很固执，非常非常固执。这就好像一个概念——请注意，往往是那种简单得不得了的关系——就会让他停下脚步，令他神魂颠倒。他会去彻底探寻一番，而不是像那些更听话的人那样，去寻找下一个目标。说实话，一开始我都怀疑他是不是有点憨。但是你记不记得，曾有人说过，只有才智出众的人才有能力去质疑常识？而且没错，这种说法也得到了证实，因为他在酶转换方面的工作震惊了我们所有人。真可惜你们的政府没让他继续搞下去。不，他对此没表示有什么意见，我得实话实说，年轻人。实际上，我们聊的主要是我的工作。他还在关注这方面的东西，我觉得很惊讶。他问我对这些工作有什么看法，我又吃了一惊。要知道，我已经有五年没有见过他了，但是他看起来……嗯，也许他只是累了，但谁又不这么觉得呢？我相信他很高兴能有所改变，不管我们抵达哪里，他都会下飞机伸伸腿。在奥斯陆，甚至在波恩。

哦，没错，他确实喂过鸟，但对艾恩来说这不新鲜。你问我认识他的时候他的社交生活情况？他变得激进的原因？年轻人，看在介绍你来的那个人的面子上，我才对你说这些的，但我想你得知道，你不应该把查尔斯·艾恩往坏处想，或者是觉得他会去干什么坏事。晚安。”

教授谈及艾恩的生活时完全没有提到那个女人。

他也不可能提到。尽管艾恩在大学时期和她关系密切，他没有让任何人看到自己对她的痴迷，他痴迷于她的奇迹，痴迷于她丰腴的身体，痴迷于她的千变万化。他一有空，他们就会见面；有时，他们在公共场合，在他朋友的眼皮底下，假装是不经意遇见的陌生人，以一本正经的表情向对方指点悦人的景象。随后，在私下里——那是多么炽烈的爱情啊！他纵情于她，占有着她，让她袒露一切。他的梦境总有她那甜蜜的泉水和阴影之地，总有月光下她那丰满纯洁、散发光辉的身姿，他总能寻找到更多新颖的乐趣。

在鸟儿的啁啾声中，在草地上小野兔的跳跃声中，她虚弱的体质并没有显露出来。在阴郁的日子里，她可能会咳嗽一声，但他也会如此……那些年里，他没有想过要立即去研究这种疾病。

在莫斯科的会议上，几乎所有人多多少少都注意到了艾恩，从他的学术地位来看，这也并不出人意料。这是一次高水准的小型会议。艾恩迟到了，他抵达的时候，一天的报告已经结束，他的报告被安排在第三天，也就是最后一天。

许多人都和艾恩交流过，有几个人吃饭的时候与他坐在了一起。他很少开口，这也并不令人感到意外，因为除了参与一些令人难忘的激烈争论外，他都更愿意独处。他的确给他的一些朋友留下了疲惫和不安的印象。

一名来自印度的分子工程师看到他在用咽喉喷雾，便开玩笑说是他带来了亚洲流感。一名瑞典同人回忆说，午饭的时候，艾恩被叫去接一通横跨大西洋的电话；回来之后，艾恩主动告诉他，他自家的实验室里有东西不见了。还有一次，在讲笑话的时候，艾恩兴高采烈地说："噢，是的，真挺有意思的。"

就在这时，一位生物学家开始指责艾恩在制造生物武器。艾恩来了个先发制人，说："你说得对极了。"大家都心照不宣地很少谈论军事应用、工业污染之类的话题。没有人记得看到过艾恩和哪名女子在一起——维亚齐夫人例外。那位老夫人坐在轮椅上，恐怕很难扭曲谁的思想。

就算对艾恩来说，他的那次报告也做得很糟糕。他一直都很不擅长在人前讲话，但是通常都能以他一流的头脑清晰地阐明自己的想法。这一次他似乎有点糊涂，没有讲出什么新东西。他的听众辩解说是安全原因让他变得吞吞吐吐的。随后，艾恩似乎想要说明某件事情出了严重的错误，却在讲到进化过程时陷入了混乱。他最后提到了哈德森笔下的铃鸟"为之后的种族歌唱"[1]，几名听众开始怀疑他是不是喝醉了。

严重威胁人类安全的话题出现在报告的结尾处。他突然开始描述他对白血病病毒进行变异和重新设计的方法。他用四句话极其清晰地解释了整个过程，顿了一下，接着又对变异病毒的威力进行了简要描述。这种突变株对高等灵长类动物带来的影响最为严重。低等哺乳动物和其他目生物的康复率接近90%。至于传播媒介，他继续说，所有热血动物都可以成为宿主。此外，这一病毒在大多数环境介质中均能保持活性，在空气中生存能力很强，而且传染率极高。艾恩几乎是漫不经心地补充了一句，没有任何参加实验的灵长类动

1. W. H. 哈德森在他的小说《翠谷香魂》中写道，报信鸟会在人类灭绝之后将信息传达给之后主导地球的种族。

物或意外暴露于病毒中的人类活过了二十二天。

这些话让会场陷入了一片寂静，接着寂静又被埃及代表跑向门口的脚步声打破了。一名美国人紧随其后狂奔而去，带翻了一把镀金椅子。

艾恩似乎没有意识到，他的听众正处于一种麻木的状态中，他们根本不敢相信自己的耳朵。一切都来得太突然了：一名一直在擤鼻涕的男子瞪大眼睛盯着他的手帕。另一个在点烟斗的人嘟哝着烧到了自己的手指。在门口聊天的两个人根本没注意他都说了什么，他们的笑声在一片死寂中响起，应和着艾恩的话："……真的没必要再去做什么了。"

后来，人们发现他一直在解释，病毒利用了人体自身的免疫机制，所以显然，人们对这种病毒毫无办法。

就是这样了。艾恩茫然地环顾四周，想看看是否有人要提问，然后沿着过道走了下去。走到门口的时候，人们都拥到了他身后。他转过身来，生气地说："是的，这当然是错的。我告诉过你们的。咱们都错了。现在一切都结束了。"

一个小时之后，人们发现他预订了一架飞往卡拉奇的新航班机，已经离开了。

安全人员在香港追上了他。那时他似乎真的病得很厉害了。他平静地跟着他们走了，途经夏威夷返回美国。

逮捕他的都是些讲礼貌的人，看到他很和善，他们就也没找他什么麻烦。他身上没有武器或毒品。他们让他戴上手铐在大阪散步，让他喂鸟吃面包屑，他们饶有兴趣地听他讲述矶鹬的迁徙路线。他的声音很沙哑。那个时候，他只是因为安全问题才被通缉的。根本不存在什么女人的问题。

在前往夏威夷群岛的路上，他大部分时间都在打瞌睡，但是在海岛进入视野之后，他便紧贴着窗户，开始喃喃自语。他身后的安全人员这时才开始发觉那个女人存在的迹象，于是他打开了录音机。

“……蓝色，蓝色和绿色，直到你看到伤口。哦，我的姑娘，哦，美人，你不会死的。我不会让你死的。我跟你说，姑娘，一切都结束了……用你那美丽的大眼睛看看我吧，让我看到你还活着！伟大的女王啊，我的心肝，我的姑娘，我是不是拯救了你呢？……哦，知道这些真可怕，也真荣幸，卡俄斯[1]的孩子身着绿袍站在蓝色和金色的光芒下……一颗被抛出的生命之球独自在太空中旋转……我有没有拯救你呢？”

在最后一段航程中，他显然是在发烧。

“要知道，她可能骗了我，”他悄悄对政府官员说，“当然，你必须为此做好准备。我了解她！”他轻声笑了起来，“她可不是什么小东西。但能伤透你的心……”经过旧金山上空的时候，他心情很愉快。“你知道吗？海獭会回去的。我非常确定。这里的填土不会维持太久，海湾会再次出现的。”

在汉密尔顿空军基地，他被抬上了担架，起飞后不久，他就失去了知觉。在倒下之前，他坚持要把最后一粒鸟食扔到地上。

“要知道，鸟是热血动物。”艾恩对正把他送上担架的特工说。然后他温柔地笑了笑，便再也不动了。在生命的最后十天里，他几乎一直处于这种状态。当然，那时候，已经没有人真正来关心他了。那两名政府官员在分析完鸟食和咽喉喷雾之后，很快就死了。肯尼迪机场的那名妇女也开始感到不舒服。

他们放在他床边的录音机一直在工作，但是如果有人在旁边回放录音的话，他们会发现录音机里除了胡言乱语之外什么也没

1. 卡俄斯是希腊神话中宇宙诞生之前的虚空。传说中大地女神盖亚（即地球）就是从卡俄斯中诞生的，古希腊诗人赫西俄德便将其看作是卡俄斯的孩子。

有。“伟大荣耀的盖亚女王啊，”他低声吟唱，“盖亚姑娘，我的女王……”他时而浮夸做作，时而痛苦万分。“我们的生存就是你的死亡！”他喊道，“我们的死亡也是你的死亡，没必要这样的，没必要的。”

其余时间里，他愤愤不平。“你都对恐龙做了什么？”他质问道，“它们惹你生气了吗？你是怎么解决它们的？冷酷啊。女王，你太冷酷了！这次你也要成功了，我的姑娘。”他咆哮道。接着，他哭了起来，抚摸着被子，伤感万分。

直到最后，他口干舌燥地躺在污秽中，被锁在已经被遗忘的某个地方，他的声音突然连贯了起来。他以一个正在计划夏日野餐的情人那愉快的口吻，高兴地问录音机：

“你考虑过熊的问题吗？它们那么……奇怪的是，它们再也没有继续发展下去。你有没有拯救它们呢，姑娘？”然后他用他遭受严重损伤的嗓子咯咯地笑了一声，没多久就死了。

（繁星　译）

激进的感性

新浪潮科幻小说打破了坎贝尔以降的科幻小说创作传统，不仅从创作题材和技法层面，更多地从一种对于人类、人类族群在宇宙中的地位和人类的政治格局的激进态度上。这种态度的形成是针对一系列政治事件的反应，比如苏联崛起成一个拥核超级大国和太空探索的急先锋，苏军对匈牙利暴乱的镇压，（埃及总统）纳赛尔将苏伊士运河收归国有，美国卷入越南战争，美国本土的民权运动以及全世界范围内的学潮。罗伯特·西尔弗伯格在一篇为加德纳·多佐瓦（Gardner Dozois）编辑的故事集所作的序言之中，对这种激进态度的转变进行了阐释："60 年代这种激进的感性源自一种警醒——美国 20 世纪的现代化生活，即使以较浅显的洞察力，也可以发现它没有电视、郊区居民、大众媒体和官方视角的宣传那么甜美。"多佐瓦生于马萨诸塞州撒冷镇，现居费城。1960 年代，他就开始创作，第一篇作品《空心人》（"The Empty Man"）发表在《如果》[1]

1. 全称《如果的世界科幻小说》（*Worlds of If Science Fiction*），存续时间为 1952 年至 1974 年。1966 年的时任编辑为弗雷德里克·波尔，他鼓励出版新人作品。除多佐瓦外，这一时期的《如果》还发表了拉里·尼文、吉恩·沃尔夫等作家的短篇处女作。

（*If*）杂志的 1966 年 9 月刊上。在那之后他作为随军记者在德国纽伦堡服役三年。1969 年退伍后他重拾写作。他以非凡的勇气和信心，全职投入写作，这意味着几年内他都没有稳定的收入，只能做一些零工，比如为数家科幻杂志和出版商进行校对工作。他也编辑了几本小说选集，1976 年他正式接管了杜登出版社（后改为圣马丁出版社）的《最佳科幻故事年选》（*The Best Science Fiction Stories of the Year*）编辑工作。多佐瓦编辑的小说选和年选（只在 1990 年代有竞争者出现）被视为科幻这个文类的编年史权威。1984 年，他成为《艾萨克·阿西莫夫科幻杂志》的编辑，并经常获得雨果奖最佳编辑奖。他继续挑选《艾萨克·阿西莫夫科幻杂志》和其他同类期刊中的优秀作品，编辑各种分类选集，偶尔与其他人合作，如与杰克·丹恩（Jack Dann）共同主编。

多佐瓦创作速度很慢，目前为止只发表了二十多部短篇小说，两部长篇小说，其中一部是与乔治·亚力克·艾芬格（George Alec Effinger）合著的《蓝色梦魇》（*Nightmare Blue*，1975），另一部是《陌生人》（*Strangers*，1978）。他的短篇小说不仅刊登在传统的科幻杂志和科幻故事选集，尤其是《新维度》《宇宙》《轨道》等之中，也曾发表于《花花公子》、《阁楼》和《万象》。多佐瓦的短篇小说经常被各大奖项提名，其中包括星云奖提名六次，雨果奖提名四次，木星奖提名两次。1977 年他出版了自己的个人短篇小说集《可见之人》（*The Visible Man*）。

《科幻小说百科全书》（*The Science Fiction Encyclopedia*）将多佐瓦描述为“美国新浪潮晚期的标志性人物”，但多佐瓦本人对于新浪潮文学的创作姿态和创作目标都颇不认同。1973 年在华盛顿举办的科幻大会上，多佐瓦谈及 60 年代后期的实验文学时说：“新浪潮之所以糟糕，在于他们所构建的故事与主流的先锋文学季刊和小杂志上随处可见的故事毫无分别……所谓的新浪潮作家中最极端的一批人已经彻底抛弃了在故事中的理性部分，这相当于背叛了科幻这种文学类别最为宝贵的一部分遗产，这也令他们的作品价值不高。”

另一方面，多佐瓦也指出：“老一派作家总纠缠于在老题材上进行重复创作，年复一年没有改变。轻车熟路地搬弄老套的情节，拾人牙慧地描写毫无新意的角色和老掉牙的概念……他们笔下的银河系枯燥无味，甚至还没现在的地球有趣。阅读这种故事毫无惊喜，仿佛探索精神已经不存在了。他们背叛的是幻想，是非理性，那同样是科幻这种文学类别最为宝贵的一部分遗产。同样的，他们的作品也没什么价值可言。”

多佐瓦呼吁一种综合，小说“应当具有梦想和非理性的内在能量，但要努力根据已知的、传统的理性将其进行分析”。

《至暗之地》(“Where No Sun Shines”)最初发表于1970年的《轨道》第六卷上，是针对这种综合的创作观念的一次实践：整个故事似乎同时既晦涩难懂又清晰直接。标题显然出自迪伦·托马斯(Dylan Thomas)《而死亡也不得统治万物》中的诗句“光芒划过至暗之地”，但作者并未提到过标题出处，且整个故事调性与迪伦·托马斯诗歌传达的情绪也是南辕北辙。

之所以说故事晦涩难懂，是因为整个情境都没有任何交代。读者必须在主人公鲁宾逊的动作和回忆里拼凑究竟发生了什么。能获取到相关信息的部分都以陈述的方式呈现，仿佛这些文字是写给在故事的世界中生活了若干年的人。

而说到这篇小说的清晰直接，则是因为所有发生的事件都得到了细致入微地详尽描述，从一个警察啐口水把靴子擦干净，到一个警官试着用一只手翻开旅行管理签证粘连在一起的纸张时那种别扭感。实际上，在情境描述和角色行为的具体动机缺失的状态下，作者用丰富的事件细节，以及对这些细节栩栩如生的描述填充了整个故事。语言富有动作感，如在眼前，且带着非常强烈的情绪。在最开始的几句话中，读者就能读到“煤黑色覆盖的荒漠”“崩溃”“精疲力尽”“破败”“紧闭”“惊恐”“窥探”这些词汇。明喻暗喻结合的手法，拓展了描述的内涵，将平面的文字三维立体化：“皱烂报纸和肮脏的包装纸被海风卷着”，“一大群衣衫褴褛的难民像潮水一般迎面涌来”，“泛着肮脏的油污的大海如同一块巨大的灰黑色斗篷”。

故事的主题本身，是一场近未来发生的终极种族之战，故事似乎故意采取了中立态度：“区域机动队”的所作所为极端残暴，令人不齿，但显然类似的残暴和杀戮，纵火与抢劫，都有相应的谎言在幕后将其正当化。科幻小说作者并非先知，亦不关注自己所创作的景观在未来是否精确无误，但设定在近未来的小说，必定要从故事中设定的冲突与现实世界的关联之间汲取能量。多佐瓦写道：“我创作这篇故事时，是 1968 年末。那时我认为种族之战不仅很可能爆发，甚至会是不可避免的。之后……似乎这篇小说（之中对未来的设想）已经过时了。如今……我已经无法确定这篇小说过时的程度究竟如何。”

（高小山　译）

至暗之地

［美国］加德纳·多佐瓦

鲁宾逊已经连续开了接近两个整天的车，横穿宾夕法尼亚，沿途经过了新泽西那些煤黑色覆盖的荒漠。他的车和他本人都已到了崩溃的边缘。精疲力尽之时，他在一个海边的破败镇子里停了下来。放眼望去，小镇由预制板搭的破烂房子构成，好像随时都会塌掉。紧闭的百叶窗和预制板缝隙后面，一些苍白的脸和惊恐的眼神，若隐若现地窥探着外来者。他独自走在空旷的小街上，皱烂报纸和肮脏的包装纸被海风卷着，在他身边打着旋儿。最终，在镇子边缘，他找到了能歇脚的地方——一间废弃的加油站。他锁上车门，摇上车玻璃。看着月光慢慢地照亮了窗外锈蚀的油泵和自己手扶的方向盘，渐渐沉入梦境。在梦里，一群鲨鱼长出了腿，他正在逃离鲨鱼的利齿时猛地惊醒，脑袋狠狠磕在了车顶上。车里闷热异常，衣服已经被汗湿透。外面，巨大的黑暗静谧无声。

苍白的黎明中，一大群衣衫褴褛的难民像潮水一般迎面涌来，像一股涌进镇子的潮水。他坐在车里，看着人群从身边走过。一整天，他沿着海岸线行驶。泛着肮脏的油污的大海如同一块巨大的灰黑色斗篷，侵蚀着一个又一个萧条的小镇，静静地观望着路牌上的油漆剥落，商铺的围栏渐渐腐朽。

直到深夜，他才终于开始相信，周围的一切是真实的。让自己的身体同理性一道，接受这残酷的现实，如同往胃里吞了一个刀片。第二条公路路况不好，多处变得狭窄难行。鲁宾逊不得不减速，绕路。汽车的马达发出不情愿的嘶吼。直到前方出现笔直路段，他一脚踩下油门，感受着加速时机械不情愿的共振。不知道这破玩意儿还能硬撑着行驶多久？他麻木地想着，油箱里还剩多少油？还有多少英里？筋疲力尽的感觉再次慢慢爬上他的身体。疲倦的大锤敲打着脑袋，让躯体的感觉与现实慢慢地脱节。

前方车道被一个巨大残骸阻断。他换了车道，绕行过去。路过费城，高速路突然大塞车。漫无目的的车辆塞在一起，鸣笛不止。好在他熟悉附近的公路网，成功地绕过了拥堵路段。现在这一段路面上几乎没有其他车辆。理智尚存的人们已经回到地面上。

他全速从一个事故现场旁边驶过。一辆轻型卡车歪在路边，起火燃烧。正好压在白色的分道线上。要不是能隐隐地看到苍白的脸颊和手，说那是一堆破布也不为过。柏油路上可以看到斑斑血迹。鲁宾逊向左打了方向盘，绕过了男人的身体，之后慢慢打正方向。绕过他之后，鲁宾逊回到原来的车道，再次加速。燃烧的卡车和倒地的男人飞快地后移，只在后视镜里留下了一秒的影像。被他的尾灯晃了一下，之后迅速被黑暗吞没。

又开了几英里，鲁宾逊又开始犯困了。连续的困意袭来，他不停地点头，眨眼，试图驱散困意。他骂骂咧咧地努力睁大双眼，摇下车玻璃。狂风呼啸地穿过车厢，空气潮湿滞重，带着煤烟和化学制品的味道。工业废料这种噩梦般的味道，让整个新泽西州窒息。

本能地，鲁宾逊拧开了收音机，摸着旋钮调节着频段。试图从不可见的世界里，找个声音陪伴自己。白噪声让他烦躁不已。几乎所有费城和匹兹堡的电台都不再广播了。它们在的地方，一定受到了重创。最终，一个位于芝加哥的电台打破了噪声，里面报道了电台附近刚刚爆发的武装冲突。一段时间，电台播音员报道着所谓的“抵抗力量”，但显然，“抵抗力量”没什么良好的公共形象，马上就被改口称为“暴徒”和“无政府动乱分子”。

过了一阵，收音机里传出一个信号清晰的波士顿电台，似乎在播放什么官方声明，但过了一会儿便被无信号的白噪声覆盖。慢慢地，费城电台再次浮出噪声的海洋，报道着刚刚发生的严重冲突。那些小型的本地电台都消失了。电视台估计也都完蛋了，但他反正也不怎么怀念电视台。回忆一下，他已经几个月没看电视了。即使在哈里斯堡的那些太平日子，大灾难还没降临的时候，电视和收音机里就再没有任何新闻或新的电视节目，只是一直循环往复地播放喜剧录像和1920年代老掉牙的音乐会（穿着燕尾服的舞者们站在三角钢琴上欢快地扭动肢体，在演播室苍白的光线里，好像两个精神错乱的酗酒者。尖细的音乐声和预录笑声充满了房间，好像一群机械鸟在叽叽喳喳。窗外，不时传来枪声）。

终于，他播到了一个古典乐电台，信号稳定清晰。莫扎特和约翰·施特劳斯交替登场。

在德沃夏克和海顿的几首作品，以及《蓝色多瑙河》之间，他继续在无意识状态下机械地开着车。沉浸在音乐中，轮胎轧过沥青路时细碎的摩擦声让他疲惫不堪的脑子越来越迟钝。

一颗微弱的红色星星在地平线上闪现。

刚开始，鲁宾逊并未在意那个光点。但一眨眼的工夫，光点慢慢扩张。他知道自己看到了什么，胃里猛然一阵下坠感。

他惊恐而紧张地轻声咒骂着，机械发出不情愿的嘶鸣，车子歪歪斜斜地减速。他踩下刹车，试图减速。这时，耀眼的聚光灯从刚刚的红色光点下方打开，将黑夜照得如同白昼，把他晃得睁不开眼。他骂了句脏话，胃里翻江倒海，双腿因为恐惧而僵直。

鲁宾逊关了引擎，让车溜了一段距离，自动停下。聚光灯一直追着他，白光准确地打在车子的侧玻璃上。他被侧面照来的强光晃得止不住地眨眼。眼睛因为泪水涌出，视线变得模糊。聚光灯突然展开成一个大卫星形状，散发出炫目的白光。鲁宾逊胆怯地低下头，试图让双目能重新聚焦，不敢把手举起来。一声机械的叹息，车子终于停下。

他一动不动地坐定，双手牢牢地放在方向盘上，伴随着引擎冷却的噪声，身边机械发出咔嗒咔嗒的声音。车门被关上的声音，喇叭里传来莫名其妙的命令，一阵听不清的答复。鲁宾逊悄悄斜视，试图看清聚光灯照亮的圆形里面发生的状况。伴随着鞋子踩在沥青路上发出的声音，影子在强光里靠近车窗，逐渐变成窗外一个模糊的人形轮廓，好像一个粗糙的“人”的符号一般。人形的手里抓着一些闪光的东西，光线调皮地在手中跳跃、扭曲，仿佛随时要逃走。强光下，鲁宾逊的视力几乎丧失。他只能静静坐在光里，不停眨眼。

窗外的人形嘟囔着什么，转了半个身，轮廓的形状不断变化，扭曲。“好的。”一声粗野的回答。随着一声机械的响动，聚光灯亮度骤减了四分之三，变成了一个黯淡的橙色光点。外面的世界瞬间失去细节，变成了刚刚强光照射后，蓝白相间的视觉残留。外面那个人形轮廓变成了一个中年警督，矮矮胖胖，胡子拉碴，不修边幅。他端着一把外形耀武扬威的霰弹枪，灯光在黑亮的枪筒上闪过，在那钢铁的外表上泛起涟漪。枪口随随便便地指着鲁宾逊的喉咙。

鲁宾逊在不扭动脖子的前提下，悄悄地观察了一下周围，红色的光点其实是警用巡逻机器人头顶的指示灯。一个年轻的警察（典型的菜鸟，警靴擦得锃光瓦亮，反射着木头颜色的探照灯）站在聚光灯照亮的地方，正好卡在挡风玻璃和帽檐中间。他试图使自己看起来特别冷酷，特别不近人情，手一直笨拙而刻意地摩挲着左轮手枪。

道路的另一侧有状况发生。鲁宾逊抬起眼睛悄悄观看，紧张地咬住嘴唇。一辆沾满泥浆的“区域机动队”吉普车冲上了草绿色堤坝，里面坐着三个人。他看过去的时候，乘客位上的高个子男人对司机说了点什么，然后甩着腿从堤坝上跑了下来，鞋跟带起了一路尘土。司机把手伸进野战夹克里取暖，胳膊肘抵在方向盘上，眼睛疲倦地微微合着。第三个人，一个浑身脏兮兮的下士，坐在吉普车后面，把一架.50口径的机枪指向鲁宾逊的车。枪口旁边，下士的脸对着鲁宾逊微笑着。他的手则不耐烦地摩挲着扳机。

高个子男人缓慢地走出路肩的阴影，从那个紧张的菜鸟旁边走过，看都没看他一眼。他走进了探照灯的亮光里。从鲁宾逊的车旁边经过时，他从一个高挑的身影，慢慢变成了一个“区域机动队”中尉。全天候冲锋夹克，帽子背在后面。肩膀上，褐色的肩章上有斑驳的磨损。红色的大写字母写着“**区域机动队**”。中尉的一条胳膊上挂着一把微型冲锋枪。

警督回头看了一眼，中尉走到了引擎盖旁边。霰弹枪的枪口仍然没有从鲁宾逊的胸前挪开。“一切正常。”他说道。中尉嘟囔着从警督身后经过，走到了驾驶座的车窗旁边。他盯着鲁宾逊看了一秒钟，面无表情，紧接着把那把微型冲锋枪从胳膊上摘了下来，在右臂的臂弯上端好。他的另一只手缓慢地伸出，轻轻在车窗上敲打了一下。

鲁宾逊摇下了车窗。中尉凝视着他，苍白眼球上的蓝色瞳仁，像是两扇通往虚无的窗子。鲁宾逊瞟了一眼微型冲锋枪狭窄的枪口，又把视线移回了中尉紧紧抿住的薄嘴唇，嘴唇上一点血色都没有。

鲁宾逊觉得自己胃里一阵翻腾，腿和胳膊上浓密的汗毛都竖了起来，扎进了衣裤里。“出示你的证件。”中尉说。发音清楚，言简意赅。慢慢地，慢慢地，鲁宾逊把手移动到皱巴巴的运动夹克里，小心翼翼地掏出了身份证和旅行管理签证，递给了中尉。中尉拿着证件，后退一步，一只手拿着它们查看，另一只手端着微型冲锋枪指着鲁宾逊。这杆小型自动武器紧闭的枪口悬在几英寸之外，轻微地摇晃，在鲁宾逊的胸口上画着一个半径四分之一英寸的圆。

鲁宾逊用干燥的舌头润了润嘴唇，试着咽了口口水，竟然失败了。他的目光扫过中尉冷若冰霜的眼神，警督疲倦而紧蹙的眉头，那个神经质的菜鸟好斗的狂热目光，吉普车司机漠不关心的眼神，最后停在了 .50 口径机枪上方，头巾缝隙里下士的眼睛。所有眼睛都盯着他，他就是整个宇宙的中心。探照灯不停地闪烁，将杂乱的阴影投进路边的树林中。这些影子刚伸出去就迅速缩回，像溜溜球一样反复。北方的地平线上，闷烧的红色光射入云层，闪烁着又暗淡下来。那是陷入大火的纽瓦克市。

中尉来回走动，不耐烦地试图用另一只手给旅行签证翻页，其中两页粘在了一起。他嘟囔着，抬起一只穿着皮靴的脚踩在鲁宾逊的发动机盖上，把微型冲锋枪架在膝盖上，试着用牙齿咬住旅行管理签证上那黏糊糊的一页翻过去。鲁宾逊一下子逮到远处的菜鸟盯着中尉的作战靴，露出一副拘谨但又不屑的诡异表情。他一下子笑出声来，竟忘了正指着自己的机枪。他赶紧把笑意咽回了肚子里，即使只是在喉咙深处发笑，在这样的环境里也显得尖厉刺耳。这狂乱又歇斯底里的笑意充满了他的身体，仿佛身体里被塞满了干枯卷曲的落叶。中尉把脚放了下来，站直身子。靴子底和发动机盖发出了尖厉刺耳的摩擦声，在机盖侧面留下一段泥泞肮脏的痕迹。你个臭婊子养的，鲁宾逊突然怒火中烧，在心里骂道。

夜莺的悲鸣从树林里传来，一股阴冷的风突然吹起，卷起砂石打在车身上，带着灰烬和工业废墟的味道，发出空洞的金属回响。风吹乱了旅行签证的纸页，吹乱了中尉冲锋夹克兜帽上的动物皮毛，徒然地吹着他头上乱糟糟的短发。中尉一副审慎的态度，继续研究手里的证件，用拇指压紧了被风吹起的纸张。你个臭婊子养的，鲁宾逊怒从心头起，恐惧与愤怒同时扼住咽喉。你个虐待狂，狗杂种。漫长的沉默开始变得像巨石一般沉重。探照灯的红光忽明忽灭，中尉的脸在红光中时隐时现。他的双眼在闪光中变成两潭血水，之后血水又被抽干，脸颊在黑暗中塌陷成尸脸，继而又在亮光中鼓胀回原样。他机械地翻着证件，脸上没有任何表情。

突然，啪的一声，旅行管理签证被中尉合上。

鲁宾逊吓得抽搐了一下。中尉盯着他看了几秒钟，让他心惊胆战，之后将签证递了回来。鲁宾逊轻轻接过，努力克制着一把抢过来的冲动。“为什么出门旅行？”中尉问，声音平静。笨拙又牵强的一堆理由挤出了他的嘴巴：出差——航班取消——必须赶回去——老婆——中尉默默地听着，然后转过身，对身后的菜鸟打了个手势。

菜鸟利索地跑来，飞快地检查后座、后备箱。鲁宾逊听到身后传来他的呼吸和窸窸窣窣的翻动，随着他的动作，车身轻轻地摇晃着。鲁宾逊直视前方，不发一语。中尉还是沉默着，两只手漫不经心地端着自动武器。老警督似乎有些烦躁不安。“没有东西，长官！”菜鸟大声汇报，钻出车子。中尉点点头，菜鸟听话地回到了警备车上。“看来没问题，长官。”警督说着，不耐烦地把重心从一条站酸了的腿换到了另一条上。他有些疲态，灰色的脑袋一侧，网状的青色静脉显露在上面。中尉稍作考虑，有点儿不情愿地点点头。“好的……”他慢吞吞地开始说，之后逐渐语速越来越快，整个人变得活跃起来，挤出来了一个紧绷的、虚伪的微笑，“当然，一切正常，先生。你可以走了。”

身后的地平线上，两盏车前灯远远地跳了出来。

中尉脸上的笑容骤然消失。“现在，先生，”他说，“你老实待在这儿别动，不许做任何事。中士，看好他！”他转身向巡逻车大步走去。远处的车前灯跳动着变得越来越大。鲁宾逊听到中尉含糊不清地命令了一句，聚光灯的光芒一闪，突然增强到了最大亮度。但这一次，聚光灯没对准他。他看着光柱刺入黑夜，光柱强烈得仿佛固体，一旦捕获到目标，就会把它像飞蛾一样钉死。

驶来的是一辆大众迷你巴士。在强光的照射下，它镀上了一层不真实的纹理，像一张锐化过度的照片。

迷你巴士减速，慢慢停靠在鲁宾逊对面的路肩旁。他看到前排座位上的两个人，眯着眼睛用手挡着射来的光柱。中尉晃晃悠悠地走了过去，在几英尺外检查了一下，然后挥挥手。聚光灯降到了四分之一亮度。

在漫射的橙色光芒中，鲁宾逊正好能看到车里的乘客：一个穿着黑色高领毛衣的高个子男人，一个北欧血统、金发垂到肩膀、穿着橙色衬衫的女人。中尉绕到了驾驶员旁边，敲了敲窗子。鲁宾逊能看到中尉嘴部的运动，嘴巴几乎不张，动作灵巧而精确。司机位的瘦男人麻木地把证件递了过去。中尉开始检查，一页一页慢慢浏览。

鲁宾逊不耐烦地动动身子。他能感觉到刚才出的一身汗渐渐干了，胳膊、膝盖窝和胯骨上都被汗液搞得黏黏糊糊。搞得他的衣服粘在身上。

中尉打了个手势，示意菜鸟过来，自己向后退了几步站在了发动机盖旁边。菜鸟沿着路一路小跑，来到了巴士旁边，伸手打开了滑动门。鲁宾逊发现那个瘦子司机一闪而过的紧张神色，他的舌头正顶住牙齿。女人则镇定地看着前方。瘦子对着中尉开玩笑似的说了些什么。菜鸟把滑动门打开，开始往车厢里爬——

后排座位和关着的后备箱挡板之间，有什么东西动了一下，掀开一块厚厚的军用毛毯，翻了个身跪起，挺直了身子。鲁宾逊瞥见了那人深黑色的皮肤，因为强烈的对比，显得非常白的眼球，因为极度惊恐而扩张的鼻孔。菜鸟吓了一跳，大张着嘴跌跌撞撞地后退，左轮手枪漫无目标地挥舞着。瘦子司机一脸坏了事的表情——龇牙咧嘴，脖子一梗，嘴唇大张露出咬紧的牙关。他试图强行启动巴士。

一束枪火的亮光刺破了黑暗，微型冲锋枪发出嗡鸣，在中尉的手中颤抖着吐出子弹。他面无表情地端着枪，稳定地扫射。巴士的挡风玻璃应声而碎。男人和女人突然痉挛般地抽动，身体突然弹起，如同一段荒诞舞步。中尉继续开火，瘦子司机向后弓起身子，蜷缩，蜷缩，蜷缩到了极致，脸上仍旧是龇牙咧嘴的表情，扑倒在方向盘上。女人栽倒的时候撞到了车门，车门被砸开，她向后倒下，长发飘散成纷乱的一团，一只胳膊甩到了头顶，手指张开，像是在触碰、抓挠虚空中不存在的某物。她跌落在路面上，半个身子在车内，半个身子伸出车门，她修长的手指抽搐着伸展，攥拳，松开。

车后面的黑色身影狂躁地撕扯着后挡板，掀开它后跑了出来，试图跳到路肩上，堤防上那架 .50 口径的机枪响了，巴士车顶的后部迅速被打成筛子。金属在浓烟中啸叫着，黑人站在打开的后挡板上，抬起一只脚正要跳时，子弹打中了他。.50 口径的机枪毫不留情地猛击，将他几乎打成两截，他瘫软的身体被轰出了六七英尺之外，倒在了路上。.50 口径的机枪继续开火，沥青路面上，子弹激起一串喷起又瞬间消失的碎屑。菜鸟发出一种兴奋的、带着兽性的号叫，拿着左轮手枪向着已经倒地的人体不断射击。

中尉挥手，所有人停了下来。

没有声音，没人动。

回声渐渐消隐于无形。

硝烟从中尉的微型冲锋枪枪口上屡屡冒出。

在这种不可思议的死寂里，有人在轻声哭泣。

鲁宾逊意识到了，那是他自己，咬紧牙关，勒紧喉咙，强忍着胃部泛起的呕吐欲望。手指泛起一阵疼痛，像被锁死一样紧紧扣进了方向盘。他没法把它们松开。微风吹过了他已经被汗水浸透的身体。

中尉走到了迷你巴士的驾驶位旁边，拉开了车门，他抓住了司机的头发，把他的头从方向盘上拎了起来。原本形容枯槁的脸松弛，下垂，几乎带着一种苦行僧脸上的安详。中尉放开手，血迹斑斑的头颅再次垂下。

中尉慢慢地绕过发动机，停了一下，看了两眼倒在地上的女人。她半个身子摔出车外，脸朝着天空，一条胳膊压在了身下。双眼依然睁开，凝视着什么，脸上没有伤痕。她的身体慢慢地被恐怖的红色淹没，血从喉咙上的弹孔慢慢渗出。中尉看着她，轻轻地摸了摸枪管，脸像打磨光滑的大理石一般。冷风卷起她的裙摆，飞起，落下，卷在了她的腰上。中尉耸耸肩，走向了车子后部。他推了推倒在分道线上的黑人，随后迅速地往巡逻车方向走去。车上面，下士正在给 .50 口径的机枪换弹夹，司机又开始打瞌睡。

菜鸟仍然呆呆地站在巴士旁边，兴奋过去了，脏兮兮的脸上带着病态的表情，看看左轮手枪里冒出的蓝色烟雾，又盯着自己用口水擦得铮亮的靴子，红色的血迹已经干涸。闪烁的探照灯把死人的面孔照成血红色，给他们染上了一层似乎仍有生命的红晕，之后随着灯光熄灭，红晕褪去。

老警督转向鲁宾逊，严厉地拉了下霰弹枪的枪栓，看起来一下子老了 20 岁。“你最好赶紧走，孩子。”他轻轻地说道。他举起霰弹枪，转向仍然在冒烟的巴士，目光迅速地移开。脸上绷起的青色静脉搏动着。他慢慢地摇摇头，缩起肩膀缓缓走开，启动巡逻车，倒到路边让出了道路。

鲁宾逊正笨拙地摸索打火开关时，中尉走了过来。“快点滚。”中尉说，同时把一个新弹夹按进了冲锋枪里。

（高小山　译）

逃避式阅读

到 1970 年，科幻小说在经历了过去二十年间的兴衰以及新浪潮的动荡之后，开始逐渐厘清自己的方向。20 世纪 50 年代，传统科幻小说在出版界明显没落，到了 60 年代，新浪潮科幻小说也遭遇了同样的没落。它们分别代表对生命和文学的两种不同态度，二者之间的争论到 70 年代仍将继续，但大战已经结束，冲突双方都在等待新的受众和新的理解。而即将延续整个 70 年代的图书出版热在 60 年代末期已经初现端倪，为期十年的热潮结束前，出版商每月都能出版上百部书。

在这种充满不确定性的环境中，新作家们用迥然不同的叙事方式为自己找到了过去几十年里不曾有过的出版机会。吉恩・沃尔夫兜售短篇小说的过程也许并不容易，但他成功为自己那些艰涩难懂而又别开生面的长篇小说找到了市场，并证明了这一领域的开放性。

沃尔夫出生在布鲁克林，但在得克萨斯州长大，并就读于得克萨斯农工大学。他于朝鲜战争期间在军中服役，1956 年返回得州，进入休斯敦大学攻读机械工程学位。其后他一直在宝洁公司担任项目工程师，直到 1972 年成为商业杂志《设备工程》的编辑。

沃尔夫的首部短篇小说《群山如鼠》（“Mountains Like Mice”）发表于 1966 年 5 月刊《如果》上。他的第二部短篇小说《旅途，罗网》（“Trip, Trap”）发表于《轨道》第二卷上，这部初版短篇作品集由达蒙·奈特创立于 1966 年。沃尔夫曾在自己的首部长篇小说致谢词中向奈特致敬，对于奈特给予他的影响，沃尔夫如此写道：“1966 年 6 月那一令人难忘的夜晚，我这枚小豆子破土而出。”沃尔夫早期最好的作品大多发表于《轨道》之上。在这部作品集存续的大约十五年里，它成了科幻文类中最重要的小说选集。与之相似的是，沃尔夫的作品对 1967 年后的《轨道》也不可或缺，几乎每卷都至少收录了一篇沃尔夫的故事，绝少例外。

沃尔夫原本是位短篇小说大师，专擅创作复杂的、时而神秘的短篇故事，尽管如此，自 1972 年起，沃尔夫开始了长篇小说创作，最早是《刻耳柏洛斯的第五颗头》（*The Fifth Head of Cerberus*），由三篇相互关联的短篇故事构成[1]；接着是非科幻小说《和平》（1975）；以及面向青年读者的中世纪奇幻小说《森林中的魔鬼》（*The Devil in a Forest*，1976）。80 年代，他开始撰写以“新日之书”（*The Book of the New Sun*）为名的四部曲长篇作品，其中第一部为《拷刑吏之影》（*The Shadow of the Torturer*），接着是《调解人之爪》（*The Claw of the Conciliator*，1981）、《刀斧手之剑》（*The Sword of the Lictor*，1982）以及《独裁官之城》（*The Citadel of the Autarch*，1983）。随后的《水獭之城》[2]（*The Castle of the Otter*，1983）介绍了该系列的

1. 三篇短篇故事中，第一篇即《刻耳柏洛斯的第五颗头》，初载于 1972 年的《轨道》第十卷，接下来的两篇分别是《一个故事》和《V.R.T》。后两篇扩充了故事内容，深化了故事主题，三篇共同构成长篇《刻耳柏洛斯的第五颗头》。

2.《水獭之城》的书名来源于《轨道》编辑与沃尔夫电话沟通时的差误，因编辑将“独裁者（Autarch）”误听为“水獭（Otter）”，《轨道》起初将“新日之书”系列的第四部小说名公布为《水獭之城》。沃尔夫喜欢这个名字，后来将它用在了这部关于“新日之书”的纪实性作品上。

创作过程，最后他又以长篇小说《新日之兀司》[1]（*The Urth of the New Sun*，1987）为该系列作结。沃尔夫也写过其他长篇小说，包括以《迷雾中的士兵》（*Soldier of the Mist*，1986）为始的"拉特罗"系列[2]（*Latro sequence*），以《长日之夜》（*Nightside the Long Sun*，1993）为始的"长日之书"（*The Book of the Long Sun*）系列，以《绿星之水中》（*In Blue's Waters*，1999）为始的"短日之书"（*Book of the Short Sun*）系列[3]。尽管沃尔夫的短篇小说本身就很出众，但从某种角度上说，它们或可被视为一种准备工作，在此基础上写就的长篇小说都成了沃尔夫公认的杰作。他出版过两部短篇小说集，《死亡医生之岛与其他故事及其他故事》（*The Island of Doctor Death and Other Stories and Other Stories*，1980）及《吉恩·沃尔夫的书香岁月》（*Gene Wolfe's Book of Days*，1981）。

他首部短篇集的标题作品发表于1970年的《轨道》第七卷上。同他的许多其他作品一样，这部小说获得了星云奖提名。这次提名创造了一个经典的尴尬瞬间，在颁奖仪式上，主持人艾萨克·阿西莫夫宣布沃尔夫的作品获奖后，有人指出"没有作品获奖"取得了更多票数。第二年，沃尔夫的短篇小说《岛医生之死》（"The Death of Doctor Island"）实打实地赢下了星云奖［这部小说展现了沃尔夫雅擅讥诮的幽默感：他还写过一部名为《死岛之医生》（"The Doctor of Death Island"）的短篇小说］。

《死亡医生之岛与其他故事》运用了沃尔夫最喜欢的写作技巧之

1. "新日之书"中的兀司（Urth）即为地球。"新日之书"系列也称"兀司宇宙"（Urth Cycle），安德鲁·德鲁斯·迈克尔（Michael Andre-Driussi）为此系列专门撰写了一本《兀司词典》（*Lexicon Urthus: A Dictionary for the Urth Cycle*），用以解释沃尔夫在本系列中使用的许多造词词源。
2. "拉特罗"系列也称"士兵"系列（*Soldier series*），《迷雾中的士兵》以罗马雇佣兵拉特罗的私人日记形式呈现，获1987年轨迹奖最佳奇幻长篇小说奖，提名了星云奖最佳长篇小说和世界奇幻奖最佳长篇小说。
3. "新日之书""长日之书""短日之书"系列合称沃尔夫的"太阳宇宙"（*Solar Cycle*）。

一，即将故事的视点人物设计得知识有限，或说理解能力有限；而读者往往也被置于同样的位置。像沃尔夫的许多其他小说一样，在这部小说里，故事的视点人物是个小孩子，名叫塔基。故事本身采用了极为罕见的第二人称叙事，但与《公元第一百万日》（“Day Million”）这种将读者作为第二人称的故事不同，在沃尔夫的故事里，第二人称的指称对象是塔基。想要理解这个故事，必须要理解这样一个事实：这个故事是在给塔基讲述塔基本人的生活。叙述者是谁？——是个讲故事的人，他是所有那些好故事的匿名作者。

《死亡医生之岛与其他故事》既展现了一个叙事过程，也展现了人们——尤其是年轻人对这样一类故事的需求：当周围的一切都令人沮丧而不堪忍受时，他们能相信这类故事，能在这类故事中忘记自我（或说是找到自我）；同时，它也展现了主人公塔基所面临的个人问题。塔基与刚刚离婚的母亲和她男朋友一起住在一座老旧的大房子里，这房子从前是一家度假宾馆。大多数时候，塔基都是孤零零一个人，他与书里的角色交朋友，而这书是母亲的男朋友从杂货店给他偷来的。

这书想必应该叫《死亡医生之岛》，它是最能吸引少年男女的那类纸浆杂志型冒险故事；故事里有一个绝佳的男主人公、一个绝佳的女主人公、一个绝佳的朋友和一个绝佳的坏人。其基本情节混杂了 H. G. 威尔斯的《莫洛博士之岛》（*The Island of Dr. Moreau*）与埃德加·赖斯·巴勒斯的《泰山与欧帕的珍宝》（*Tarzan and the Jewels of Opar*），也许还要加上一点亨利·赖德·哈格德（Henry Rider Haggard）的《她》（*She*）。与这丰满的传奇故事形成鲜明对比的是灰暗无趣的现实生活，塔基寄身其中，却越来越觉得小说中的世界反而更加坚固真实。他对真实世界理解不多，但比大人们以为的来得多些。冲突在塔基幻想中的化装舞会上达到了顶点，这一舞会象征了塔基的意识在虚拟与现实中徘徊往复的混乱状态。

塔基喜欢叫故事中的朋友前来相伴实在不足为怪，他知道兰塞姆船长的勇气、犬人的忠诚、死亡医生的邪恶都值得信赖。故事展现了逃避式阅读给人带来的喜悦，也动人地描绘了一个孤独男孩的不幸生活。那些曾被小说的力量所吸引的读者，那些曾被古老魔法吸引，转而去创造全新冒险故事的作者，都能在塔基身上看到自己。

（憬怡　译）

死亡医生之岛与其他故事

［美国］吉恩·沃尔夫

冬日降临在水面上，正如它降临在陆地上，尽管水中并无树叶可落。暮色之下的海浪昨日尚是明亮耀眼的蓝色，今天已变作一派阴冷的暗绿色。如果你是个在家里不受待见的男孩儿你要在海滩边走上很久，感受在夜里降临的冬天；沙子吹过你的鞋面，浪花溅湿你灯芯绒的裤腿。你转身背朝大海，用那根被埋了半截的木棍尖端在湿润的沙地上写下：塔克曼·巴布科克。

之后你走回家，清楚知晓身后的大西洋正在摧毁你的作品。

家是一间位于开拓者之岛上的大房子，然而所谓开拓者之岛并不是一座真正的岛屿，因此，它在各类地图上都没有名字，也不曾被精确描绘。如果用石头敲碎一颗藤壶，你会看到其中美丽的形状，这就是藤壶雁[1]得名的来源。那儿有一个又薄又软的器官，状似鹅颈和软体动物的虹吸管，还有一个不成形的身体，嵌着小小的翅膀。开拓者之岛的形状便如此物一般。

鹅颈是一块狭长的陆地，下面有一条乡间小道。绘制地图的人

1. 即白颊黑雁，广泛分布于欧洲及北美地区。古时人们相信这种鸟由鹅颈藤壶变化而来，因以得名。

凭臆测夸大了它的宽度，又不曾提到它几乎不比涨潮时的海平面高。因此，开拓者之岛看上去其实仅仅像是海岸线上的一块儿凸起，不需要什么名字——而那一共只有八到十户的村子也没有名字，于是，地图上除了一条终止在海边的蛛丝小道外，再也没有任何标记了。

村子没有名字。但家却有两个名字：一个近称和一个远称。在小岛和附近的陆地上，人们称这儿为观海楼，因为本世纪早年，这里曾是一家度假宾馆。妈妈管这儿叫 2 月 31 日之家；这是她信封上的地址，想必她那些纽约和费城的朋友在不以“巴布科克夫人家”代指这间房子时，也是这么叫的。家在一些地方有四层楼高，另一些地方则矮上一些，整栋楼都被阳台环绕；这房子曾被涂成黄色，但外面的墙漆大部分已经剥落，2 月 31 日之家如今是灰色的。

贾森从前门走出来，下巴上卷曲的小胡子在风中摇曳，他的手指勾在李维斯牌牛仔裤的腰带里。“过来，你跟我一起进城。你母亲要休息。”

“嘿，硬汉！”

你钻进贾森的捷豹汽车里，感受着真皮座椅的柔软和气味，你睡着了。

你在城里醒来，明亮的光在车窗上闪烁。贾森离开了，而车里越来越冷；你好像等了很长时间，你看到外面的商店橱窗，看到过路的警察髋骨边别着的大枪，看到走丢的小狗，它见谁都怕，就连你敲击车窗呼唤它时也不例外。

接着，贾森拿着大包小包回来了，把它们放在车座后面。

“我们现在回家吗？”

他没有看你，只是点了点头，一边忙着整理那些包裹，以防它们翻倒，然后系紧他的安全带。

“我想下车。”

他看着你。

“我想去家商店。答应我嘛，贾森。”

贾森叹了口气。“好吧，那边的杂货店，行吗？就一分钟。”

那家杂货店跟超市一般大，货架间的过道又长又亮，架子上摆着玻璃器皿、针头线脑和各类纸制品。贾森在香烟柜台给他的打火机购置内置溶液，而你从旋转的金属货架上取了本书拿到他面前。“拜托了，贾森？”

他从你手上夺过书来，放回货架上，但当你们再次返回车中时，他又从夹克底下把那书取出来交给了你。

这书美妙绝伦，又厚又沉，书页边缘染成了黄色。封面是光面硬纸板，封皮上有一幅画，画中一个衣衫褴褛的人正在同什么东西搏斗，那东西半人半猿，但非人非猿，丑陋无比。画是彩色的，类猿的东西身上正在出血；而那人肌肉发达、英俊潇洒，头发是黄褐色的，比贾森略浅一些，且没有胡子。

“你喜欢这书？”

你们已经出了城，没了街灯，车内的光线过于昏暗，几乎看不清那幅图。你点点头。

贾森笑了起来。“这叫营地。你听说过吗？”

你耸耸肩，用拇指轻轻卷着书页，想着今晚要独自在房间里把它读一读。

“你会告诉你母亲我对你有多好吗？”

“啊哈，当然。你希望我告诉她？”

“明天，不要今天说。我想等我们回去时，她应当已经睡了。别把她吵醒。”贾森的声音告诉你，如果你吵醒她，他会很生气。

“好。”

“别进她房间。”

“好。”

那辆捷豹伴随着“咔咔嗒嗒”的噪声停在了路边，现在，在月光照耀下你能看清海中的白浪和被冲到沥青马路边的浮木了。

“你有一个美好又温软的好妈咪，你知道吗？我爬到她身上的时候，感觉就像靠着一个大枕头。”

你点点头，记起那些孤独的、被噩梦惊醒的夜晚，你爬上她的床，依偎在她柔软的身体里取暖——但你又很愤怒，你知道贾森这话同时嘲弄了你们母子二人。

家里又静又黑，你尽可能快地离开贾森，抢在他之前蹿进客厅，跑上楼去，又顺着第二道又窄又绕的楼梯跑到了自己位于阁楼上的房间里。

我是从某人嘴里听到这故事的，他把它讲给我，也就违背了他的誓言。我不知这故事在他手里——我该说是在他嘴里——憋了多久。它最重要的部分是真实的，我把它原封不动地讲给你听。这就是他给我讲的故事。

看见那座岛屿时，菲利普·兰塞姆已经孤身漂流了九天。当那小岛像一道紫色线条般隐约出现在地平线上时，天色已经很晚，但那天晚上兰塞姆没有睡觉。他只看一眼就确定了；在他清醒的头脑里，他对自己所见之物的真实性没有丝毫怀疑。相反，他的大脑中充满了事实和推算。他知道他一定是在新几内亚附近的什么地方，他在脑内回顾了他所知的一切状况，包括这片海域的洋流状况和过去九天内橡皮艇的状态。当他到达那座岛屿上——他不允许自己进行任何不好的“假设”——水边几英尺的地方很可能就会有茂密的丛林。岛上可能会有住民，也可能没有，但他将这些年内所学到的巴扎马来[1]语和他加禄语[2]全在脑子里过了一遍。这些年来，他做过引航员、种植园管理人、白猎人[3]和太平洋上的职业雇佣兵。

早晨，他再次在地平线上看到那道紫色的影子，近了些，几乎准确无误地处在他大脑运算出的那个位置上。九天来，他始终没找到理由去使用橡皮艇自配的那双破桨，但现在他有一个航行目的地了。兰塞姆喝掉最后的储水，然后开始以一种稳健有力的节奏划起船桨，他不受任何干扰，直到他那橡皮艇的船头触碰到海滩的沙地。

早晨，你慢慢醒了。你的眼睛有些浮肿，床头的灯依然亮着。你走下楼去，发现没有人，于是你给自己拿了一个碗，又取出牛奶和膨化甜麦片，随后你用厨房的火柴点燃了烤炉，这样你就可以边吃东西边坐在门边看书。麦片吃完后，你把碗底的甜奶和碎渣喝了个干净，并准备了一壶咖啡，你知道这可能取悦母亲。贾森下楼了，他穿戴整齐，但无意与你交流；他喝了咖啡，又用烤炉给自己做了一片肉桂吐司。你听着他离开，听到他那汽车在马路上发出拖长的蜂鸣声后，你上楼走进母亲的房间。

她醒着，睁开双眼盯着天花板，但你知道她还没做好起床的准备。你非常礼貌，知道这样可以最大限度地降低她冲你大吼的可能性，你说："今早你感觉怎么样，妈妈？"她扭过头来看你。"神志不清[4]。现在几点了，塔基？"

---

1. 在马来群岛（主要是新加坡和马来西亚的少部分地区）贸易交流中所使用的一种克雷奥尔语，以马来语为基础，受到汉语、葡萄牙语与荷兰贸易商交流用语的大量影响。已逐渐被英语取代。
2. 菲律宾的官方语言之一（另一种为英语）。属南岛语系印度尼西亚语族。
3. 文学用语，专指去非洲进行大型狩猎活动的欧洲或北美猎人，特别是 20 世纪上半叶。
4. 原文"strung out"，一般指吸毒后的神志恍惚。

你看了看她梳妆台上的小折叠闹钟。“8 点 7 分。”

“贾森走了？”

“是的，刚走，妈妈。”

她又在看天花板了。“你现在就回楼下去，塔基。等我感觉好点儿，我就给你弄点东西。”

你下了楼，穿上你的羊皮外衣，走到阳台上去看海。海鸥在冰冷的海风中翱翔，遥远处有什么橙色的东西在海浪里摇摇晃晃，越来越近。

是一艘救生艇。你跑到海滩边上，跳上跳下地挥舞你的帽子。“在这儿。在这儿。”

救生艇上的人没穿衣服，但严寒似乎丝毫也不能侵扰他。他伸出手来说：“我是兰塞姆船长。”你握住他的手，忽然长高也长大了；没有他那么高，也没有他那么大，但与你本人相比是变高变大了。

“我是塔克曼·巴布科克，船长。”

“很高兴遇见你。就在一分钟前，你成了我患难中的朋友。”

“我想我什么也没做，但欢迎上岸。”

“适才我的眼睛一直忙着盯紧海浪，是你的声音给了我航行的方向。现在你可以告诉我，我靠岸的地方是哪里，你又是谁了。”

你们在并肩往家里走了，你向兰塞姆船长解释你和你母亲的事，还有她多不想让你进入这里的学校，因为她正试图把你弄进你父亲曾经就读过的私立学校。过了一会儿你就没东西可说了，于是你向兰塞姆船长展示了三楼的一间空房间，并告诉他可以在此休息，可以做任何他想做的事。随后你返回自己的房间继续阅读。

“你的意思是说，你制造了这些怪物？”

“制造他们？”死亡医生倾身向前，嘴上挂着一个残忍的微笑。

“当上帝把亚当的肋骨做成夏娃时，船长，他是制造了夏娃吗？还是说亚当制造了肋骨，而上帝将它改造成自己想要的了呢？从这个角度看看吧，船长。我就是上帝，而自然就是亚当。”

兰塞姆看着那个用手抓住他右胳膊的东西，那双手或许可以轻而易举地把电线杆掰弯。“你的意思是说这东西是个动物？”

“不是动物，”那怪物说着残暴地扭过他的手臂，“我是人。”

死亡医生的微笑幅度更大了。“是的，船长，一个人。问题在于，你是什么？等我把你做好之后，我们就知道了。让你的大脑变钝不是难事，远比提升这些可怜畜生的智力来得容易；不过，增强一下你的嗅觉又如何呢？至于让你再不能直立行走，就更不用提了。”

“不能四脚着地地走路，”抓着兰塞姆的兽人喃喃道，“那是法则。”

死亡医生转身去叫那个蹒跚的驼子，兰塞姆早先看见过他。“佝偻，看住兰塞姆船长，保证他被绑得牢牢的，然后准备手术。”

来了辆车。不是贾森那辆嘈杂的捷豹，而是一辆引擎安静、声音强劲的车。你用力向上推开阁楼一角那扇严密窄小的窗户，把脑袋探到窗外的寒风中去，于是你看到了那辆车：那是布莱克医生的大轿车，顶棚和引擎盖刚打过蜡，闪闪发光。

在楼下，布莱克医生正把他那件带毛领的大衣挂起来，你还未见其人，就已经闻到他身上那股老雪茄的烟味儿；然后你看见梅姨妈和朱莉姑妈，她们站在那儿拘住你，叫你无暇上前，以免布莱克医生见到你便会想到，他娶了你妈妈就要带上你这拖油瓶。她们跟你搭话："最近过得怎么样呀，塔基？你整天在这里都做什么呀？"

"什么也不做。"

"什么也不做？难道你从来不去海滩上找贝壳吗？"

"我想是的。"

"你是个漂亮男孩，你知道吗？"梅姨妈用一根涂了绯红指甲油的手指碰了碰你的鼻尖，之后就没有改换姿势。

梅姨妈是母亲的妹妹，但比母亲老，也没有母亲美貌。朱莉姑妈是爸爸的姐姐，她是个高个子妇人，脸往外凸，总是一脸不高兴，她总叫你想起爸爸，尽管你知道她只是希望妈妈快点儿再婚，这样爸爸就不用再给妈妈寄钱了。

这会儿妈妈也下楼了，她穿着一条干净的新裙子，袖子很长。她咯咯笑着应和布莱克医生的玩笑，并且挽住他的手臂，你想着她的头发看起来真美，想着等到就剩你俩时你一定要说给她听。

布莱克医生说："你准备的怎么样，芭芭拉？准备好参加宴会了吗？"而母亲说："当然没有！你知道这鬼地方像什么样子——昨天我花了一整天时间打扫，但到了今天你根本看不出我昨天做了什么。不过朱莉和梅会帮我的。"

布莱克医生笑了。"吃过午饭再说。"

你跟其他人一起坐上他的汽车，来到一家建在峭壁边上的餐厅，这里有一面大落地窗可以欣赏海景。布莱克医生为你点了一份带有火鸡肉、培根和三片面包的三明治，但你在大人们开餐前就已经吃完了，当你试图跟母亲说话时，梅姨妈把你哄到外头去看海了，这里有一排铁丝围成的金属围栏，跟普通的六角网眼铁丝网一样，只是更重一些。

这里真的不比家里最高的那扇窗户高多少。也许高上一点。你把脚趾塞到网眼里，小腹贴着栏杆，探出身子弯腰朝下瞅，但一个大人把你拉了下来，嘱咐你不要这样，然后就走了。你又做了一次，悬崖底下有好多岩石，海浪井然有序地一遍遍冲刷它们，一时没过它们，一时复又退去。有人碰了碰你的手肘，但你起初一点也没在意，只是看着海水。

接着你从栏杆上下来，发现站在你身边的人是死亡医生。

他戴着白色的围巾和黑色的皮手套，头发乌黑锃亮。他的脸不像兰塞姆船长那样晒成了褐色，而是十分白皙，他有一种别样的英俊，就像从前你在爸爸的图书室里看到的那些雕塑头像，那时你和母亲还跟他一起住在城里。你不禁想到：等他走后，妈妈会说他长得有多好看。他冲你微笑，但这次你没长大。

“嗨。”除此之外你还能说什么呢？

“午安，巴布科克先生。恐怕我是吓到你了。”

你耸耸肩。“有一点。我没想过你会在这儿。”

死亡医生转身背朝海风，点燃了他从一个金属盒子里掏出来的香烟。这烟比101牌香烟还长，带一个红色滤嘴，上面画着金色的龙。“趁着你向下看的工夫，我从你大衣口袋里那本超棒的小说书页里溜出来了。”

“我不知道你还能做这个。”

“哦，会的。我会时不时来到你身边的。”

“兰塞姆船长已经在这里了，他会杀了你的。”

死亡医生微笑着摇了摇头。“很难。你看，塔克曼，兰塞姆和我有点像两个摔角选手。我们在不断变换的伪装之下一遍又一遍地登台亮相——但只在聚光灯下。”他把香烟向围栏外弹，有那么一瞬间，你的眼神跟随明亮的火星一起看向外头，向下坠落，最后消失在水中。当你再回头看时，死亡医生已经不见了，而你开始觉得冷了。你走回餐厅里，在收银台旁拿了一颗免费的薄荷糖，然后重回梅姨妈身边坐好，以便能赶上椰子奶油派和热巧克力。

梅姨妈退出桌上那场畅谈，向你问道："你刚刚在跟谁说话，塔基？"

"一个人。"

在车里，妈妈坐在紧靠布莱克医生的位置，朱莉姑妈坐在她另一侧，所以妈妈也没的选择，梅姨妈坐在她座椅边缘，好把脑袋探到她俩中间，以便继续跟她们聊天。车外天色灰暗寒冷；你想着不知还有多久才能到家，于是又把书拿了出来。

兰塞姆听到他们进来的声音，于是让自己平靠在牢房门边的墙上。他知道这里没有出路，除了那扇铁门。

过去的四个小时里，他探索了这间石屋里的每一方墙面，试图寻找一个出口，这里并无出口。地板、墙壁和天花板都是整块的巨石砌成的；坚固的金属门没有窗户，从外面反锁着。

更近了。他绷紧每块肌肉，握住了拳头。

更近了。蹒跚的脚步止住了。一阵咔咔的钥匙声响过后，门开了。他像一团有意识的雷电一般冲向大门。一张十分丑陋的脸赫然耸现在眼前，他一拳打在那张脸上，把那笨重的兽人打跪在地上。两只毛茸茸的胳膊从背后扣住了他，但他奋力挣脱，而那怪物被他的攻击打翻在地。面前的走廊一直向外延伸，尽头处有一点微弱的日光，他全力追逐着那一点光亮向前冲。接着——一片黑暗！

恢复意识时，他发现自己已经被直挺挺地绑在一面墙上，这个房间灯光明亮，看起来既像是间手术室，又像是间化学实验室。就在他的眼前，立着一个大东西，他知道这一定是张手术台，台子上盖着一张被单，被单下的形状无疑是一个人。

当死亡医生走进房间时，兰塞姆几乎还没来得及认清形势。医生没有再穿上次兰塞姆见到他时的那件优雅晚礼服了，这回他穿了一件白色的手术衣。他身后跟着踱足而行的丑陋佝偻，手里托着一盘手术器具。

“啊！”看见自己的囚徒恢复意识，死亡医生大步跨进房间，举起一只手，像是要打他的脸，但看见兰塞姆没有退缩，他又放下手来，微笑着说：“我亲爱的船长！我看到您又跟我们在一起了。”

“有那么一分钟我以为，”兰塞姆波澜不惊地说，“我已经逃离你了。介意告诉我你是怎么抓到我的吗？”

“用一根飞翔的球棍，至少我的奴隶是这样报告的。我这狒狒人非常擅长投掷球棍。但你不想问问我为你准备的这个迷人的小舞台是做什么用的吗？”

“我不会叫你如意的。”

“但你很好奇，”死亡医生笑得嘴角一弯，“我就不再让你悬心了。还没轮到你，船长，在到你之前，我要先向你证明一下我的技术。我很少有机会拥有真正懂得欣赏的观众。”他用一个设计过的动作掀掉了手术台上那张盖着俯卧者的被单。

兰塞姆几乎不敢相信自己的眼睛。在他面前躺着的是一个昏迷的女孩的躯体，她的皮肤白如丝绸，发丝仿如薄雾中的阳光。

“我发现你现在有兴趣了，”死亡医生干巴巴地评论道，“而且你觉得她很美。相信我，等我的改造完成后，如果她把那张再不能叫作脸的东西转向你，你一定会尖叫着跑开的。自从我来到这座岛上，这个女人一直是我最顽固的敌人，现在是时候让我——”他话说一半便停下来，脸上挂着一副混杂了狡诈和得意的表情，转头去看兰塞姆——“也许我们可以这样说，是时候让我为你勾勒一下你自己的命运了。”

在死亡医生说话的时候，他那不成人形的残疾助手已经准备好了一支皮下注射器。兰塞姆看着那支针推进女孩儿几乎半透明的皮肤，针管里的液体——那液体的颜色本身就能使人联想到医学技术被如何邪恶扭曲——进入了她的血管。尽管依然神志不清，但女孩儿哀鸣了一声，在兰塞姆看来，她的脸上闪过一片阴云，好像已经开始了一场噩梦。丑陋的佝偻将她的身子翻转过来，用皮带绑紧，他所用的正是将兰塞姆绑在墙上的那一种皮带。

“你在读什么呢，塔基？”梅姨妈问道。

“没什么。”他[1]合上了书。

“好吧，你不该在车里读书。这对你的眼睛不好。”

布莱克医生转头看了他们一会儿，然后冲妈妈问道：“你给这小家伙准备好礼服了吗？”

“给塔基？”妈妈摇了摇头，此举令她那头美丽的发丝在车内昏

1. 此处是全文唯一一次以第三人称称呼塔基。

暗的光线里尚能发光。“不，没准备。那个时间他已经上床了。”

“好吧，不过你无论如何都得让他见见客人，芭芭拉。任何男孩子都不该错过这种场合。”

接着，汽车一路顺着公路驶进了开拓者之岛。你到家了。

兰塞姆看着那丑陋的生物靠近自己。尽管它不像某些怪物那么庞大，但它的牙齿看上去着实可怕。它一只手里抓着一把刀锋锐利的户外丛林刀。

有那么一瞬间，他以为那刀是用来对付昏迷的女孩儿的，但那东西转了一圈，停在了兰塞姆本人面前，它没有看兰塞姆的眼睛。

接着，它以一种令人意想不到却又十分可怕的动作，忽然将丑陋的脸抵在了他被绑住的右手上，颤抖的喘息声贯穿了那生物扭曲的身体。

兰塞姆等待着，浑身紧绷。

又是刚刚那种深吸气，几乎像是抽噎。随后，这兽人站直身子，深深望着兰塞姆的脸庞，却避开了他的目光。它的嗓子里发出一阵单薄、怪异又很熟悉的哀嚎。

“把我解开。”兰塞姆命令道。

“是，我就是为此而来。是，主人。”它那宽度比高度更甚的巨大脑袋不停地上下点着。接着，锐利的刀锋割断了绑住兰塞姆的皮带。兰塞姆甫获自由，便接过那兽人甘愿奉上的刀，将绑在手术台上的女孩儿解救出来。他用双臂抱起她，她在他怀里显得很轻，有那么一瞬，他静静地站在那里端详她那张平静的脸。

“快过来，主人。”那兽人扯了扯他的衣袖，“布鲁诺知道一条出去的路，跟布鲁诺来。”

隐藏的阶梯通向一条又长又窄的走廊，黑得几乎伸手不见五指。“这路没人走，”那兽人用嘶哑的声音说，“他们不会在这儿找到我们的。”

“你为什么放了我？”兰塞姆问道。

一阵静默，接着，那身形扭曲的庞然大物几乎带着羞愧的口吻说：“你闻起来是个好人。而布鲁诺不喜欢死亡医生。”

兰塞姆的猜想得到了证实。他温和地问道：“在死亡医生改造你之前，你曾是一只狗，对不对，布鲁诺？”

“是的。”那兽人的声音里带着一丝自豪，“一只圣伯纳犬。我看过照片。”

“死亡医生本应知道，他不该把他那肮脏的技术用在如此忠诚的动物身上。”兰塞姆大声说了出来，“狗在判断人性方面太精明了。而那些恶人在做最终分析时却总会犯蠢。”

那犬人突然出人意料地停在了他面前，这迫使兰塞姆也停了下来。有那么一瞬，那只巨大的脑袋垂在了昏迷的姑娘之上。接着它用几不可闻的声音嘟囔道：“主人，您说我善于判断人性。那么我告诉您，布鲁诺不喜欢这个女人，死亡医生叫她长眼睛的塔拉尔。”

你把翻开的书倒扣在枕头上，然后跳着站起来，你抱住自己，光着脚在屋子里蹦来蹦去。太妙了！妙极了！

但今晚不能再往下读了。要省着读，省着读。你关掉灯，在芬芳馥郁的黑暗里虔诚地把书收到床下，推开床下零散的拼板玩具套装和装满游戏卡牌的盒子。明天就会有更多的故事了，你几乎等不及让明天快些到来。你平躺在床上，双手抵在脑袋下，用双臂环住下颚。当你闭上眼睛时，你能看到书里的一切：那座海岛，岛上的丛林在海风中摇曳；死亡医生的城堡在炎热的天空下投下一片巨大的阴冷暗影。

整幢房子都很安静，外面只有海风和大西洋，一切都是熟悉的声音。在楼下，母亲正和梅姨妈和朱莉姑妈说话，你睡着了。

你醒了过来！听！现在是夜晚，已经很晚了，这是一个你几乎已经忘记了的奇异时间。听！

四下安静得几乎让人感到很疼。有什么东西。有什么东西。你听！

就在楼梯上。

你爬下床，找到你的手电筒。不是因为你勇敢，是因为你无法在黑暗中等待。

你门外那个狭窄、阴冷的小楼梯间里什么也没有。二楼的大厅楼梯间里也什么都没有。你迅速地用自己的手电筒从这头照到那头。朱莉姑妈在用鼻子打呼噜，但那声音没什么好怕的，你知道那是什么：就只是朱莉姑妈而已，睡得正酣，用鼻子大声打着呼噜。

楼梯上没有任何东西在往上走。

你返回自己的卧室，关掉手电筒，重新回到床上。当你快要入睡时，你听到利爪刮擦地板的声音，一条粗糙的舌头碰了碰你的指尖。“不要害怕，主人，我是布鲁诺。”你感受到它了，你感受到了独属它的温暖和独属它的气味，它就趴在你的床边。

之后，清晨来临了。卧室很冷，房里谁也没有，只有你自己。你走进浴室，那里有个形似风扇的东西，但连着一根热电线。

楼下的母亲已经起床了，她头上束着一条布带似的东西，梅姨妈和朱莉姑妈也是一样的装扮，她们坐在桌边，面前放着咖啡、牛奶和大片的火腿切片。朱莉姑妈说："早呀，塔基。"而母亲冲你微笑。桌上已经备好了你的早餐，你吃掉了火腿和吐司。

整整一天，三个女人一直在打扫房子，布置装饰——有朱莉姑妈做来挂在墙上的红色和金色纸面具，还有会游走着变换颜色的滑稽灯饰——你没有去打搅她们，而是从屋外搬了些木头，给几乎从未用过的壁炉生起了火。贾森来了，梅姨妈和朱莉姑妈不喜欢他，但他也帮着做了点事，还开车进城添了些他之前忘买的东西。这次他不肯带你。海风从窗外钻进来，但她们让你一个人待在自己房间里。由于她们都在楼下，上面愈显安静。

兰塞姆难以置信地看着这神秘的女孩。

"你不相信我。"她说。她是在陈述一个事实，语气里既无愤慨也无指责。

"你得承认，你的话叫人很难置信，"他顺势说道，"一个比文明本身更古老的城市，就埋在这小岛的丛林底下。"

塔拉尔语气平板地说："在你还未进化完全，跟它——"她指向那犬人，"现在一个模样的时候，利莫利亚[1]曾是海上霸主。现在这个文明烟消云散，只剩下我的城市。难道它的价值还不足以对抗**时间**本身？"

布鲁诺扯了扯兰塞姆的袖子。"别去，主人！兽人们有时会到那里去，那些死亡医生不想要的兽人，很少有人能回来。到了那地方的东西都很邪恶。"

"你听见了？"塔拉尔丰润的嘴唇边漾起浅笑，"就连你

1. 亚特兰蒂斯传说中的文明之地。

的奴隶都能证实我的话。我的城市确实存在。”

“有多远？”兰塞姆简略地问。

“我们穿林而过，也许要用上半天。”那女孩儿停下了，好像害怕继续说下去。

“怎么了？”兰塞姆问道。

“你会带我们对抗死亡医生吗？我们希望净化这座岛，这是我们的家园。”

“当然。我并不比你们的人更喜欢他。也许比你们还要恨他。”

“所以你会领导我的族人，即使你并不喜欢他们？”

“只要他们愿意接受我的领导。但你在隐藏什么东西。究竟是什么？”

“你见过我了，这就是说，我将来可能会变成你们族中的女人。这么说没错吧？”

这会儿他们又在穿越丛林了，犬人不甘不愿地担任了殿后的守卫工作。

“我的族人里很少有你这么美丽的女孩，但这问题的答案是肯定的。”

“就因为这样，我是我们族中的大祭司，因为我身体里流淌着最纯洁优雅的古老血液。但不是所有人都如此。”她的声音变成了低语，“当一棵树已经很老但依然活着，有时，它的枝干就会扭曲。你能明白吗？”

“塔基？塔基，你在里面吗？”

“啊哈。”你把书揣到自己的毛衣里头。

“好吧，过来把门打开。小男孩子不该把自己的房门锁上。你不想见见客人吗？”你打开了门，梅姨妈打扮成了一个吉卜赛人，长长的假发披在脸畔，她的假面只罩住了眼睛周边。

楼下房前停了一堆汽车。母亲穿着帝高牌荧光色长裙站在门口，裙子正面开叉很低，但袖子很长，几乎遮住了她的指尖。她同每一个进门的人说话，而你发现她的眼睛又亮又怪异，有时她会在房里自己跳舞，或是自言自语，那时她的眼神就跟现在一样。那个头戴鱼头，身穿银色闪光长裙的女人是朱莉姑妈。那个穿着医生大褂，挂着听诊器，头上戴着闪亮窥视镜的人是布莱克医生。而那个穿着黑色军装，帽子上画着海盗标志，拎着一条鞭子的人是贾森。大餐桌上放着一个潘趣酒碗还有许多蛋糕、三明治以及热腾腾的豆泥酱。你趁着吉卜赛女人同别人说话时抽身而出，抓了几块蛋糕，钻到桌子底下去看人们的大腿。

音乐响起，一些大腿跳起了舞，而你在桌下待了好久。

接着，一个男人和一个女孩的大腿跳到了桌子附近，突然，你面前出现了一张笑脸——是兰塞姆船长。“你在这下面做什么呢，塔克[1]？快出来加入我们的舞会吧。”你爬了出来，这次没有感到变大，而是觉得自己很渺小，但当你站起来时就又长大了。兰塞姆船长打扮成了一个流浪汉，穿着破旧的衬衫和膝盖撕碎的裤子，但衣裳很干净，都上过浆。他的爱珠[2]是种子和贝壳穿成的，而他挽着的姑娘身上不着片缕，只佩戴着许多珠宝。

“塔克，这是长眼睛的塔拉尔。”

你微笑着鞠躬，并吻了她的手，你几乎和她一般高。四周的人都在跳舞或是聊天，似乎没有人注意到你们。你和兰塞姆船长把塔拉尔夹在中间穿过屋子，避让着一屋子舞者和几个举着酒杯的小群

---

1. 塔克（Tack）和塔基（Tackie）一样是塔克曼的爱称。
2. 嬉皮士传统装饰。

体。在那间没人时会被你和母亲用作客厅的房间里，有两男两女正开着电视机做爱，穿过客厅的隔壁小房间里，一个女孩背靠着墙坐在地上，角落里站着一些男人。“你好，”那女孩说，“你们大家都好。”她是第一个注意到你的人，于是你停住脚步。

“你好。”

“我要假装你是个真人。你介意吗？”

“不，”你环顾四周，寻找兰塞姆和塔拉尔，但他们已经走了，你猜测他们可能也到客厅里跟其他人一道亲吻去了。

“这是我的第三次旅行。并不太好，但也不太坏。不过我本该有个监察员——你懂的，得有一个跟我待在一块儿的人。那些人是谁？”

角落里的男人动了起来，你能听到他们铠甲碰撞的声音，能看到上面闪烁的光芒。你掉转视线。“我想他们是从那个城市里来的。也许是来护卫塔拉尔的。”不知怎的，你知道这话就是事实。

“让他们出来，到我能看到他们的地方来。”

你还未及回答，死亡医生便说：“我并不觉得你想这样做。”你转过身去，看到他就站在你身后，身上穿着极正式的晚礼服，披着斗篷。他抓住你的胳膊说：“来，塔基，我觉得有些东西你必须看看。”你跟着他走到后面的楼梯间，爬到楼上，顺着客厅一直来到母亲的房间。

母亲躺在房间里的床上。布莱克医生站在她面前，正往一支针管里灌注液体。你看到他卷起她的袖子，露出她手臂上其他那些注射痕迹，斑驳不堪，红肿丑陋。此刻你能联想到的只有这样一个画面——死亡医生俯身探视手术台上的塔拉尔。你跑下楼去，想要找到兰塞姆，但楼下的舞会上谁也不在，只有那些现实中的真人。在后门廊阴冷的暗影下，站着死亡医生的助手佝偻，他不说话，只是在月光下用苍白的双眼注视着你。

顺着海滩往下走，隔壁的房子属于一个女人。你玩耍的时候曾见过她修剪芦笋枯萎的残叶，见过她给她的玫瑰花培土。你叩响她的门，试着向她解释，过了一会儿，她叫了警察。

……天际。此刻，火舌掠过了屋顶的木椽。兰塞姆将双手握成传声筒，高声喊道："放弃抵抗吧！如果坚持留在里面，你们全都会被活活烧死！"然而回应他的只有枪响，他不确定他们是否听到了他的话。利莫利亚弓箭手们又冲窗户放了一拨箭。

塔拉尔抓住他的胳膊："快回来，别叫他们杀了你。"

他麻木地跟她一起向后撤，跨过牛头人巨大的尸体，那尸体已经被二十甚至更多支箭穿身而过。

你将书页折了个角，然后放下。客厅冰冷又空荡，那些忙进忙出的人偶尔冲你笑笑，但你依然感到孤独。过了好久，一个灰发高个子男人和一个穿蓝色制服的女人要和你说话。

那女人的声音很友好，但也仅仅是学校里的老师意图示好时的那种友好。"我敢说你现在一定很困，塔克曼。在你上床前，能跟我稍微说几句话吗？"

"好的。"

那灰发男人说道："你知道那些毒品是谁给你母亲的吗？"

"我不知道。布莱克医生刚刚要对她做些什么来着。"

他对此置若罔闻。"不是那件事。你知道的，我在说药。你母亲摄入了大量的药品。那药是谁给她的？贾森？"

"我不知道。"

那女人说道："你母亲会好起来的，塔克曼。但这需要一段时间——你明白吗？现在你得去一个大房子里，跟其他男孩儿一起住上一阵子。"

"好的。"

那男人说："安非他命[1]。这个词对你来说有意义吗？你听过这个词语吗？"

你摇了摇头。

那女人说："布莱克医生只是在试图帮助你母亲，塔克曼。我知道你不理解，但她同时使用了很多种药物，把它们混在一起用，这可能是非常有害的。"

他们走了，你拿起书胡乱翻着，但不想读。死亡医生在你肘边说道："怎么了，塔基？"他身上有烧焦的布料气味，前额上还有一道血痕，但他微笑着点燃了一根香烟。

你举起书来。"我不想读到结尾。到结尾你就要被杀死了。"

"那你不想失去我？这可真感人。"

"你会死的，对不对？你会在烈火中被烧死，而兰塞姆船长会离开，离开塔拉尔。"

死亡医生微笑道："但如果你从头再读一遍，我们就都回来了。就连佝偻和牛头人也是。"

"当真？"

"当然，"他站起身来，把你的头发抚乱，"你也一样，塔基。你还太小，还意识不到。但你也一样。"

（憬怡　译）

1. 这是一种中枢神经刺激剂，用来治疗注意力不足、过动症、嗜睡症和肥胖症，处方药。

理解读者的反应

小说家的任务就是要让读者对文章有所感受，而控制读者阅读感受的一种方式就是在读者和文中角色之间设置不同的距离。作者可以通过若干方式让读者代入角色，比如说，可以将读者感兴趣的角色置于困境之中。角色的真实感越强，他们所处的困境越可信，读者就越是会关心角色会遭遇什么，尤其是当角色不能轻易克服困境、处在无助的境地时。另一方面，作者可以通过对角色进行冷静客观的描述来让读者远离角色，作者可以不把他们当作需要关心的人来描述，而是作为研究的案例或者样本，也可以将角色描述得非常弱小，或者将角色置于压倒性的困境之中，以至于角色完全没有克服困境的希望。

传统的科幻小说使用一种不寻常的、常常是来自异星的视角，来获取一种对于人类所处境遇的不同看法。新浪潮科幻小说采用具有疏离感的写作手法，来探寻人类所处的境遇，戏剧化地反映出现代科学技术的冷酷，或者反映出人类对宇宙缺乏认知的情况，反映出人类为解决这个问题而做出的努力。这些写作手法也引导读者远离文中角色，引导读者更关注文章的言辞和意象。

托马斯·M. 迪什（Thomas M. Disch）的早期作品就是这类写作手法的例证。他称，他写作的目的就是“写出这样的小说：其叙事动力并不来自读者对令人心满意足的冒险经历的代入感，而是来自其他的东西”。他还称自己的写作目的是“要体现出自然的梦幻与狂乱的主题，要展示出各式各样的极致经历”。迪什生于艾奥瓦州得梅因市，在明尼苏达州长大。1959 年至 1962 年间，迪什就读于库伯联盟学院和纽约大学。在校期间，他在一家剧院的行李寄存处兼职服务员。离校后，他于 1963 年至 1964 年间在一家广告公司做文案撰稿人。就在这个时期，他在《奇妙故事》杂志 1962 年 10 月刊发表了第一篇短篇小说《双重时间》（“The Double Time”）。自 1964 年起，迪什成为一名全职自由作家。近些年[1]，他为《民族》杂志撰写戏剧评论。迪什在 1965 年出版了第一部长篇小说《种族灭绝》（*The Genocides*），他的作品开始出现在许多传统科幻杂志上。从 1966 年至 1968 年，他的小说时常发表在《新世界》杂志上，这部杂志还连载了他的两部长篇小说。迪什的短篇小说被结集在《一百零二个氢弹》（1966，又名《白牙野犬》）、《压迫之下》（1968，又名《新脑袋的快乐》）、《走入死亡》（1973）、《托马斯·M. 迪什早期短篇科幻小说》（1977）、《迪什小说选》（1980）、《毫无主意的人》（1982）等选集中。

数年来，迪什坚持每年出版一部长篇小说，包括：《被束缚的人类》[*Mankind Under the Leash*，1966，又名《恐怖小狗》（*The Puppies of Terror*）]、《绕骨回声》（*Echo Round His Bones*，1967）、《集中营启示录》（*Camp Concentration*，1968）、《囚徒》（*The Prisoner*，

1. 此处指的是“科幻之路”第四卷英文版首版出版之前的时候，即 20 世纪与 21 世纪之交。

小说版，1969）[1]、《334》（1972）、《乘歌之翼》。其中还穿插着其他一些小说，有些和别人合著，有些用笔名发表，也有些二者兼具，如：署名为卡桑德拉·科涅（Cassandra Knye）并与约翰·斯拉德克（John Sladek）合著的《恐惧搭建的房屋》（*The House That Fear Built*，1966）、署名为汤姆·德米约翰（Thom Demijohn）并与约翰·斯拉德克合著的《黑色爱丽丝》（*Black Alice*，1968）、署名为利奥妮·哈格雷夫（Leonie Hargrave）所著的《克拉拉·里弗》（*Clara Reeve*，1975）、与查尔斯·内勒（Charles Naylor）合著的《周边生活》（*Neighboring Lives*，1981）、《商人：恐怖故事》（*The Businessman: A Tale oF Terror*，1984）和《MD：一则恐怖故事》（*The MD: A Horror Story*，1991）。迪什的短篇小说《电器小英雄》（"The Brave Little Toaster"，1980）被沃尔特迪士尼动画公司改编为动画电影。他的作品常常进入星云奖和雨果奖的终选名单。迪什于 1975 年荣获欧·亨利奖，《乘歌之翼》荣获 1980 年约翰·W. 坎贝尔纪念奖年度最佳长篇科幻小说奖。

迪什也编辑了一系列科幻小说选集，如：《地球的废墟：近未来小说选集》（1971）、《妖月当空》（1973）、《新改良的太阳：乌托邦科幻小说选集》（1975）、《新星座》（1976，与查尔斯·内勒共同编辑）、《陌生》（1977，与查尔斯·内勒共同编辑）。

总而言之，相比于传统的科幻小说，迪什的长篇小说通常让人耳目一新，而他的短篇小说在主题和形式方面都更具创新性。比如说，他的长篇小说用阴暗和不寻常的方式探讨了外星人入侵、智力提升、物质传送和人口过多等问题。然而，他的短篇小说却展示出了一种卡夫卡式[2]的、令人难以捉摸的情感陷阱，这类小说以《松鼠

1. 本部小说是迪什基于 1969 年热映的同名电视剧做出的小说化改写。
2. 弗朗茨·卡夫卡擅长在文中构建离奇抽象的意象和场景，文章气氛常常阴暗压抑，如噩梦一般。

笼》(“The Squirrel Cage”，1966）和《堕落》(“Descending”，1964）为代表，这种写法甚至也体现在《亚洲海滨》(“The Asian Shore”，1970）中，小说刻画了一位外来的建筑评论家，深深着迷于一个土耳其本地人的生活和他的妻子之中。

但无论是迪什的长篇小说还是短篇小说，有一点是相同的：那就是迪什在读者和文中角色之间设置了一定的距离。在 1979 年版的《科幻小说百科全书》中，约翰·克卢特（John Clute）如此评价迪什：“迪什有着高超大胆的写作手法，他的叙事风格时常体现出冷漠的疏离感，对这种类型文学（即科幻小说）的读者有着严格的要求，对他为读者提供的愉悦感也有着严苛的限制，他的敏锐同时体现出一种微妙的残忍，通过这些，迪什也许是现代一流（科幻）小说家中最受人尊敬又最不受人信任，最被人羡慕而又拥有最少读者的作家了。”

但迪什偶尔也会展现一些迹象，让他小说中的角色活跃起来，让他自己和他的读者们喜欢并关心小说中的角色，比如《乘歌之翼》和《理解人类的行为》(“Understanding Human Behavior”，刊载于 1982 年 2 月刊《奇幻与科幻杂志》上)。《昂古莱姆》(“Angouleme”）是迪什更早期的作品，首发于 1971 年的《新世界季刊》(*New Worlds Quarterly*）第一期，后来又在哈里·哈里森和布赖恩·奥尔迪斯编辑的《1971 年度最佳科幻小说》(1972）中重印。但这篇小说最重要的一次重印是在迪什自己的科幻小说选集《334》中。《334》是一组联系很松散的短篇小说，小说发生在五十年后的未来，讲述了居住在阴森的纽约西十一大街 334 号的人们的故事（尽管在《昂古莱姆》中，故事和西十一大街 334 号的联系并不明显）。

古怪而又怀旧的标题“昂古莱姆”是小说中许多模糊不清的细节之一，这些细节保证了小说的“叙事动力……并不通过读者对令人心满意足的冒险经历的代入感，而是通过其他的东西”。小说富含细节的叙事手法是迪什关注“自然的梦幻与狂乱的主题”的例证，同样也体现出他用暗示手法来突出故事环境的写作技巧，毫无疑问，迪什是从阅读科幻小说中学到这些技巧的。阅读《昂古莱姆》的方法在多种意义上都和阅读菲利普·约瑟·法默（Philip Jose Farmer）更具科幻小说特点的《继续航行！》是一样的——关于小说背景和意义的线索都被准确地置于读者一定能注意到的地方，而且还加以说明，虽然读者在读到后文之前可能并不能完全理解。

实际上，这则故事非常简单——几句话就可以讲完。但是故事发生在何种场所，在何种前提条件下发生并给了故事中的事件以意义，这些问题就比较难以理解了。迪什说，生活就是这样：现在发生了一些事情，有了一些推测，但是这些事情到底是什么，这些推测到底是什么，这都需要读者自己从一些模棱两可的细节中拼凑出来，而这些细节还在很大程度上是通过一个小孩子模糊不清的视角来给出的。

对纽约市熟悉的读者在理解这篇小说时会感到更容易一些，但他们仍然会遇到一些难题。对其他读者来说，下述信息会有助于理解文章：纽约炮台位于曼哈顿岛最南部的尖端。这里之所以被称为炮台，是因为人们曾在这里，即为了守卫东河和哈得孙河，在它们的交汇点设置了火炮。现在这里是一座公园，其特色是拥有许多名人雕像和战争死难者的纪念碑，在天气晴朗时，人们可以在这里看到韦拉札诺桥，它横跨在韦拉札诺海峡两端，连接布鲁克林和斯塔滕岛。如果仍然感觉小说很难懂，推荐阅读《美国海岸》（*The American Shore*，1978）一书，萨缪尔·R. 德雷尼在书中逐句分析（甚至逐字分析）了这篇小说，以作为结构主义文学批评和科幻小说之阅读方法的范例。

（赵佳铭　译）

昂古莱姆

[美国]托马斯·M.迪什

有七个亚历山大学生卷入了炮台计划。杰克年纪最小，来自布朗克斯，塞莱斯特·迪切卡、“抽鼻子”和玛丽·简、坦克雷德·米勒、安帕罗（当然了），当然还有领导者和幕后策划者比尔·哈珀——小吻唇先生这个称呼更为出名。他深情地、无可救药地爱上了安帕罗。安帕罗快13岁了（今年9月她就满13岁了），乳房已经开始发育了。她的皮肤非常非常漂亮，就像有机玻璃一样。安帕罗·马丁内斯。

他们第一次不值一提的行动发生在东六十街，下手对象是一个经纪人或者类似的人物。他们的全部收获就是一对袖扣、一块表、一个皮包——根本就不是皮的，一把纽扣，以及司空见惯的好几张没用的信用卡。行动期间此人始终保持镇静，甚至在“抽鼻子”割下纽扣时他依然神态自若。虽然他们都很纳闷，但是没有一个人敢问他以前经历过多少次这种场面。他们所做的并不是什么新鲜事。不过他们之所以制订这个计划，部分原因就在于需要做点新鲜事。这次抢劫当中唯一真正令人难以忘怀的部分就是压印在卡片上的名字。这个名字很奇怪，叫作理查德·W.罗文。这是一个预兆（他们这伙人确实都在亚历山大·罗文学校上学），但是预兆了什么呢？

小吻唇先生把袖扣留给自己，把纽扣给了安帕罗（她又给了她叔叔），把其余的东西（那块表就是废物）捐给了他家住的大厦外面的旧货摊。

小吻唇先生的父亲是一名电视台主管。就像他开玩笑时说的那样，在两种意义上都是。他的妈妈和爸爸很年轻的时候就结婚了，不久就离婚了，但是在这之前他已经出生，填充了他们的空缺。爸爸——电视台主管——再婚了，这次是和一个男人，甚至比上一次更加幸福。不管怎么说，这次婚姻持续的时间足够长，以至于他的儿子——小吻唇先生历来以领导者和幕后策划者自居——必须学会适应形势，必须承认当前局面是永久性的。妈妈无非是掉进了大沼泽地消失了而已，扑通。

简而言之，小吻唇先生家境殷实。这是他得以进入罗文学校的首要理由，他本人有没有杰出的天赋倒是没那么重要。当然话又说回来，他的体形确实很匀称，因此哪怕半心半意，也没理由不能在纽约市成长为一名职业舞蹈家，甚至一名编舞者。就像爸爸乐意指出的那样，他在这方面有关系。

但在当时，他的爱好在于文学和宗教而不是芭蕾舞。他热爱更加抽象的狐步舞以及陀思妥耶夫斯基、纪德和梅勒那种更加形而上的纠结转折——七年级学生都喜欢这一套。他渴望某些更加生动的痛苦体验，而不仅满足于听任空虚感每日敲打着他年轻紧致的肚皮，每周与其他 11 岁小屁孩一起跺脚喊叫的团体治疗也不能让他在痛苦、犯罪和重生的大联盟中占有一席之地。只有真正的犯罪才能做到这一点，在所有可行的犯罪当中，谋杀当然是威望最高的，就连洛丽塔·库普拉德这样的权威人物也能证明这一点，洛丽塔·库普拉德不仅是罗文学校的董事和所有人之一，而且是两部风靡全国的电视剧本的作者，两个剧本的题材都是20世纪的著名谋杀案。他们的社会研究课甚至还围绕这一主题设立了一个单元：美国城市犯罪史。

洛丽塔写的第一起谋杀案是一出喜剧，当事人是密歇根州安娜堡的注册护士波琳·坎贝尔，故事大约发生在1951年，三个喝醉了的青少年砸碎了她的头。他们本来只打算把她打昏过去，以便强奸她。简而言之，1951年就是这副德行。18岁的比尔·莫雷和麦克斯·佩尔被判处无期徒刑，戴夫·罗亚尔（洛丽塔的主角）因为只有17岁，被从轻发落，判了二十二年。

她写的第二个谋杀案是悲剧风格，因此得到了更多的敬意，不幸的是这些敬意并非来自评论界。这可能是因为她的女主角——也叫波琳（波琳·维楚拉）——虽然更加有趣和复杂，但是在她那个时代以及之后也更加有名。这使得竞争非常激烈——另有一本畅销小说与一部严肃传记片都选取了这个题材。维楚拉小姐曾是佐治亚州亚特兰大的一名福利工作者，她在环境和人口问题上非常投入，这是前摄政时期的当务之急，人人都理所当然地开始变得焦躁不安了起来。波琳决定做点什么，换句话说就是亲自用尽可能公平的方法来减少人口。因此，她相当慷慨地规定，每个家庭最多有三个小孩，只要她访问的家庭多生了一个小孩，她就会找到某种悄无声息的方法，将家庭人口缩小到她喜欢的最大数目。从1989年到1993年之间，波琳的日记（由兰登书屋于1994年出版）记录了二十六起谋杀，还有十四起谋杀未遂。此外，在美国福利部门的记录当中，她所建议过的去做流产和绝育手术的家庭数目最多。

“我想，这就证明了，”一天下课后，小吻唇先生对他的朋友杰克解释说，“谋杀不是一定要杀名人才能成为理想主义的一种形式。”

不过，追求理想主义当然只是故事的一部分，还有另一部分是满足好奇心。除了理想主义和好奇之外，可能还有另外一部分，那就是童年的基本需要：成长。

他们选中了炮台作为下手地点，第一因为他们当中没有一个人平时去过那儿；第二因为这个地方在当时比较时髦；第三因为那里没什么人，至少在夜班工人舒适地待在塔楼里照料机器的时候是这样。夜班工人很少下到公园里来吃午饭。

第四，因为它非常美，特别是在此时的初夏时分。黑色的水镀着一层油，猛扑向加固的海岸；寂静从上纽约湾吹来，有时寂静得甚至让你能够分辨出身后城市里各种不同的噪声，摩天大楼的震颤声，高速公路那神秘的使地面颤抖的声音，以及时而不知从何处传来的奇特尖叫，这是纽约主题曲的旋律；醒目的天空在日落时分显现出蓝色和粉色；人们的脸由于大海和自己死期将至而变得平静，在绿色长椅上错落有致地排列着。就连这里的雕像看起来也很美，仿佛有人曾经相信过它们，就像很久以前人们一定相信过修道院里的雕像那样。

他最爱的是那只巨大的杀手鹰，它落在纪念第二次世界大战期间阵亡的士兵、海员和飞行员的石碑中间。这可能是曼哈顿最大的鹰。它的爪子撕开了一个肯定是全世界最大的洋蓟。

安帕罗赞同库普拉德小姐的某些想法，她更喜欢韦拉札诺纪念碑更具人文主义色彩的特质（韦拉札诺的塑像站在纪念碑顶上，下面的雕塑是一位天使用她的剑轻轻地刺向一本大书）。韦拉札诺并不是建造那座著名的垮塌大桥的承包商。相反，正如雕像后面的青铜板所赞颂的：

1524 年 4 月

佛罗伦萨出生的航海家

韦拉札诺

带领法国的卡拉夫·多芬号

发现了

纽约港

并把这些海岸命名为昂古莱姆

以纪念法兰西国王法兰西斯一世

他们一致同意（除了坦克雷德，他喜欢更加流行且简短的名字）“昂古莱姆”是一个优雅的名字。坦克雷德的意见因为不合程序而未被采纳，决议变为一致通过。

就是在这里，这座雕像旁边，从昂古莱姆湾一直望到泽西，他们发誓要永远保守秘密。无论是谁，只要说出他们即将要做的那件事——除非他正在遭受警察的拷问——都要庄严请求共谋者用其他手段来确保他保持沉默。那就是死亡。正如历史课上的“现代革命”单元讲明的那样，所有的革命组织都采取了类似的措施。

他的绰号是这样来的：爸爸的理论认为现代生活渴望老式的多愁善感来调味。这一理论带来了各种令人难堪的事情，其中尤其包含了以下场面：爸爸会在洛克菲勒中心的正中央（或在餐馆里，或在学校前面）甜甜地喊道：“谁是我的小吻唇先生！”而他则会立即回答：“我是！”至少是在他懂事之前。

妈妈有过许多昵称：“玫瑰花蕾”、“佩格，啊，我的心肝”和“白雪皇后”（直到最后爸爸才这么叫她）。妈妈是个大人，能够消失得无影无踪，只有每年圣诞节才寄来一张明信片，邮戳是基拉戈岛的，可是小吻唇先生不管愿不愿意，都摆脱不了新感伤主义。真的，从 7 岁起，他才能够坚持在家里被别人叫作“比尔”（或者按照爸爸的说法，“干巴巴的比尔”）。但他还要应付大厦的员工，还有爸爸的助手、同学，以及任何曾经听到过这个名字的人。然后，一年前，他 10 岁了，能够思考了，他立了新规矩——他的名字就叫小吻唇先生，每次他都要把这个可怕的绕口名字完完整整地念出来。他的理由是，如果有人会为此而丢脸，那就是爸爸，他活该。爸爸似乎不明白，又或者他太明白了，你永远也搞不清楚他究竟有多傻，或者其实有多狡猾，这是最糟糕的那种敌人。

与此同时，新感伤主义在全国范围内大为走红。爸爸制作的《孤儿》（有时编剧的名字也是他）两年来创下了周四晚间的收视纪录，现在正在改编以便白天播出。在每天一个小时的时间段之内，我们的生活会变得甜美许多。爸爸有可能会成为百万富翁，甚至更有钱。好的一面是，这意味着他会成为百万富翁的儿子。虽然他经常鄙视金钱，因为金钱会腐蚀它碰到的一切，但他不得不承认，在某些情况下有钱也不一定是坏事。归根到底（其实他一直明白），爸爸是必要的恶。

这就是为什么每天晚上爸爸匆匆走进套间时都会大喊道：“我的小吻唇先生在哪里？”而他则会回答：“在这儿，爸爸！”这杯爱之圣代上的樱桃是一个大大的、湿漉漉的吻，然后他还要再给他们家的新任“玫瑰花蕾”吉米·内斯一个吻。（他喝酒，而且这段婚姻十之八九持续不了多久。）他们三个都坐下来享受吉米·内斯做的美味家庭晚餐，爸爸会告诉他们今天在哥伦比亚广播公司发生的愉快、积极的事，小吻唇先生也会讲发生在他身上的所有开心美好的事。吉米会生闷气。然后爸爸和吉米会去某个地方，或者只是携手消失在了私密的空间里面，小吻唇先生则会匆匆溜进走廊（爸爸还不至于晚上不让他出门），不到半个小时，他就会到达韦拉札诺雕像那里，和另外六个亚历山大学生一起——如果塞莱斯特要上课，就只有五个——计划谋杀大家最后一致同意的受害者。

谁都没能找出他的名字。于是他们根据拉斯柯尔尼科夫用斧子砍死的那个开当铺老太婆的名字，把他叫作阿辽娜·伊凡诺芙娜。[1]

选择可能的受害者范围并不广。该地区常见的支付方式是随身携带信用卡，就像理查德·W.罗文一样，而那些占满长椅的普通退休人士就更没劲了。正如库普拉德小姐所解释的那样，我们的经济正在重新封建化，现金就像鸵鸟、章鱼和杓兰一样濒临消失。

他们考虑的第一个下手对象是一名克劳斯小姐，她整天担心诸如此类的灭绝——尤其担心海鸥灭绝——除非她的手写海报（**停止屠杀**无辜者！！等等）底端的落款属于别的什么人。如果她是克劳斯小姐的话，为什么却戴着似乎很老式的、已婚妇女才戴的钻戒和金带呢？但更关键的问题在于——他们看不出来如何解决这个问题——钻石是真的吗？

可能的二号人选继承了风雨孤儿吉许姐妹[2]开创的传统。她是一个可爱的半专业歌手，假装盲人，为长椅上的人们唱小夜曲来消磨时间。她的悲情丰富多彩，就是有点过度；她的表演曲目很古老；她的收入公平合理，尤其是在老天下雨给她添油加醋的时候。但是"抽鼻子"（他做过调查）肯定，她的破衣服下面藏着一支枪。

第三个候选人可能是最没有诗意的一个，只是在巨鹰后面出售麻醉药的特许摊贩。他的吸引力在于商业方面。但他有一条有执照的威玛猎犬，虽然猎犬可以对付，但是安帕罗喜欢它们。

"你少给我来浪漫主义者这一套，"小吻唇先生说，"给我个像样

---

1. 来自陀思妥耶夫斯基的小说《罪与罚》。
2.《暴风雨中的孤儿们》是由导演 D. W. 格里菲斯执导，丽莲·吉许、多萝西·吉许、约瑟夫·希尔德克劳特主演的剧情电影。

的理由。”

“他的眼睛，”她说，“琥珀色的。他会回来纠缠我们的。”

他们在克林顿城堡的石头上的一个深深的炮口里依偎在一起，她的头挤到了他的腋下，他的手指划过她涂了润肤乳的乳房（夏天刚刚开始）。寂静、温暖的微风，水面上的阳光，这些都妙不可言，他们之间似乎只隔着最薄最薄的纱，理解某些东西（这一切）确实很有意义。因为他们认为应该谴责的是自己的无知，就像他们的灵魂大气中的烟雾一样，有时他们比任何时候都想去掉这些烟雾，就像此时他们如此接近的时候。

“那为什么不选那个老色鬼呢？”她问，指的是阿辽娜。

“正因为他是个老色鬼。”

“那不是理由。他骗的钱一定至少跟那位‘歌唱家’一样多。”

“我不是那个意思。”他的意思并不那么容易说清楚。并不是说杀那个老头好像太容易了。如果你在电视剧的开头几分钟看到了他，你就知道到插播第二个广告的时候他注定要完蛋。他是那个目中无人的自耕农，是调查组中那个执拗的高级成员，懂得算法语言和公式翻译语言，但是读不懂自己内心的秘密。他是那个南卡罗来纳州的参议员，有着独特的廉正名声，不过却是一个种族主义者。杀掉这种人太像爸爸的一个剧本上的那样了，实在算不上令人满意的反抗姿态。

但是他没有说清自己的深层意思，说出来的却是：“因为他不该杀，因为我们要为社会做件好事。别让我给出理由了。”

“好吧，我不会不懂装懂，但你知道我是怎么想的吗，小吻唇先生？”她推开了他的手。

“你认为我害怕了。”

“也许你应该害怕。”

"也许你应该闭嘴，把这件事留给我。我说了我们要做这件事。我们会做的。"

"那么干掉他？"

"好吧。但是看在上帝的分上，安帕罗，除了'老色鬼'之外，我们得想个别的名字来称呼这个杂种！"

她从他的腋下钻了出来，并且吻了他。他们全身的小汗珠闪闪发光。夏天开始随着初夜的兴奋而闪烁。他们已经等待了太长时间，现在夜幕终于落下了。

M[1] 日定在 7 月的第一个周末，一个爱国主义假日。计算机将有时间满足自己的需要（对这些需要有各种描述，如"忏悔"、"做梦"和"呕吐"），炮台则会和往常一样空空荡荡。

这个时候，他们所面临的问题就和任何地方任何孩子过暑假时所面临的问题一样——如何打发时间？

他们可以看书；如果愿意花时间排长队的话，也可以看莎士比亚木偶戏；电视节目一直都有；如果你实在坐不住了，中央公园还有越障训练场，但是挤得像旅鼠一样。炮台因为不试图满足任何人的需要，所以很少会人满为患。如果还有更多的亚历山大学生来到这里想争地盘，他们或许将会不得不就范。嗨，未必不会有这样一个夏天……

还有什么？想玩政治可以去游行，不想玩政治可以去参加各种不同能量级别的宗教。本来他们可以去跳舞，不过在这方面罗文学校早就把他们给宠坏了，全市大多数业余舞蹈活动他们都参加过了。

至于性爱这种最高的消遣方式，除了小吻唇先生和安帕罗（即

1. 谋杀（murder）的首字母是 M。

便对于他们来说，最后的性高潮也仅仅是那么回事），对于其他人来说这还是屏幕上发生的情节，一个缺乏经验证据的精彩假设。

不管怎样，这些都是消遣，所有这些事他们本来都可以做。他们已经厌倦了消极被动，谁不是呢。他们 12 岁，或者 11 岁，或者 10 岁，他们不能再等了。等什么呢？他们想要知道。

因此，除了他们独自闲逛的时候，所有这些假定的资源：书、木偶戏、运动、艺术、政治和宗教，都和荣誉勋章以及加尔各答（在少数印度的旧地图上你还能找得到这个名字）的周末一样，被归入“无用”一类。他们的生活没有改进，他们的夏天过得就像那些留不下什么印象的夏天一样。他们垂头丧气，没精打采，到处闲逛，互相嘲笑和抱怨。他们把胆怯散漫的幻想付诸行动，还长时间无的放矢地争论那些无关紧要的事实——丛林动物的习性，砖是怎样制成的，或者第二次世界大战的历史。

有一天，他们把为士兵、海员和飞行员所竖立的石碑上的所有名字都加了起来。他们得到的最终数字是四千八百人。

“哇噢。”坦克雷德说。

“但这不可能是所有的人。”玛丽·简坚持说，她代表了其他人的意见。就连“哇噢”听起来也是半带讽刺。

“为什么不是？”坦克雷德问，他总是忍不住要发表不同意见，“他们来自各个不同的州，来自各个兵种。名单必须完整，否则那些有亲人被漏掉的人会抗议的。”

“但是这么少吗？按这个比例，都不可能打完一场以上的战役。”

“可能……”“抽鼻子”轻声说道。但是没几个人听他说话。

“那时的战争不一样，”坦克雷德用黄金时段新闻分析员的权威口吻解释说，“那时候，被自己的汽车杀死的人也比死在战争中的多。这就是事实。”

“四千八百人？”

“……抽彩吗？”

塞莱斯特不管“抽鼻子”说过什么或者会说什么。“玛丽·简是对的，坦克雷德。这就是个很荒唐的数字。你想啊，就在同一场战争中，德国人光是用毒气就毒死了七百万犹太人。”

“六百万犹太人，”小吻唇先生纠正道，“但意思是一样的。可能这里的只是在一场特定的战役中被杀的人。”

“那它就该说清楚。”坦克雷德很固执，最后他甚至让他们承认，四千八百人是个令人印象深刻的数字，尤其是用石头字母把每个人的名字都拼出来的时候。

另一个惊人的统计数字也在公园得到了纪念：在三十三年的时间中，克林顿城堡目睹了七百七十万移民进入美国。

小吻唇先生坐下来计算了一下，要写下所有移民的名字和出生国，需要一万两千八百块记录士兵、海员和飞行员名字的石碑那么大的石板，需要五平方英里的地方来立这些石板，或者说相当于从这里一直到第二十八街的整个曼哈顿。但说到底值得这么麻烦吗？事情会与现在有什么不同吗？

阿辽娜·伊凡诺芙娜。

他的光头就像一片黄褐色的海洋，上面绘制着由不规则的棕色岛屿组成的群岛。他的毛发大陆上都是露出地面的大理石，尤其是他的胡子，又白又弯又卷曲。他的牙齿有标准的稀少问题，衣服就像任何破旧的织物那样干净。他身上没有特别的气味。但是……

即使他每天早上都洗澡，你看到他的时候仍然会觉得他很脏，就像那些古老的褐色砂石建筑的地板，哪怕刚刚擦洗过看起来也依然需要打扫。污物已经粘在了他起皱的肌肤和起皱的衣服里，只有外科手术或者焚烧才能把它弄出来。

他的习惯就像波点餐巾那么有规则。他住在切尔西老人之家，他们之所以发现这一点是因为有一天一场暴雨迫使他坐地铁回家，而不是像往常一样步行回家。在最热的夜晚，他可能会睡在公园里，在城堡的某个窗户里筑巢。他在沃特街的“小仲马”特色商店里买午餐：奶酪、进口水果、熏鱼、瓶装奶油，众神的食物。否则他就不吃午饭，虽然他的宿舍一定也会供应些乏味的必需品，比如早餐。一个乞丐这样花钱真是很奇怪，他们通常都是用来买毒品的。

他的专业乞讨手法是不折不扣地咄咄逼人。例如他会把他的手放在你脸上说：“怎么样，杰克？”或者坦诚地告诉你：“我需要六十美分回家。”他得手的次数令人吃惊，但其实这并不惊人。他有超凡魅力。

依靠超凡魅力的人不会随身带枪。

他年纪可能有60、70、75岁，可能大点也可能小点。这都取决于他此前在哪里过着什么样的生活。他有一种他们谁都听不出来的口音。不是英语，不是法语，不是西班牙语，大概也不是俄语。

除了城堡墙上的洞穴之外，他还喜欢两个地方。一个是水边宽阔的人行道。这是他工作的地方，他走过城堡，一直走到货摊那里。一艘巨大的海军巡洋舰——美国军舰“达纳号”或者“梅尔维尔号”经过时，会让他和整个炮台都停下来，仿佛一整支游行队伍正在经过，洁白、无声、梦境般缓慢。这是历史的一部分，哪怕亚历山大的学生们也深受感动，虽然他们中有三个人曾经乘船到过安德罗斯岛。但有些时候，他会没有任何理由地长时间站在护栏边上，注视着泽西的天空和泽西海岸。过不了多久，他可能会开始自言自语，声音非常轻，但从他皱眉头的方式能够看出，他非常认真。他们从来没见过他坐在长椅上。

他喜欢的另一个地方是鸟舍。在旁人忽略了它们的日子里，他会为鸟儿的生存事业贡献花生或者面包屑。那里有鸽子、鹦鹉、一家子知更鸟，还有一大群标签上写着是山雀的鸟，虽然塞莱斯特说——她去图书馆核实过——它们只不过是一种羽毛华丽的麻雀。这里自然也是激进的克劳斯小姐担当见证者时常待的地方。她的一个特点（这或许也是她从来没有被赶走过的原因）是不管在什么情况下都不屑于争论。即使是支持者，也只能从她那儿得到一个冷淡的微笑和简短的点头。

M 日前一周的周二（那是在早上，只有三个亚历山大学生在旁边目睹了这场对峙），阿辽娜终于打破了沉默，试图开始和克劳斯小姐交谈。

他站在她正对面，开始用模糊得令人难耐的口音大声、缓慢地朗读“**停止屠杀**”的文字：“美国政府的内政部正在按照犹太复国主义组织福特基金会的秘密指示，系统性地利用所谓的‘食物农场’来毒害海洋。这是‘和平利用核能’吗？引文结束，《纽约时报》，2024 年 8 月 2 日。又一个新的月球探测计划[1]!!《自然界》，1 月。我们能支付得起继续漠不关心的代价吗？每天都有一万五千只海鸥死于有计划的‘种族灭绝’，而当选官员却在伪造和歪曲证据。了解真相。给议员们写信吧。发出你的声音吧!!”

阿辽娜在那儿喋喋不休的时候，克劳斯小姐的脸变得越来越红。她的手指紧紧抓住蓝绿色的扫帚把，海报就钉在上面，她开始迅速上下晃动海报，仿佛这个有外国口音的男人是某种栖息在上面的猛禽。

“你是这么认为的吗？”他不顾她的抖动策略，从头到尾把海报

1.“月球探测计划”在美国俚语中有“劳民伤财”的意思。

读完，一直读到签名，然后问道。他摸摸他那浓密的白胡子，皱起了脸，露出一副哲学家的表情："我想多了解一点这方面的情况，是的，我会的。我很有兴趣听听你的想法。"

恐惧冻僵了她的四肢，让她动弹不得。她的眼睛眨了眨就闭上了，但是她强迫自己重新睁开眼睛。

"也许，"他继续无情地说道，"我们可以讨论这整件事情。等您更方便讲话的时候。好吗？"

她召回了她的微笑，最低限度地点了点头。然后他就走开了。她安全了，暂时安全了，但即使如此，她还是等到他向临海大道的另一头走去，一直走到半路上，才松了口气。深吸了一口气之后，她手上的肌肉这才松弛下来开始发抖。

M 日那天就像一幅夏日的油画，包括了画家们全都乐意去画的一切事物——云彩、旗帜、树叶、性感男女，背景是平坦空旷的淡蓝色天空。小吻唇先生是第一个到的，坦克雷德是最后一个到的——他穿了某种和服（里面藏了一把偷来的鲁格尔手枪）。塞莱斯特没来（她刚刚得知她得到了去索非亚的交流奖学金）。他们决定，没有塞莱斯特他们也可以干，但一个更关键的问题是他们还缺了另一个人。他们的谋杀对象忘记了在 M 日这天亮相。因为"抽鼻子"的声音在电话里听起来最像成人，所以他们派他到花旗银行的大堂里给西十六街的宿舍打电话。

接电话的护士是临时工。"抽鼻子"一向是一个充满灵感的骗子，他坚持要他妈妈——"安德森夫人，她当然住在这里，阿尔玛·F. 安德森夫人"——来接电话。这里是西十六街 248 号，不是吗？如果她不在这里，那她去哪儿了？护士慌忙解释说，这里的居民，只要身体还好，都作为大泽西退休公寓的客人，坐车去霍帕康湖参加7月4日的野餐了。他可以明天一大早打过来，到时候他们就已经回来了，那时他就可以和母亲说话了。

因此启动仪式被迫推迟，这是没法子的事。安帕罗把她从母亲的罐子里拿来的药片发给大家，作为安慰奖。杰克离开了，道歉说他有边缘性精神病，9月之前没有人再见过杰克。这个帮派正在四分五裂，就像泡在唾液里面的方糖一样，然后就会破碎在舌头上。但是管他的——大海仍然映照着同一片蓝天，边门后面的鸽子依旧色彩斑斓，树木仍然为了所有这一切而生长。

他们决定冒傻气，拿M日中的M究竟代表什么来开玩笑。“抽鼻子”先开始：“诺梅尔小姐、马车小姐和牛排小姐。”坦克雷德的幽默感要么是根本没有，要么是只有自己才明白，想了半天才憋出一句“谟涅摩叙涅，缪斯女神之母”。小吻唇先生认为M代表“仁慈的上帝！”。玛丽·简理智地坚持说M代表玛丽·简。但是安帕罗说，它代表自信、沉着和获胜。

然后印证了那句话：当你航行时，风总是从你身后吹来。他们在调频99.5找到了特里·赖利[1]的《奥菲欧》，这出歌剧能播一天之久。他们在表演课上学过《奥菲欧》，现在这部戏已经成了他们的肌肉和神经的一部分。当俄耳甫斯进入地狱时，地狱从一颗豌豆那么小迅速膨胀成了一颗行星那么大，亚历山大的学生们也随即变成了一群饱受折磨的灵魂，与雅各布·佩里[2]时代之后的任何表演一样真实可信。整个下午，一小群观众聚聚散散，成年人如同倾倒祭酒一般向人行道上的他们投来关注目光。他们的即兴表演超越了自我，无论是轮流表演还是集体表演的时候，虽然他们的航行如果没有烈性精神药物之风的帮助就不可能坚持到顶峰（9:30出现），但他们

1. 美国简约主义古典音乐作曲家，他是简约主义的先驱者之一。
2. 意大利文艺复兴时期的作曲家和歌手，经常被称为歌剧的发明者。

所跳的是真正的、自己的舞蹈。那天晚上他们离开炮台的时候感觉比整个夏天都要好。从某种意义上说，他们得到了净化。

可是回到大厦后的小吻唇先生无法入睡。他刚一进门，内脏就纠结成了一个中国结。只有在打开窗户，爬到窗台上之后，他才摆脱了糟糕的感觉。城市是真实的。他的房间不是。石头窗台是真实的，他的光屁股从中感受到了现实的气息。他一边看着远处的东西缓慢移动一边整理自己的思绪。

不用和其他人说，他就知道谋杀永远不会发生了。这个想法对他们的意义从来不像对他的意义这样大。一粒药片下肚，他们就又变成了演员，满足于成为镜子中的映像。

就在他看着的时候，城市慢慢地停止了运转。黎明慢慢地把天空分成东方和西方。如果有一个行人正在走过第五十八街，并且向上看的话，就会看到一个男孩的光脚丫正在晃来晃去，像个天使一般。

他必须亲自杀掉阿辽娜·伊凡诺芙娜。此外别无选择。

他回到卧室，电话早已响起了不甚清晰的午夜铃声。可能是坦克雷德（或者安帕罗？）试图劝他不要干了。他能预见到他们的理由。塞莱斯特和杰克现在不能信任了。或者是更加微妙的理由：他们表演《奥菲欧》太引人注目了。只要稍微调查一下，长椅上的人们就会想起他们来，想起他们舞跳得那么好，警方就会知道到哪儿去找他们。

但是真正的理由——至少安帕罗现在会羞于提起，因为药片的效用已经过去了——是他们开始同情受害者了。在过去的一个月当中，他们已经太了解他了，同情侵蚀了他们的决心。

爸爸的窗口亮起了灯。开始的时候到了。他站了起来，全身被晨光染成了金色，又是一个美好的日子。他沿着一英尺宽的窗台走回自己的窗户。他的腿由于坐得太久而刺痛。

他等到爸爸去淋浴，才蹑手蹑脚地溜向他卧室里的旧写字台（W. & J. 斯隆，1952）。爸爸的钥匙链盘绕在胡桃木板上面。写字台抽屉里有一个古董墨西哥雪茄盒，雪茄盒里有一个绒布袋，绒布袋里是爸爸的一支法国决斗手枪复制品，款式约为1790年前后。这些预防措施并不是针对他儿子，而是为了防范吉米·内斯，因为吉米常常感到有必要证明自己的自杀威胁并非只是说说而已。

爸爸刚买回这支手枪的时候，他就仔细研究了说明书，能够迅速无误地执行装弹程序，把事先量好的一撮火药塞入枪管，然后把子弹放在火药上面。

他咔嗒一声把击锤扳回来。

他锁上抽屉。把钥匙放回原处，就是这样。他把手枪暂时藏在土耳其式屋角的填充物和垫子里，斜向上放，以免弹丸滚出来。然后他用昨天剩下来的高兴劲儿闯进浴室，吻了爸爸的脸颊。早上分配的两加仑水让这个吻湿漉漉的，还带着4711牌古龙水的芬芳。

他们一起在咖啡屋吃了一顿愉快的早餐，除了有女招待服侍之外，早餐和他们自己做的一模一样。小吻唇先生热情地描述了亚历山大学生们表演《奥菲欧》的场面，爸爸尽量表现出没有屈尊俯就的样子。当他实在装不下去的时候，小吻唇先生管他要了第二粒药片，既然一个男孩从他父亲那里得到这种东西总要好过从街上的陌生人那里乱拿，小吻唇先生自然如愿以偿。

他在中午时分到达南码头站，充满了即将获得自由的感觉。天气就像M日再次来临一样，仿佛午夜时分他坐在窗台外面迫使时间倒流回到了事情开始出差错之前。他穿着最没有特征的短裤，手枪就挂在皮带上的暗褐色小袋里面。

阿辽娜·伊凡诺芙娜坐在鸟舍旁边的一张长椅上，正在听克劳斯小姐讲话。她戴着戒指的那只手紧紧抓着海报，右手在空中挥舞，她的雄辩令人尴尬，就像哑巴奇迹般治愈之后说出来第一个字一样。

小吻唇先生走下小路，蹲坐在纪念碑的阴影之中。昨天它已经失去了魔力，当时每个人都觉得雕像开始显得很蠢。现在它们仍然显得很蠢。韦拉札诺穿得像一位维多利亚时代的工业家，正在阿尔卑斯山度假。天使穿了一件天使常穿的青铜睡衣。

他的良好感觉一点一点离开了他的脑袋，就像风化了几个世纪的砂岩一样。他想给安帕罗打个电话，但只要他到这里来的目的没有达到，她所能给他的任何安慰都只是幻影。

他看看手腕，然后才想起他把表忘在家里了。第一花旗银行正面的巨大广告钟告诉他，现在是 2 点 15 分。不可能。

克劳斯小姐仍然在说个没完。

他有时间看着云彩从泽西飘来，飘过天空，飘过哈得孙河上空，飘过太阳。看不见的风啃咬着它脆弱的边缘。云彩变成了他的生命，会在还没有变成雨之前就消失不见。

后来，老人沿着海边长廊向城堡走去。小吻唇先生悄悄跟着他，走了好几英里的路。然后，在公园尽头的时候，只剩下了他们俩。

“哈啰。”他说道，带着专门留给无法确定是否重要的成年人的微笑。

老人直盯着他的小袋，但小吻唇先生没有惊慌。老人应该是在想该不该管自己要钱，如果他有钱的话，就会放在这里。手枪明显地鼓起了一个包，但并不是通常会让人联想到手枪的那种鼓包。

“对不起，”他冷静地说，“我没钱。”

“我管你要了吗？”

“你正准备要。”

老人好像要回到另一个方向上去，因此他必须快点说，说点什么让他留在这里。

“我看到你和克劳斯小姐说了话。”

他停下了。

“祝贺——你破冰了！”

老人半带微笑半皱眉头：“你认识她吗？”

“嗯，你可以说我们注意到了她。”“我们”这个词是故意在冒险，一道开胃菜。他用手指触摸皮带上面挂着那个沉重袋子的绳子两边，让它懒洋洋地摆动着。“介意我问你个问题吗？”

现在老人的脸上没有了宽容的神态：“大概介意。”

小吻唇先生的微笑已经没有了算计的僵硬痕迹。这是那种对爸爸，对安帕罗，对库普拉德小姐，对任何他喜欢的人的微笑。“你从哪儿来？我是说，哪个国家？”

“这不关你的事，是吧？”

“好吧，我就是想……知道。”

老人（不知怎么的，他已经不再是阿辽娜·伊凡诺芙娜了）转过身去，径直朝旧堡垒的矮胖的石筒走去。

他想起门口那块匾牌——记录了七百七十万移民的那一块——说珍妮·林德[1]曾经在这里演唱，并且取得了巨大成功。

老人解开了裤子拉链，掏出他那玩意儿，开始对着墙撒尿。

小吻唇先生笨手笨脚地摆弄着袋子上的绳子。老人站在这里撒尿的时间长得惊人。之所以这么说是因为尽管这愚蠢的绳结竭尽全力不让他解开，但是在老人抖掉最后几滴尿之前，他还是把手枪拿

1. 出生在瑞典的女高音歌唱家，有“瑞典夜莺”之称。

出来了。

他把雷帽放在打开的火门上，扣了两下击锤，打开保险，开始瞄准。

老人不慌不忙地拉上拉链。然后才瞥向小吻唇先生的方向。他看到了对准他的手枪。他们相隔不到二十英尺，因此他一定会看到。

他说：“哈！”即使这个字眼也不是冲着拿枪的男孩说的，他每天都会在水边重复一段有点愤愤不平的独白，眼下他只是将这个字眼插了进去。他转过身去，过了一会儿，他又干起了老本行，伸手向过路人讨要二十五美分。

纽约

1970 年 4 月

（舒文　译）

战后一代

当历史学家和评论家提及“新生代”时，用的是种比喻的说法：他们描述的是那些似乎观点相近、兴趣相似、写作风格也相类同的作家群体，且在上述各个方面似乎都与过去迥然不同。一代人往往有着共同的经历，这些经历在他们身上打下了鲜明的印记：如第一次世界大战期间迷惘的一代[1]、20 世纪 20 年代禁酒令时期的一代[2]、大萧条时期饥饿的一代、第二次世界大战期间务实的一代、越南战争时期疏离的一代，毫无疑问，此外还有其他各代。至于实际年代的问题则无关紧要。

波尔·安德森和达蒙·奈特曾提出，似乎每隔十年左右，就会出现差异明显的新一代科幻小说作家，但没有人研究过他们的出生年月。初步调查显示，某些年份盛产作家，而其他年份出生的作家却寥若晨星：以 1911 年为例，奥托·宾德尔、杰克·芬尼、雷蒙

1. 又称“迷失的一代”，由美国文学评论家格特鲁德·斯坦因提出，是一战到二战期间出现的美国一类作家的总称，他们表现出的共同点是对美国社会发展的失望和不满。
2. 禁酒令颁行时期为 1920 年至 1933 年，这给这期间带来了各种严重的社会问题。

德·Z. 加伦、L. 罗恩·哈伯德、C. L. 穆尔、诺顿、玛格丽特·圣克莱尔、詹姆斯·H. 施密茨和乔治·O. 史密斯等重要作家均生于这一年，而前后数年当中，最多的一年也仅诞生了四人，一般为三人，有的年份只有一人，甚至连一个也没有；另一盛产作家的年份是 1915 年，这一年出生的作家包括利·布雷克特、莱斯特·德尔·雷伊、汤姆·戈德温、霍伊尔、雷蒙德·F. 琼斯、库特纳、提普奇——谢尔登——和扬，直至 1920 年之前，始终没有哪个年份能出其右。1920 年这一年，诞生了阿西莫夫、伽卢耶、弗兰克·赫伯特、泰恩——克拉斯、西奥多·L. 托马斯、塔布、杰克·万斯和理查德·威尔逊。此外，1923 年也诞生了比格、比克斯比、阿夫拉姆·戴维森、狄克森、詹姆斯·冈恩、梅尼尔、小沃尔特·米勒和冯内古特。

毫无疑问，这样的归纳毫无意义；不过收录在本卷范围内，发表于 1970 年后的小说当中，有四位作者生于 1945 年，三位生于 1947 年，还有四位生于 1948 年。或许数字确有神奇之处吧。

帕梅拉·萨金特（Pamela Sargent）当过销售、模特、流水线工人、打字员、公司职员和助教，同时还在纽约州立大学宾厄姆顿分校学习，最终获得古典哲学及哲学史硕士学位。她的第一篇小说《登陆的少数》（“Landed Minority”）发表在 1970 年 9 月刊的《奇幻与科幻杂志》上。她的短篇小说被收录在《星影》（1977）、《帕梅拉·萨金特代表作》（1987）、《梦想家眼底及其他短篇小说集》（2002）、《山之笼及其他故事》（2002）等短篇小说集中。1992 年，她凭借《丹尼去火星》（“Danny Goes to Mars”）获星云奖。

自 1976 年起，她雄心勃勃地发表了一系列长篇小说，始于《克隆生命》（*Cloned Lives*，1976），接着是“突如其来的星”（*The Sudden Star*，1979）系列，依次为《守望之星》（*Watchstar*，1980）、

《彗星之眼》（*Eye of the Comet*，1984）和《家之心灵》（*Homesmind*，1984），还有《女性之岸》（*The Shore of Women*，1986），以及她的“金星”三部曲：《梦幻金星》（*Venus of Dreams*，1986）、《暗影金星》（*Venus of Shadows*，1988）和《金星之子》（*Child of Venus*，2001）。她还著有一本关于成吉思汗的历史小说《治天者》（1993）和一部或然历史小说《乘风破浪》（1999）。她曾编辑过诸多文集，但她最广为人知的成就是其编纂的系列文集证实了女性对科幻小说所做的贡献，其中最早的一部是1975年的《神奇女性》（*Women of Wonder*）。

科幻小说的重要主题之一是超能力的发现或发展。这样的能力往往成为纠错的手段，或为一个新社会甚至新种族铺平道路；有时超能力也会被当成作恶、牟取私利或权力的工具。后来的超能力运用描写有时侧重于在隐藏或应对新能力方面遇到的困难，甚至聚焦于拥有超能力者的孤独处境（如《无人扰格斯》）。大屠杀之后的一代人往往将其视为额外的惩罚。

《采撷蓝玫瑰》看似是个普通故事，讲述的是与众不同的人在成长过程中遭遇的种种困境。本篇中的这个孩子是名犹太人，生性敏感，腼腆孤僻，还有个双胞胎兄弟，她的母亲在纳粹集中营中幸存了下来。这个未提及姓名的孩子同时还必须面对母亲脆弱的精神状态，且她母亲偶尔还需离开家人，独处一段时间。直至故事叙述到一半时，才在字里行间透露出一些蛛丝马迹，表明本文或许涉及了某种不同寻常的情况，这种情况使其可以被合理地归入科幻小说的范畴，仅在文末，才挑明了母亲所承受的折磨当中特殊的恐怖之处；也仅在文末，才揭示出女儿的敏感其实是一种诅咒，比她母亲所遭受的诅咒更为不幸。

这篇小说惜墨如金，运用了十分浅白的语言，作为儿童的表述颇为恰当。作者还面临着一个额外的问题，即如何揭示出女儿成人后不得不面对的生活；萨金特并未以赘笔描写日后的某个场景，或添加一段拙劣的附言，而是同时从两个层面来讲述这个故事：童年层面是从成年人的角度来加以回顾，而后来所知之事和当前的经历则在括号中插入。在两个层面同时揭示出真相，对于处境的最终描写与揭示的内容恰好重合。

（罗妍莉　译）

采撷蓝玫瑰

［美国］帕梅拉·萨金特

我不记得曾经是否直截了当地问过我妈妈关于文在她身上的编号的事。我们肯定早就知道这件事不该问了；可能是我兄弟西蒙或我本人在很小的时候无意间说过什么，见她听了这话，脸上露出哀伤的表情；也可能是爸爸嘱咐过我俩，永远也别问。

当然了，我们一直都知道这些数字的存在。有些时候，天气特别暖和，妈妈没扣上衣最上面的扣子，她会俯身拥抱我们，或抱起我们，我们就会看到这一排数字刺在她胸前，在她胸脯上方仅有一英寸的位置。

（等进入青春期时，我已经听过了所有关于死亡集中营和焚尸炉的恐怖故事；关于那些不得不从尸体上摘金牙的人的故事；关于那些女人的故事——士兵和警卫们不顾德意志帝国的禁令，用她们来泄欲。自此以后，我就带着矛盾的心情审视我妈妈，对自己说，如果是我，我宁可先自行了断，我宁可想点什么办法，也决不会忍受这样的屈辱，我心里想着在她身上究竟发生过什么，她的良心背负着怎样不可告人的罪孽，她为了求生都干出过些什么。一位老医生曾经对我说过："我们当中最优秀的那些人都死了，最可敬的那些人、最敏锐的那些人。”感谢上帝，我生于1949年；我不可能是妈妈被纳粹强暴后生出的女儿。）

到我4岁的时候，我们搬进了乡下的一座老木屋，我爸爸没有接受哥伦比亚和芝加哥的职位，而是在附近一家小小的专科学校谋得了一份教职，因为他知道，妈妈绝不可能去那两个地方。我们家旁边有许多榆树和橡树，还有一棵巨大的柳树，枝条郁郁地垂在木屋上方。每到早春和深秋，就会有几只鹅侵占我们的池塘，它们一般都会保持一定的距离，然后再继续往前飞。（“看得出来，那些是犹太鸟，”我爸爸会说，“它们一到冬天就往迈阿密去。”我和西蒙会想象它们躺在沙滩上、羽毛上涂着一层科普特防晒霜、跟女服务员点柠檬水喝的模样，那时候我们还没听说过冰镇果子酒呢。）

即便是在乡下，我们也经常见到妈妈收拾起衣裳，装进一个小手提箱，她会告诉我们，她要离开一段时间，就一周，只是为了外出独处。有一次，她去的是阿迪朗达克山脉的一座旧营地，那是我一个姑妈的产业；还有一次，她去了我爸爸的一个朋友借给她的一间小木屋。她每次都是一个人走，每次都是去偏僻的地方。爸爸会说，这是“神经紧张”，不过我们还是觉得纳闷，因为我们住的地方已经够偏僻的了。西蒙和我以为她不爱我们了，以为妈妈其实是在用这种方式告诉我们，她不要我们了。我会拼命表现得很乖；妈妈休息的时候，我连走路都踮着脚尖，说话也是轻声细语的。西蒙的反应就更激烈一些。他能克制自己一会儿；可是接着，为了不顾一切地引起妈妈的注意，他又会冲过屋子，发出可怕的尖叫，然后脑袋朝前、冲着暖气片撞过去。有一回，他撞碎了玻璃，从客厅的一扇大窗户里冲了出去。好在除了割伤和瘀青之外，他并没受什么伤，可自打出了那件事之后，我爸爸就在窗户内侧加了道细铁丝防护网。妈妈被那件事吓坏了，有好几天一直四处走来走去，浑身上下都疼，然后又到我姑妈的那个营地去了，这回她一去就是三周。西蒙的脑袋肯定很结实，就算撞到暖气片上，也不过就是起几个包、头疼一阵，其他就再也没什么事了；但妈妈头疼起来却往往会在床上躺好几天。

（我拿起望远镜，再次从我所在的高塔上眺望森林，看到下方像水洼一样的小湖，将望远镜对准其中一座岛屿附近一条小船上的一对男女，然后又从他们身上移开，我不想侵犯别人的隐私。我心中羡慕那对少年少女，他们可以这样随心所欲地交流和分享他们的感受，而不用担心由此引起什么后果；同时又用不着当真把这些感受与人分享——至少不至于采取那种会给我这样的人带来灭顶之灾的分享方式。我看今天不会有人冒险来爬这座山了，因为天空阴沉沉的，卷积云慢悠悠地彼此追逐着，一大团风暴遮蔽了西边的天空。我希望别有人来；昨天在我的瞭望塔下野餐的那家人就让我很烦；一个孩子头疼，另一个孩子消化不良，而我躺在小屋里吃了一下午的阿司匹林，调理着肚子里沉甸甸的感觉。但愿今天没人来。）

等我们达到法定年龄，父母才送我们上学。我们去的是镇上一所小小的公立学校。一辆有些年头的黄色校车会到门前来接我们。第一天我很害怕，很高兴西蒙和我是双胞胎，所以我们可以一起去。镇上建的是所新学校，一座四四方方的砖砌小楼，我们一年级有十五个人，高中生们也在同一栋楼里上课。我怕他们，发现他们的教室都在二楼，我很高兴；所以白天我们很少见到他们，除非他们在外面上体育课。我会坐在室内的课桌前瞅着他们，每当有人被球击中或受伤，我都会疼得龇牙咧嘴。（感谢上帝，我只在学校里待了三个月，然后我爸爸就获准在家对我进行辅导了，这三个月里，我承受了太多持续不断的痛苦和情绪上的混乱；此刻当我回想起这一切，我还是浑身冒汗、双手发抖。）

第一天的大部分时间对我来说都很无聊；从我记事的时候起，西蒙和我就一直在家看书和做算术题。我装聋作哑，让做什么就做什么；而西蒙咄咄逼人、喜欢显摆，一副无所不知的架势。其他孩子冲着我和西蒙指指点点，咯咯直笑，窃窃私语。我感觉到了一些，但还不至于觉得太烦；那时的我还不像现在这样，在上学第一天还不像这样。

课间休息时：孩子们喊啊，跑啊，在攀爬架上爬啊，在双杠上荡来荡去、做引体向上啊，追着篮球跑啊。我跟两个女孩一起，拿支粉笔在柏油路上玩；她们教我跳房子，我尽力不去理会其他同学所受的擦伤和碰撞。

（我需要安宁，远离轻而易举就能感染我的痛苦。我不带主观情绪地想着，真奇怪啊，我们的生活居然是这样的，不安、痛苦、悲伤和仇恨居然这样轻易就能传递，我们居然这样频繁地感受到这些情绪。爱和满足只是柔软的纱幕，无法保护我免受猛烈的打击；就算怀着特别强烈的爱，人们还是能感觉到由恐惧、仇恨和嫉妒形成的更激烈的暗流。）

出事那天是第二周的周末，当时正好课间休息。我又在玩跳房子，西蒙过来瞧瞧我们在做什么，然后再去跟其他几个男孩一起玩。这时过来了五个大一些的孩子，我估计大概是三四年级的学生，开始奚落我们。

“格林——鲍姆。”这话是冲着西蒙和我来的。我们都转过身，面向他们，我一只脚踩在跳房子的方格上，单脚着地，保持着平衡，西蒙攥紧了拳头。

“格林——鲍姆，埃丝特·格林——鲍姆，西蒙·格林——鲍姆。”他们把“格林”这个音发得像马儿咴咴叫，“鲍姆”念得跟打雷一样响。

“我爸爸说，你们是犹太佬。”

“他说你们是犹太崽。”一个男孩高声大叫，“嘿，他们是犹太崽。”有人吃吃地笑，然后他们反复地嚷嚷起来：“犹太崽，犹太崽。”同时其中一个人把我从方格上推开了。

“别碰我妹妹，”西蒙大喊着，挥舞着拳头，朝那男孩走去，把他撞倒在地。男孩猛地一屁股坐下，我感到腰上一阵疼痛。另一个男孩跑过来，捶了西蒙一下，西蒙重重回敬了他一拳，男孩在他鼻子上狠狠咬了一口。好痛啊，我疼得哭起来，捂着自己的鼻子，拿开手的时候，看到手上有血。西蒙的鼻子也在流血，然后其他孩子也开始掺和，拼了命地想打我兄弟，一个人抱住他，另一个动手开揍。“住手，”我尖叫道，“别打了。”我痛得蜷缩在地，看着老师们跑过来把他们拉开。然后我就昏倒了——谢天谢地——被带到了医务室。他们把我留在那儿，一直待到那天放学。

西蒙自鸣得意，自吹自擂，沾沾自喜。“别跟妈妈说，”我们下车时，我对他说，“别说，西蒙，拜托，要不她会不安的，然后又会再走一次。别让她难过。”

（我 14 岁那年，有一回妈妈离开的时候，爸爸在楼下的厨房里跟安斯特德先生两个喝得大醉。我躲在房间里，有书和唱片跟我做伴，能听见他们说话的声音，爸爸轻言细语，安斯特德先生嗓门却很大。

“无论是谁，无论是谁，都不该经历安娜所经历的一切。反正我们都是畜生，我们全是，德国人也好，美国人也罢，有什么区别？”杯子砰的一声砸在桌子上，接着是一声低吼，“妈的，山姆，你们犹太人好像以为只有你们才在受罪。那哈勒姆[1]的人呢？在墨西哥挨饿

1. 纽约曼哈顿黑人聚居区，以治安恶劣著称。

的人又怎么着？你觉得他们的情况就会好点儿吗？”

“安娜的处境更惨。”

“不，算不上，不会比加尔各答街头的家伙还差。安娜至少还有希望获得解脱，但谁又能让那家伙解脱呢？”

“谁也不行，”爸爸轻言细语地说，“谁也无法从安娜所受的那种苦楚中解脱出来。”

我躲在屋里偷听，但安斯特德先生后来就走了。等我下楼时，爸爸只是坐在那儿，盯着杯子发呆。我站在那里，感觉到他的悲伤轻柔地笼罩在我周围，然后上面又盖了一层爱的轻纱，遮住了悲伤，让它变得可以忍受。）

我开始每周缺课至少两次，难受，没法跟妈妈说，想对爸爸说点什么，却又找不到合适的词。那段时间妈妈经常不在，让我更觉得丧气（是我干的，是我把她赶走的），完全是因为感觉到家中还笼罩着一层舒服的氛围，我才忍受得了这种郁闷。

当然了，他们一直很担心，但他们最害怕的事还从来没有证实过，直到感恩节过去、12月来临（雪花从灰蒙蒙的天空中飘落，爸爸把木头扛进来，好给壁炉生火，妈妈在擦烛台，西蒙和我在数我们攒下的零花钱，计划着等爸爸开车带我们去镇上时要为他们买些什么）。当时我已经有一个星期没去上学了，每天早上，一想到兴许不得不回学校去，我就想吐。爸爸在看书，西蒙在外面，想爬到我们家的一棵树上去。我在厨房里切饼干，并往饼干上加些点缀，妈妈边揉面团边哼歌，围裙上粘着白花花的面粉，我偷偷把小块面团塞进嘴里的时候，她就会面带微笑望着别处。

然后我就从椅子上摔落在地，抱着腿呻吟：“妈妈，好痛啊。”血从我鼻子里涌出来。她抱起我，紧紧搂住，把我放到椅子上，用纸巾替我把鼻子擦干净。接着我们听到西蒙在外面大喊大叫，砰砰地敲打着后门。妈妈走过去，把他拉进门来，他的鼻子在流血：“我从树上掉下来了。”她把他抱起来，一面回头看了看我；我知道，她明白了，我能感觉到她的恐惧和悲哀，这时她意识到了：我和她一样；我总能感觉到别人的痛苦像尖刀那样扎进我身体，我总会把他们的苦恼引到我心里，说不定我会被它们弄垮的。

（我记得：夏日的暴风雨后，爸爸和妈妈站在屋外的柳树下，爸爸搂住她，把她的黑发往后拂去，轻轻吻着她的前额。这并不是因我而起，因我而起的是太多混杂着爱的哀愁。我永远是孤独一人，与我的高山、我的森林、我水洼一样的湖泊为伴。那对年轻恋人的船停在岛边。）

我听见他们的声音从楼下传来。

“安娜，这个可怜的孩子，我们怎么办？”

“她的情况比我还惨，萨缪尔。”一声叹息，她的悲哀涌到我心头，笼罩了我，“我想，她的情况会比我还惨。”

（罗妍莉　译）

“星际迷航”综合征

科幻小说作家的传统发展始于对阅读的迷恋，而后来这种传统发生变化，从为杂志和书籍写作发展到为电影和电视写作，就像马西森、埃利森、布洛克和斯特金一样。这些传统可能正在改变：就像丢卡利翁[1]丢在身后的石头一样，在“星际迷航”系列剧集或“星球大战”的系列电影中可能涌现出新的作家。科幻作家也许会有他们的第一次荧幕写作经验。

至少，戴维·杰罗尔德（David Gerrold，1944 年出生于芝加哥）就是这样。他在洛杉矶长大，就读于洛杉矶谷专科学校，在南加州大学学习电影课程，1967 年在加州州立大学北岭分校获得戏剧艺术学士学位。在接下来的几年里，他在科幻领域的多产和成功令人瞩目，但在他 23 岁的时候，他还在上大学四年级，他把一个剧本卖给了“星际迷航”，名字是《小不点的麻烦》（“The Trouble with

1. 希腊神话中的人物，普罗米修斯的儿子。洪水之后，幸存者只有丢卡利翁和妻子皮拉，他们遵从神谕，将石头扔向大地复兴人类。丢卡利翁扔的石头变成了男人，皮拉扔出的石头变成了女人，这些新生的人类成为新的人类族群。

Tribbles"），这个成就使他之前的履历都黯然失色。这种成功是难以超越的。他的剧本在雨果奖最佳戏剧表现奖的投票中获得第二名［埃利森的《永恒边缘之城》（"The City on the Edge of Forever"）获奖］，杰罗尔德甚至在 1973 年写了一本关于他自己经历的书，同年还写了一本名为《星际迷航的世界》（*The World of Star Trek*）的书。

杰罗尔德还修改了"星际迷航"系列电视剧其中一集《我，马德》（"I, Mudd"）的剧本，并参与了《云看守人》（"The Cloud Minders"）的剧本创作。后来他为动画片《星际迷航》写了两集剧本，为《迷失之地》（*Land of the Lost*）剧集写了五集剧本，还为《洛根的逃亡》（*Logan's Run*）写过剧本，为《星际迷航：下一代》写过一集剧本，并担任过很多电视剧的故事编辑，其中大部分与科幻有关。

杰罗尔德对故事和小说的写作开始于零星的几篇短篇小说［他的第一部短篇小说是《白兔的预言》（"Oracle for a White Rabbit"），发表于 1969 年《银河》杂志的 12 月刊上］，他出版了一本小说集、几本选集，以及几部长篇小说。他的短篇小说被收录在《瞳中之指》（*With a Finger in My I*，1972）一书中。那时还是一个年轻作家的他，把自己的推销技巧付诸实践，与斯蒂芬·戈尔丁（Stephen Goldin）合作产出了收录其他年轻作家作品的选集《原恒星》（*Protostars*，1971）、《一代》（*Generation*，1972）、《科幻小说精选 I》（*Science Fiction Emphasis I*，1974），最后这一本显然是一个没能成功的作品系列的开端。他还编辑了《或然》（*Alternities*，1974）和《奇迹浮现》（*Ascents of Wonder*，1977），这两本都是与斯蒂芬·戈尔丁合作的。

杰罗尔德的第一部小说是与拉里·尼文合作的《飞行魔法师》（*The Flying Sorcerers*，1971），该书以《拼错的魔法"施"》（*The Misspelled Magishun*）为名连载。1972 年他出版了三部小说：《掠空者》（*Space Skimmer*）、《昨日之子》（*Yesterday's Children*）和《哈

利 1 岁时》(*When Harlie Was One*)。接着，1973 年，《决战猩球》(*Battle for the Planet of the Apes*) 被改编成小说，随后他于 1977 年出版了《折叠自己的男人》(*The Man Who Folded Himself*) 和《月球之星奥德赛》(*Moonstar Odyssey*)，1978 年出版了《死亡野兽》(*Deathbeast*)。他以《一个男人的事》(*A Matter for Men*，1983) 开始了他的"抗 Chtorr 之战"系列 (*War Against the Chtorr*)，以《杀戮季节》(*A Season for Slaughter*，1993) 开始了他的"追踪者"系列。

《哈利 1 岁时》、《折叠自己的男人》和《月球之星奥德赛》引起了业内早期的关注，三部小说都进入了星云奖决选，前两部也进入了雨果奖的决选。就像杰罗尔德首次在电视行业获取的成功一样，前两个作品也阐述了传统的主题。《哈利 1 岁时》继承了拥有知觉感官的计算机这一具有漫长历史的形象，这其中就包括两个杰罗尔德早期最喜欢的作家艾萨克·阿西莫夫和亚瑟·C. 克拉克的作品，以及 D. F. 琼斯 (D. F. Jones) 的《科洛苏斯：福宾计划》(*Collosus: The Forbin Project*)。《哈利 1 岁时》重新考虑了计算机可能在改善人类状况，甚至是成就人类的过程中所扮演的角色 (以及可能由此引发的反对声音)。《折叠自己的男人》延续了杰罗尔德喜欢的另一位作家罗伯特·A. 海因莱因开创的时空旅行悖论，最终走向了唯我主义。《月球之星奥德赛》是继厄休拉·K. 勒古恩在《黑暗的左手》中以特别方式对待性别角色后，对该问题的另一种看法。杰罗尔德的小说《火星小孩》("The Martian Child") 获得了 1994 年的星云奖，"抗 Chtorr 之战"系列在最近引发了关注。

《瞳中之指》于 1972 年在《又见危险的幻象》和杰罗尔德的短篇小说集中发表。该小说沿袭了弗朗茨·卡夫卡和豪尔赫·路易斯·博尔赫斯的超现实主义和荒诞主义传统，加上些许西奥多·斯特金 1941 年的奇幻小说《终极利己主义者》("The Ultimate Egoist")

以及刘易斯·卡罗尔（Lewis Carroll）的奇幻作品的风格。然而，在主题方面，杰罗尔德展露的是他所处时代下的智慧与关怀：在一条狭窄的灵感之路上行走，一边是胡言乱语的悬崖，另一边是疯狂的深渊。

（胡晓诗　译）

瞳中之指

[美国]戴维·杰罗尔德

今天早上我照镜子时，左眼的瞳孔不见了。大部分虹膜也消失了，只剩下一个空空的白眼球，从前虹膜的位置上有一块血肉模糊的痕迹。

起初我以为这和隐形眼镜有关，但后来我意识到自己不戴隐形眼镜。从来不戴。

镜子里那只空白的眼睛回望着我，这看起来有点奇怪，令人不安的是，这只眼睛还能看到东西。我用手遮住我健康的右眼，发现左眼的视力和原来一样好，这让我很担心。

如果我的左眼看不见，我就不会担心，这仅仅意味着昨天夜里我这只眼睛瞎了。但是我的瞳孔消失了，却没有影响我的视力，这让我很担心。这可能是某种严重疾病的征兆。

当然，我想过打电话给医生，但我不认识任何医生，因为我的问题打扰一个完全陌生的人会让我有点尴尬。但是那只眼睛一直盯着我，最后我还是去找电话簿了。

不过，电话簿好像在夜里不见了。我一直用它来垫书架的一角，现在电话簿不见了，书架也不见了——我开始怀疑自己是不是被抢了。

先是我的眼睛，然后是电话簿，现在连书架都不见了。今天是星期二，我本不该担心。其实，我已经很担心了，但星期二是我思考那些永久搁浅的未遂心愿的日子。星期一才是担心个人物品（如眼睛和电话簿）的日子，再过六天才是星期一，我因为在星期二担心这些事而打乱了计划。当星期一再次到来的时候，如果没有其他更紧迫的事情要先担心，我就会担心一下电话簿。

（我发现，把担忧像这样分类，可以帮助我保持有序的思维——只给每个问题分配那么多时间，我就能让世界保持在正确的角度。）但眼睛的问题仍然存在，这让我很苦恼。而且，这让我的视角被扭曲了。

我决定立刻采取行动。我开始寻找手机，但找着找着，我发现手机也不见了，所以我被迫放弃了这次寻找。

这太让我沮丧了——这些无生命的物件总是令人苦恼地消失不见。每当我开始寻找什么东西时，就发现那东西已经不见了，好像害怕我找到似的。这就像捉迷藏一样，既然我早已放弃了这种幼稚的消遣，我决定不再鼓励它们继续和我捉迷藏，也不再去找它们。（让它们来找我。）

我决定步行去看医生。（我本想戴上帽子，但那就意味着我要去找它，我担心一找就会发现帽子也已经不见了。）

一到外面，我就注意到人们从我身边经过时，总是奇怪地盯着我看。过了一会儿，我意识到那一定是我左眼的缘故。我完全忘记了这件事，没有意识到它在别人看来可能有点异常。

我转身打算回去拿我的太阳镜，但我知道，一旦我开始找它，它肯定也会消失。于是我又转身去看医生了。

“让它们来找我。”我想着太阳镜，低声说。当时那位经过的老太太一定被我吓了一跳，因为她转过身来用一种非常奇怪的目光盯着我。

我把双手插进上衣口袋，继续往前走。我几乎立刻感觉到左手口袋里有个又硬又平的东西。是我的太阳镜盒和太阳镜，它们的确来找我了。看到自己仍然是我生活中这些无生命物件的主人，我感到很欣慰。

我把太阳镜拿出来戴上，却发现眼镜左边的镜片已经褪成了乳白色。现在它与我的眼睛非常匹配，但我发现，我的左眼看不见了，我完全无法通过不透明的镜片看到东西。我必须得无视路人的目光，直接去看医生。

然而，过了一会儿，我发觉自己不知道要去哪里——正如我之前提到的，我不认识任何医生。我当然知道，如果我开始寻找一个诊所，我可能永远也找不到。于是我站在人行道上自言自语道："让它们来找我吧。"

我必须承认，我对这个过程有点怀疑——回想起太阳镜的事——但事实上，我没有选择。我转过身时，看到我身后的建筑物上有一个标志，上面写着"医疗中心"，于是我就走进去了。

我走向前台接待员，我看着她，她也看着我。她直看着我的眼睛（左眼）说："你好，我们能为你做些什么？"

我说："我想看医生。"

"当然可以，"她说，"现在走廊里就有一个。如果你马上往那儿看，就能看见他。看！他在那儿！"

我看了过去，她说得对——有个医生正从走廊那头走过来。我能亲眼看见他。我知道他是个医生，因为他穿着高尔夫球鞋和毛衣；接着他在走廊的转弯处消失了。我转身对着那个女孩说："我不是这个意思。"

“嗯，那你是什么意思？”

我说：“我想找个医生看看我。”

“哦，”她说，“你为什么一开始不这么说呢？”

“我以为我说清楚了。”我说，但声音很轻。

“不，你没有，”她说，“大点儿声吧，我几乎听不见你说话。”她拿起麦克风说，“吉本医生，请到接待处来……”然后她放下麦克风，期待地看着我。

我什么也没说，只是等待着。过了一会儿，另一个穿着高尔夫球鞋和毛衣的男人从旁边的门里走出来，向我们走来。他看着桌子后面的女孩，她对他说：“这位先生想请一位医生看看他。”

医生往后退了一步，看着我，先是上下打量了我一番，接着叫我转过身，又打量了我一会儿。最后他说：“好了。”然后走回了他的办公室。

我问：“这就完了？”

她说：“当然，结束了。这就是你想要的。请付十美元。”

“等一下，”我说，“我想让他看看我的眼睛。”

“好吧，”她说，“你一开始就应该这么说。你知道我们这里很忙，没有时间叫这里的医生过来看一个随便进来的人。如果你特别想让他看你的眼睛，你应该直接这样讲。”

“但我不希望他只是看看我的眼睛，”我说，“我希望有人能治好它。”

“为什么？”她说，“你眼睛怎么了？”

我说：“你看不见吗？瞳孔不见了。”

“哦，”她说，“确实消失了。你找过吗？”

“找过了，”我说，“我找遍了所有地方——也许这正是我找不到它的原因。”

“也许你把它落在什么地方了。”她轻声咕哝道，“你之前在哪待着？”

“没在哪。”我说。

“嗯，也许这就是你的问题所在。”

“我的意思是我昨晚待在家里。我哪儿也没去！我觉得不太舒服。”

“你看起来不太好，”她说，“你应该去看医生。”

“我刚才已经看过了，”我说，“他走过了那个走廊。”

“哦，对。我记起来了。”

“看，”我说，我开始有点生气了，“你能帮我预约个医生吗？”

“这就是你想要的——一个预约对吗？”

“是的，这就是我想要的。”

“你确定这就是你现在想要的吗？你以后不会回来抱怨我们没有给你想要的东西吧？”

“我肯定，”我说，“我不会回来了。”

“很好。这就是我们想要确定的。”

到目前为止，一切似乎都错了。整个世界似乎正向一侧倾斜——所有的东西都挤压在一起，延伸着，倾斜着，所有的东西都在向边缘滑落。到目前为止，什么也没有发生，但我可以看到墙壁出现了微小的裂缝。

我摇了摇头，想把思绪理清，但只产生了一种非常清晰的咔嗒咔嗒的声音，就像一个小核桃在大壳里碰撞。

我坐在沙发上等着——我仍然无法清晰地思考。雾气盘旋蔓延着，比以前更浓了，把一切都遮住了。能见度已降至零，管理员威胁要结束所有治疗，除非天花板升起来。我抗议，不——天花板在那儿不是挺好吗？——但他们就是不理我。

我随后站起来，试图用手把天花板往上推，但我够不着，只好站在椅子上。即使如此，天花板仍然坚硬不折。（虽然我离得很近，能看到它有很多裂缝和瑕疵。）

我又开始推它，但一只有力的手放在我肩上，一个低沉的声音阻止了我。“躺在沙发上，”她说，“闭上你的眼睛，放松，躺下来放松一下。”

“好吧。”我说，但我没有仰面躺着。我俯卧着，把脸埋进坚硬的沙发。

“放松。”她又说。

“我试试。”我强迫自己说。

“往窗外看。”医生说，“你看到了什么？”

“我看见了云。”我说。

“哪种云？”

“哪种云？？？”

“是的，哪种云？”

我又看了一遍，说：“农家干酪云。一些小小的农家干酪云掠过。”

“农家干酪云——？”医生问。

“是的，”我说，“农家干酪云，坚硬又坚韧。”

“大块还是小块？”

“啊？”我问。我翻过身来看着她。她没有穿高尔夫球鞋，但她穿着毛衣。她穿着高跟鞋而不是高尔夫球鞋。但她是个医生——我看得出来。她的鞋子还有鞋钉。

“我问了你一个问题。”她用低沉的声音嘟囔着。

“是的，你问了，”我同意她说的，“你介意再说一遍吗？”

“不，我不介意。”她回答后，静静地等待着。

我也等待着，我们沉默了一会儿。我率先结束了沉默，问道：“嗯，问题是什么？”

这次她回答说："我问这些农家干酪云是大块还是小块？"

"我放弃了，"我说，"它们是什么？"

"你放弃了，真是太好了——否则我们就不得不跟进，用武力把你带走。现在你放弃了你的错误想法，我们俩都容易多了。"

整个世界都摇摇欲坠，快要支离破碎了。墙壁开始出现更大的裂缝，小碎片开始滑落，慢慢落到地面，像许多肥皂泡一样破碎。

"呃——"我说，"呃，医生，我的眼睛有点毛病。"

"你的眼睛？"

"嗯，是的。瞳孔不见了。"

"你的瞳孔离开你的眼睛了吗？"医生大吃一惊，"太吓人了！"

我只能点头——我这样做了。（可能僵硬了些。又有几片小碎片掉落下来，轻轻地飘落在地板上。我们看了一会儿。）"嗯，"她说，"我有个想法，你想听吗？"

我没有回答。不管我愿不愿意听，她都要把她的想法告诉我。

"世界末日到了。"她阴阴地低声说。

"现在？"我有些担心地问道。我还没喂猫呢。

"不，但很快就到。"她安慰我说。

"哦。"我说。

我们沉默地坐在那里。过了一会儿，她清了清嗓子。"我认为……"她慢慢地说，然后声音逐渐变弱。

"这挺好的？"我接了一句，但她没听见。

"……我认为世界的存在只是我们思想的反映。它之所以如此存在只是因为我们如此认为它存在。"

"有多少种思想——就有多少个世界存在。"我说。但她不理我，她叫我保持安静。

"是的，你确实存在。"她确认道。（我很高兴她这么说——我开始有点担心了——但今天不适合，我看今天是星期二。）“你存在，”她说，“是因为你认为你存在。世界的存在也是因为你认为它存在。”

“那么，当我死的时候，世界就和我一起结束了……？”我满怀希望地问道，心中想着不要死。

“不——那纯粹是无稽之谈。任何心智健全且理智的人都不相信唯我论。”她用叉子抓了抓自己的眼球，继续说下去。

“当你死的时候，你就不复存在了，”她说，“但是世界仍在继续——它在继续，因为每个活着的人仍然相信它的存在。（他们唯一不再相信的就是你。）你看，这个世界是我们所有人的想象集合在一起的幻象。”

“对不起，”我坚决地说，“我不相信集体主义，”我稍微伸直身子，以便坐起来，“我是一个坚定的共和党人。”

“你难道没有看见吗？”没有理会我的打断，她继续说，“由于自身的惯性，这种认为世界是真实的巨大幻觉一直在继续。你相信它，因为当你刚开始存在的时候，也就是当其他人第一次开始相信你存在的时候，它就是这样存在的。当你出生的时候，你看到这个世界遵循着一套别人相信的规则，所以你也相信他们——你相信他们这件事，给了他们更多的力量。”

“哦。”我说。我躺在那里听她说话，试图想办法优雅地离开。我的眼睛开始疼了，再也看不见天花板了。雾又滚滚而来。

“看看教堂！”她突然说。

“啊？”我说。

“看看教堂！”她坚持又说了一遍。

我尝试了。我抬起头，试着看看教堂，但雾太浓了。我甚至看不见我的脚趾。

“看啊，”她说，“信仰是宗教的基本准则——信仰他们告诉你的是真的！他们不是告诉你要对教会有信心吗？告诉你信心能创造奇迹吗？好吧，我告诉你一件事——完全可以！如果有足够多的人相信某件事，它就会成为现实！”

这时我的眼睛跳动得更痛了。我试着坐起来，但她有力的双手把我拉了回来。她靠得更近了，紧张地低声说：“是啊！这是真的。是真的。”

“既然你这么说，那就是吧。”我点点头。

她接着说：“幸运的是，教会很久以前就放弃了奇迹，转而支持保守主义——现在，它正在为维持现状而奋战！教堂是现实的最后堡垒之一——它是少数能够阻止混乱的事物之一！”

“混乱？”

“是的，混乱。”

“哦。”

“世界正在改变，”她解释道，“人类正在改变它。”

我点了点头：“是的，我知道。我也看报纸。”

“不，不！我不是那个意思！人类在不知不觉中改变着自己的世界！越来越多的人开始相信他们真的可以改变他们的环境，而且他们越相信，环境的变化就越剧烈。我给你举个例子——化石！”

“化石？”

“是的，化石。在人们开始相信进化论之前，从来没有人发现过化石。当人们开始相信进化论的时候，化石就自然而然地被发现了。”

“你真的相信吗？”我问。

“是的，我相信！”她激动地说。

“那一定是这样。”我说。

“哦，是的。”她很认同，我知道她真的相信了。她给出了一个很有说服力的例子。事实上，她说得越多，我也就越相信。

“你为什么告诉我这一切？”我问。

“因为我们正处于极大的危险之中。这就是理由。”她恶狠狠地低声说，“世界并不是一成不变的。每个人都开始相信不同的东西，形成了一些非因果关系。”

“就像一个粉刺？”我问。

“是的，”她说，我看到她的鼻尖上有一颗粉刺，“这件事是这样的：一个狂热分子遇见另一个狂热分子，然后两人会遇到一些，共享相同幻觉的人，很快，就有一大堆狂热者都相信着同一件事——很快，他们把妄想当作现实——开始否定已知的现实，让幻想取而代之。”

我点点头，注意力集中到周围那一团团紧紧缠绕着我的雾。

“改变得越多，人们就越相信这些改变，就变得越强大。如果这种情况继续下去，我们可能是世界上唯一神志清醒的人——而我们正处于危险之中——”

“他们正在超越我们的现实？”我试探性地问。

“更糟糕的是，他们所有不同的观点都开始破坏空间结构！连地球的形状也在改变！为什么曾经地球是平的呢？直到人们开始相信它是圆的，地球才开始转动。”

我转过身来看着她，但她已经消失在雾里了，剩下的只有她的笑容。

“但是地球真的是梨形的，”我说，“我在《科学美国人》上读到过。”

“你认为地球为什么会改变形状？”她咧嘴笑着问，“这是因为某个国家开始相信自己比实际更强大，地球为了容纳它们只好不停膨胀。”

“哦。”我说。

“这都是新闻媒体的错——电视正在影响我们这个世界的外貌！他们不断地告诉我们，世界正在改变，越来越多的人坚持相信这一点。”

“好吧，”我说，“当今世界的形态正是如此，任何改变都是为了——”

“哦，天啊——你不也一样！你们这些人老说世界要破裂了，要从缝里裂开——”

最后连她的笑容都消失了。

我一个人留在这儿。其实我也是对的，其他人也开始注意到了。墙壁表面已经变得一片斑驳，还出现了洞，越来越多的碎片不停掉下来，但水还没有自另一边倾泻而出。

我用手指戳了一下其中的一个洞，我能感觉到后面柔软的凝胶层，也许它还没有完全融化。

到目前为止，我的眼睛还没有任何好转——不仅开始疼得厉害，还有点刺痛，我有一种感觉，现在眼前的一切也会变得模糊不清。

“你找到你自己了吗？”公园里的一个讲话者问道。（我甚至没有去看他——回想起我之前找东西的经历，我当然不会主动寻找任何东西。）我走了过去。

再往前走，又有一个讲话者——这个站在肥皂盒上。“我们应该感谢这个伟大的国家，”讲话者低声说，并在推特上写道，“在这里，人人信仰自由。”

我揉了揉眼睛。我有一种不安又反胃的感觉，觉得天花板上巨大的裂缝正在破开。

“任何人都可以站起来为自己的目标发声——任何团体都可以相信他们自行选择的一切——其实，如果我们愿意，我们可以重塑世界！用我们自己的方式！”

事情有左有右——也有对有错。

“但真正了不起的是，”他继续说，“无论我们彼此之间多么矛盾，我们都在为共同的利益而一同努力！我们的制度让我们把分歧最小化，这样我们可以相互妥协。只有提出一个问题的所有备选方案，我们才可能选择最佳解决办法。从长远来看，这种极致的自由和个性将帮助我们所有人实现对大多数人最有益的目标！”

听起来不错。

我回到家时，工人们刚刚把墙纸刷好。令人惊讶的是，一旦表面上所有的裂缝和缺陷都被华丽的花朵覆盖，它看起来是多么坚实。

我再也看不出灰泥是从什么地方掉下来的——底层建筑裸露的表面已经消失在雾里了。事实上，唯一的问题是天花板似乎比以前低了很多。

我愣了好长时间才摸了摸猫。我进来时它挥了挥手。“就像——你好，伙计，”猫说，“给我一个 J。”

“不行，我的眼睛有点问题。”

“好吧，那就给我一美元吧。”

“用来干吗？”

“去旅行。”它说。

“哦。”我给了它一美元，等待一次旅行。

它把钞票扔进嘴里，点上了火，拿起手提箱，迅速上升到三万英尺的巡航高度。然后它向西远去，我不太明白这一点。雾变得更大了，交通管制员不让任何车辆通过。

有件事我本来想问，但我忘了。哦，那兴许不是很重要，但我希望我能明白——

电视上的那个人是个医生。他坐在上面，双脚在屏幕前晃来晃去（他的球鞋划过画面），说着毒品正在破坏现实。毒品可以通过改变一个人对世界的看法来摧毁他的理智，直到这个人再也无法感知现实。

“只要不改变他的信仰。”我低声说，打断了他，然后关掉电视，把他赶了出去。时间不早了，我想睡一会儿。然而，我确实在心里记着不要再按照处方去开药了。墙纸已经剥落了。

事实上，到了现在，房子只剩下建筑结构的框架，它看起来像是用巧克力布丁做的。也许本来就是这样，也许是因为毒品。也许它们正在改变我们集体的幻象——但我没有注意到任何事情。

（胡晓诗　译）

男性、女性与社会[1]

1970 年代是这样一个时代，它高度关注女性的权益与男性的过失[2]。美国国会于 1972 年提出了平等权利修正案，同年，《女性》杂志创刊。在科幻领域，这一时代也是女性主义的时代。自 20 世纪 50 年代晚期至 60 年代一直致力于在作品中表现女性主义议题的乔安娜·罗斯（Joanna Russ）凭借其短篇小说《骤变来临》（"When It Changed"）获得 1972 年星云奖，她的长篇小说《女男人》（*The Female Man*）于 1975 年问世。1973 年，小詹姆斯·提普奇，即爱丽丝·谢尔登撰写了以《男人看不见的女人》为首的一系列女性主义短篇小说。帕梅拉·萨金特的《神奇女性》发表于 1975 年。而冯达·N. 麦金太尔（Vonda N. McIntyre）与苏珊·珍妮丝·安德森（Susan Janice Anderson）编纂了初版小说集《曙光女神：超越平等》（*Aurora: Beyond Equality*），这部以女性主义为主题的选集于 1976 年

1. 标题套用了所选小说《薄雾、青草与黄沙》的语言格式。
2. 此处有一个双关义，女性的权益（rights）同时也表示女性的"是"与"得"，与之相对的是男性的"非"与"失"（wrongs）。

面世。

从某种意义上说，科幻小说又接管了一个新的议题。很大程度上，这与科幻小说此前对种族歧视、环境污染、世界末日与人口过剩等议题所做的讨论并无二致。不过在女性主义方面，事情多少有些不同：确有一小部分男性有意识地撰写女性主义作品，但该领域的大部分作者仍是女性，她们的许多作品都带有明显的政治色彩，甚至是论战色彩。

女性主义科幻运动的重要参与者之一是冯达·N. 麦金太尔。麦金太尔生于美国肯塔基州的路易斯维尔，她在1970年取得了华盛顿大学的生物学学士学位，后于1970年至1971年间进一步攻读了遗传学研究生课程。她曾在大学教书并组织会议，不过此时她最重要的活动或许还要数参加号角科幻作家写作营。她的作品于1971年开始面世。最早是刊载于《夸克》第四期上的《囚笼》（“Cages”）与收录于号角作家写作营初版文集第一卷中的《唯于夜间》（“Only at Night”）。她的短篇小说《薄雾、青草与黄沙》（“Of Mist, and Grass, and Sand”），初载于《类比》1973年10月刊上，并获得星云奖，而由此扩写而来的长篇小说《梦蛇》（*Dreamsnake*，1978）则是星云奖与雨果奖双料得主。

麦金太尔的短篇小说——包括几部奖项提名作品——被收录在小说集《火驱与其他故事》（*Fireflood and Other Stories*，1981）中。另一部长篇小说《等待流亡的人》[1]（*The Exile Waiting*，1975）进入了星云奖最终轮评选。她为好几部“星际迷航”系列电影进行了小说化工作，其中包括《可汗归来》（*The Wrath of Khan*）、《寻找史波

1. 该故事与《梦蛇》共享同一套世界观，故事舞台“中央城”即小说《薄雾、青草与黄沙》中女主人公提到的“山里的城市”。

克》(*The Search for Spock*)与《抢救未来》(*The Voyage Home*)[1];她还撰写了一部"星球大战"系列小说《水晶之星》[2](*The Crystal Star*, 1994);并且创造了一个以《远行星号》(*Starfarers*, 1989)为首的系列长篇[3]。另一部或然历史小说《太阳王与海妖》(*The Moon and the Sun*, 1997)获得了星云奖,该故事以路易十四的王庭为背景。

麦金太尔的小说有意识地展现了她对女性主义的思考。她的叙事几乎总是带有女性主人公,但它们往往不像其他女性主义作品那样聚焦于女性的屈从行为,或是反过来聚焦于女性的支配行为。麦金太尔通过描写坚强的女性如何克服时艰来传达她的思考。例如,《等待流亡的人》的主人公就是一位生活于后末日时代的女心灵感应者,在故事里,她必须克服一系列身心障碍。女性主义不是故事的主题,人类所处的困境本质才是主题,故事设定的世界相对而言是个去性别化的社会,作者的政治诉求是通过角色间的互动反映出来的,有时作者会用意象和隐喻加强这种信息。麦金太尔的短篇小说《阿兹特克人》[4]("Aztecs")讲述的是一位女性为了成为宇航员,必须移除自己心脏的故事,小说以这样一句话开头:"她心甘情愿地放弃了自己的心。"

麦金太尔最著名的短篇《薄雾、青草与黄沙》也是如此,在这部小说中,一个坚强的年轻女子——单名一个"蛇"字——来到沙漠部落为一个孩子治疗肿瘤。一些评论家认为小说的背景架设在后末日时代,但在这部短篇的叙述范围内没有给出相应的印证[5]。主人公

---

1. 以上三部为 1982 年至 1984 年间上映的"星际迷航"系列电影的第二、三、四部。
2. 小说在 1994 年登上《纽约时报》畅销书榜单,故事背景架设在星球大战世界观下的恩多战役后第十年。
3.《远行星号》讲述了"远行星号"星舰舰长、科学家维多利亚·麦肯齐在对抗长官压制的同时,寻找地外生物的故事,风格类似"星际迷航"。"远行星号"系列共包含四部小说,分别是《远行星号》、《过渡》(*Transition*)、《中期》(*Metaphase*)和《鹦鹉螺号》(*Nautilus*)。
4. 小说提名 1978 年星云奖,《火驱与其他故事》中有收录,后扩写为长篇《超光速》(*Superluminal*)。
5. 扩写版长篇《梦蛇》,及同一世界观下的其他作品可以佐证这一论述。

用来治愈疾病的蛇都是地球物种，但背景中出现的黑沙漠可能暗示故事发生在另一个星球上。如果背景架设果然是后末日时代，那末日幸存者用生物技术替代了现有的科学技术；麦金太尔的故事展现了她对生物知识的自信。在这个时代，药物辅助下的毒蛇毒液被用于化学实验室，用以生产各类抗体和解毒剂。

麦金太尔笔下那些坚忍、聪慧的女主角从不是全知全能的。蛇在与这个文化习俗完全陌生的族群打交道时犯下了错误，尽管她当时虚弱无力、久未进食、困厄交加，她的失误情有可原，但她并不肯原谅自己。说到故事中蕴藏的女性主义色彩，读者会发现故事中的部落由女性领导，关键性的决策皆由女性做出，而男性是协助者。魅力四射的土著男性心甘情愿地留在部落中等蛇归来，而蛇策马进入沙漠时，只留下了一句并不明确的承诺表示她可能会回来。

小说的语言风格简明直白。它句式简短，善用生动的动词及名词，这种特点几乎是海明威式的；小说中的人物对话也与海明威式语言类似，风格犹如外国语言。但也正如海明威的作品一样，这种简明会将读者引入复杂的思考之中，例如人类需要在社会风俗中表现自我；一些场景可能引发强烈的情绪反应，比如阿列文将自己的名字告诉蛇的场景。奇怪的是，蛇并没有把自己的名字告诉阿列文，她只要他以蛇相称，这是她的老师赐给她的荣誉之名。但或许就如许多前辈英雄一样，对蛇这样一个为完成使命而牺牲人性的女性而言，她原本的名字已经不再具有任何特殊含义了。

（憬怡　译）

薄雾、青草与黄沙

[美国] 冯达·N. 麦金太尔

小男孩吓坏了。蛇[1]轻轻地摸了摸他滚烫的前额。在她身后，三个大人紧紧地站在一处，他们注视她的眼神是猜疑的，但除了眼睛周围的细纹，他们不敢流露出更多情绪。他们害怕蛇，这与他们对独子死亡的恐惧无异。帐篷内烛火昏黄，摇曳的灯光并不能安定人心。

男孩看着她的眼睛漆黑如墨，瞳仁几不可见，那眼神过于呆滞，连蛇也禁不住担心他性命垂危。她轻抚他的头发。他的头发很长，发色很淡，和他深色的皮肤形成鲜明的对比，他的发质干枯，贴着头皮的末端几英寸长短不一，参差凌乱。如果蛇几个月前就和这群人在一起，她定会知道男孩正要发病。

“请把我的箱子拿来。”蛇说。

听到蛇轻柔的声音，男孩的父母吃了一惊。或许在他们的料想中，蛇的嗓音该像是招摇的松鸦尖叫，或是鲜艳的毒蛇吐芯子时发出的咝咝声。这是蛇初次在他们面前开口说话。此前，当他们三人[2]

1. 下画线为译者所加，用以区分作为主人公名字的“蛇”（Snake）和动物“蛇”（snake）。
2. 文中设定的婚姻模式是一女二男的三人配偶模式。

远远地前来观察，轻声低语她的职业和她的年轻时，她一向只是静静看着；当他们终于前来向她求援时，她也仅是聆听、颔首。或许他们以为她是个哑女。

年纪轻些的金发男子从地毯上提起她的皮箱。他把那箱子举得离自己远远的，倾身递给了她，他的鼻翼翕张，轻轻地呼吸着干燥的沙漠空气中那股淡淡的麝香味儿。蛇对他表现出来的紧张熟视无睹，这情景她已见过太多。

蛇刚伸出手，那年轻男子便猛地松开箱子退了回去。蛇忙向前接，险些没有抓住，她轻轻地将箱子放下，满脸责备地扫了那男子一眼。他的伴侣走上前来轻抚他，以缓解他的恐惧。“他被咬过一次，”肤色黝黑的美丽女性说道，“差点没了命。”她的语气不是在道歉，而是在辩解。

“我很抱歉，”那年轻男子说，“只是……”他冲她比画；他在颤抖，且肉眼可见地在试图控制恐惧。蛇瞥向自己的肩膀，她已经隐约察觉到那里微微的重量和动作了。一条婴儿手指粗细的小蛇正绕着她的颈子滑动，窄窄的脑袋从她短短的黑色鬈发中探了出来。他三叉的舌头先是探向空中，悠闲地上下舞动，继而收回，不紧不慢地品鉴着这里的气味。

“这是青草，”蛇说，“他不会伤害你的。”

如果他身量再大些或许会很骇人；他的身子是翠绿色的，但嘴巴周围的鳞片全是红的，就好像才用撕咬的方式饱餐一顿的哺乳动物一样。实际上，他的手法比那些动物还要干净利落得多。

男孩呜咽着。他没有喊痛，或许他曾被告知，蛇也会被哭声触怒。事实上蛇只是为他的族人感到遗憾，他们居然拒绝用如此简单的方式克服恐惧。她转过身子背对那几个成人，他们对她的恐惧令她惋惜，但她也不愿花时间去劝服他们相信她。“没关系，”她冲那小男孩说，“青草光滑、干燥又柔软，如果我把他留下来守护你，就连死亡也不能接近你的卧榻。”青草滑入她纤细的脏手中，她拿着他靠近那孩子。“温柔点。”那孩子伸出手，用指尖碰了一下光滑的鳞片。蛇能感受到这样一个简单的动作耗去了男孩多少力气，可那男孩子几乎微笑了。

“你叫什么名字？”

他迅速看了他父母一眼，最终他们点头了。“史塔文。”他低语道。他根本没有足够的力气和气息去说这句话。

“我叫蛇，史塔文。过一会儿，等到早上，我必须弄伤你。你可能会感到一阵痛，你的身体会疼上好几天，但在那之后你就会好了。”

他庄重地看着她。蛇看得出，尽管他听懂了她的话，也害怕她即将要做的事，但她的坦诚相告多少缓解了他的恐惧，若是她冲他撒谎，他必定比现在更加害怕。随着病症渐渐显现，他的痛苦一定也愈演愈烈。但其他人似乎只是反复宽慰他，并寄望他的病症能不治而愈，或是病魔快些将他杀死。

蛇将青草放到男孩枕上，然后把箱子拉近。箱锁在她的触碰之下弹开了。大人们对她仍然只有恐惧；他们没有时间或理由去培养信任。这家的妻子年岁已长，他们可能再也无法生下另一个孩子了。蛇能从他们殷切的目光和隐秘的触碰中看出他们的担忧，看出他们对这孩子的爱。他们一定很爱他，这爱足以令他们前来寻求蛇的帮助。

夜幕降临，天凉似水。黄沙缓缓滑出箱子，晃着脑袋伸舌探寻，一时这里嗅嗅，一时那里尝尝，侦测着温暖的体温。

“那是不是——？”年长的伴侣声音低沉睿智，但也惊恐万状，而黄沙察觉到了这份恐惧。他回撤到一个准备攻击的身位上，轻轻甩了甩他的响尾。蛇一面冲他说话，一面张开了自己的双臂。这条蝮蛇放松下来，流体似的滑上她纤细的手腕，把自己缠成了一圈黑褐相间的手镯。

“不，”她说，“你们的孩子病得太厉害，黄沙帮不上忙。我知道这很难，但请试着保持冷静。你们觉得这很可怕，但我能做的唯有这个。”

她不得不用令薄雾着恼的方式引蛇出洞。蛇敲了敲皮囊，最后又戳了她两下。蛇感受到了鳞片滑动的震颤，接着，那白化眼镜蛇倏然蹿到了帐篷之中。她的移动速度极快，但却始终不见尾巴，好像绵延不绝。她的呼吸也甚急，听来咝咝作响。她的脑袋扬得离地一米，颈部的皮褶张成了兜帽形态[1]。在她身后，那几个大人倒抽冷气，好像薄雾张成兜帽的后颈上那眼镜态的棕色条纹真的对他们造成了物理上的攻击。

蛇没有理睬他们，转而用歌颂的声音冲这眼镜蛇吟唱道：“啊，你这狂怒的生灵。躺下来吧，这是你领取晚餐之时。同这孩子说话，碰碰他吧。他的名字叫史塔文。”慢慢地，薄雾的后颈放松了，她允许蛇触碰她。蛇牢牢地从后面抓住她的脑袋，叫她去看史塔文。眼镜蛇的银色瞳孔倒映出灯火的黄色。“史塔文，”蛇说，“薄雾只会在现在看你。我向你保证，这次她会很温柔地触碰你。”

当薄雾碰上史塔文单薄的胸膛时，他还是颤抖了。蛇没有放开那毒蛇的脑袋，而是让她的身子滑过男孩的身子。这眼镜蛇的身长是孩子身高的四倍。她将自己的身体绕成一圈一圈的白环，盘在史塔文肿胀的腹部上方，探出身子，将脑袋伸到男孩脸边，试图挣脱蛇的掌控。薄雾无睑的眼睛碰上史塔文畏惧的目光。蛇放她靠近了一点点。

---

1. 指眼镜蛇的颈间凸起。

薄雾探出芯子，舔了舔那男孩子。

年轻的男性伴侣发出一声微弱而短促的惊叫。史塔文为此颤抖了一下，薄雾后撤回去，张开大嘴，露出毒牙，喉间的喘息声清晰可闻。蛇踞坐起来，自己也呼出一口气来。当她在别处行医时，病人的家属有时会被允许留在现场。“你们必须出去，”她轻声说道，“吓到薄雾是很危险的。”

“我绝不——”

“对不起，你们必须去外面等候。”

那年轻的男性或许原想顽抗一番，并提出些叫蛇无法回避的问题来，或许就连那名女性也是一样，但年长些的男性拦阻了他们，又牵起手将他们带离室内。

“我需要一只小动物，”那男人掀开帐帘时，蛇说道，“必须带毛，还得是活物。”

“我们会弄来一只的。”他说。语罢，三名家长隐入了灼热的夜色之中。蛇听得见他们的脚步踏在沙子上的声音。

蛇将薄雾放在膝上，轻轻安抚她。这眼镜蛇缠住蛇纤细的腰肢，摄取她的体温。饥饿使她比平时更为警惕，她很饿，蛇也很饿。在横穿黑沙漠的过程中，他们找到了足够的水，但蛇那些捕捉动物的陷阱并不成功。时值夏季，天气炎热，黄沙和薄雾所爱的那些毛茸茸的小珍馐都在夏眠。当这些毒蛇无法像从前那样规律饮食时，蛇也自觉开始禁食。

她歉疚地发现史塔文现在更害怕了。

“很抱歉我把你父母赶出去了，”她说，“他们很快就能回来。”

他的眼中噙着水花，但没有让自己流泪。“他们叫我听你的话。”

“如果你哭得出来，我想让你尽情地哭，”蛇说，“这不是什么坏事。”但史塔文似乎并没听懂，蛇也没再强迫他；她知道，为了对抗这片严酷的土地，他的族人教导他们自己拒绝哭泣，拒绝哀悼，拒绝欢笑。他们禁绝了悲伤，只允许一点点欢娱，但他们生存下来了。

薄雾已经平静到无精打采的程度。蛇将她从腰上取下，放到史塔文身边的草垫上。当这眼镜蛇行动时，蛇引导着她的脑袋，感受着她明显绷紧的肌肉张力。“她会用舌头触碰你，”她告诉史塔文，“可能有一点痒，但这不会伤害你。她是在嗅闻，就像你用鼻子闻东西一样。”

“用她的舌头？”

蛇微笑着点头，薄雾用舌头舔了舔史塔文的脸颊。史塔文没有畏惧；他看着，孩子获取新知的快乐短暂地战胜了痛苦。当薄雾长长的舌头刷过他的脸颊、眼睛和嘴巴时，他一直无比安静地躺着。“她通过舔舐来诊察病症。”蛇说。薄雾不再试图挣脱蛇的控制，而是撤回头来。蛇跽坐回去，放开了这眼镜蛇，后者顺着她的胳膊向上滑行，横在了她肩膀之上。

“睡吧，史塔文，”蛇说道，“试着相信我，试着不要惧怕清晨来临。”

史塔文盯着她看了几秒，试图从蛇苍白的眼神中看出真相。“青草会看着我吗？”

这问题令她大吃一惊，或者说，这问题背后隐藏的接纳之意令她大吃一惊。她把他前额上的碎发拨开，微笑道：“当然。”而这笑容之下隐藏着泪水。她抓起青草。“你将看顾这个孩子，并守护他。”小蛇安静地躺在她的手中，眼睛乌黑闪耀。她将他轻轻放到史塔文枕畔。

“睡吧。”

史塔文闭上眼，生命的迹象似乎从他体内溜走了。这变化如此之大，蛇不禁伸手去碰了碰他，她感受到了他的呼吸，轻浅而迟缓。她给他裹上一条毯子，随即站起身来。突如其来的姿势变换令她一阵眩晕，她踉跄了两步方打起精神。横在她肩上的薄雾绷紧了身子。

蛇的眼睛一阵刺痛，目光变得极度清晰敏锐。幻听似的声音越来越近。她抵御着饥饿和疲倦，慢慢弯下腰来，拾起皮箱。薄雾用舌尖轻轻碰了碰她的脸颊。

她掀开帐帘，发现天色尚黑，于是略感宽慰。她耐得住酷暑，但明亮的阳光照射身体时，她会感到烈火焚身。今夜一定是满月，尽管乌云盖住了光线，从地平线的这头到那头皆是一派灰暗。帐篷外的地面上投射着一丛丛不成形的阴影。在这里，沙漠边缘，存在着足够多的水分，能够灌溉大大小小的灌木丛，也为一切生物提供庇护和养分。白天，黑色的沙砾在日光照射下光彩夺目，夜晚，它们看着就像是一层柔软的煤灰。蛇步出帐篷，柔软的幻象消失了。她的靴子踩进了尖锐粗砺的沙砾中，吱嘎作响。

史塔文的家人在等待，他们坐在黑暗的帐篷之间，紧靠在一处，帐篷群搭在沙地上，原本生长在此处的灌木丛已被斫倒烧毁。他们静静地看着她，眼中充满希冀，脸上却不露出任何神色。一位多少比史塔文的母亲年轻些的女性坐在他们之中。同他们一样，她也身着一条宽松长袍，但她身上还戴着一件饰品：一个领袖的圆环。这是蛇在这群人中看见的唯一一样装饰。从外貌上看，她与史塔文那位最年长的家长明显是近亲：棱角分明的脸，高高的颧骨，他的发色业已花白，她则刚由黑转灰，他们的眼睛是深棕色的，最宜在烈日下生存。在他们脚边的沙地上，一只黑色的小动物在囚网中不时挣扎，间或发出一声微弱的尖叫来。

“史塔文睡了，”蛇说，“不要打扰他，但他若醒来，就去看看他吧。”

史塔文的母亲和年轻的伴侣起身走进帐篷，但年长的男性在她跟前停下了脚步。“你能帮他吗？”

“我希望我们可以。肿瘤已经到了晚期，但看来还没扩散。”她的声音听起来很遥远，有些空洞，就像是在说谎。“薄雾会在早上准备妥当的。”她感到有必要再给他些保证，但却想不出话来。

“我妹妹想跟你说话。”他说罢便离开了，只留她二人独处，没有介绍，没有告诉她那女人是他们部落的首领，借以抬高自己的身份。蛇向后看了一眼，但帐帘已经垂下。她愈加疲惫了。肩上的薄雾第一次使她感到沉重。

“你还好吗？”

蛇转过身。那女人以一种自然优雅的姿态朝她走来，只是妊娠晚期的身体令她的步态有些笨拙。蛇不得不抬头迎上她的目光。她的眼角藏着些小细纹，就好像会不时背着人偷偷露出笑容。她笑了，但笑里带着担忧。“你看起来非常疲倦。要不要我叫人给你铺张床？”

“现在不行，”蛇说，“还不行，工作结束前我不睡觉。”

那首领搜寻着她的神色，而蛇因她们共担的责任而对她倍感亲切。

“我想我懂你。我们能为你做点什么吗？你做准备时需要帮助吗？”

蛇发现自己竟不得不认真思索这些问句的含义，好像问题很复杂似的。她把它们在疲倦的大脑里过了几遍，审慎分析，最后终于领会了其中意义。“我的小马需要水和食物。”

“有人在照顾它了。”

“我还需要一个人帮我一起应付薄雾。一个强壮的人。但最重要的是他不能害怕。”

那首领点了点头。“我很愿意帮你，”她说着又微微笑了笑，“可我的身体最近有些笨拙。我会为你找个人的。”

“谢谢。”

说完这番话，这年长女性的神情复归严肃，随后她缓步走向了一小群帐篷。蛇目送她离开，不禁欣赏起她的优雅。与她相比，蛇感到自己渺小、稚拙又肮脏。

黄沙开始打开自己缠绕她手腕的身体。蛇从皮肤上滑动的鳞片中感受到了他的迫不及待，她趁他滑落地面前迅速抓住了他。黄沙将上半边身子从她手中竖起，探出芯子，直取面前的小动物，感受它的体温，嗅闻它的恐惧。“我知道你很饿，”蛇说，“但这小生灵不是给你的。”她将黄沙放回箱子之中，又从肩上取下薄雾，让她在属于自己的昏暗隔间里盘绕成圈。

当蛇的影子罩住那小动物时，它再次挣扎着尖叫起来。她弯下腰拾起它来。在她的抚摸之下，那一连串的短促惊叫渐趋和缓，慢慢减弱，终于停下。最后，它安静地躺了下来，费力地呼吸，筋疲力竭，用黄色的瞳眸紧紧盯住她。它有一双长长的后腿，一对又宽又尖的耳朵，它的鼻子在闻到蛇的气味后轻轻颤抖，黑色的软毛被网绳勒出了许多斜方格子。

“很抱歉要取你性命。”蛇对它说，“但你再也不必恐惧了，我不会伤害你的。”她温柔地用手握住它，抚摸它，抓住它颅底的脊椎骨，迅速一扯。它看似短暂地挣扎了一下，但已经死了。它抽搐着，两腿朝上一蹬，脚爪蜷缩着颤抖。直到这会儿，它好像还在盯着她。她从网中取出了它的身体。

蛇从自己的腰袋中取出一个小瓶，撬开那小动物咬紧的上下颌，向它口中倒了一滴瓶内的浑浊药剂，随后迅速打开箱子，将薄雾唤了出来。薄雾来得很慢，她在箱子边缘滑行，后颈的兜帽没有张开，她滑到粗砺的沙地上。奶白色的鳞片倒映着昏黄的烛光。她闻到了小动物的味道，并滑向它，用舌尖轻轻触碰它。有那么一瞬间，蛇很怕她会拒绝死物的肉，但那身体还很温暖，还在反射性地颤抖，而薄雾又十分饥饿。“这是给你的珍馐，”蛇说，“满足你的食欲。”薄雾嗅了嗅，后撤半步，旋即进击，将短短的前沟牙刺进了那小身体中，她又咬了一次，尽数释放出储存的毒液。她放开它，换了个更好的角度咬上，开始用上下颌吞吃，那小动物几乎没能撑开她的喉咙。当她安静地躺回原位，回顾那块小珍馐的味道时，蛇坐到她身边托住了她，她等待着。

她听到外面粗砺的沙地上传来脚步声。

“我被派来帮助你。”

这是一个年轻男子，尽管黑发中散布着几缕斑白。他个子比蛇高，生得不无魅力。他的眼睛乌黑，绑住的头发将原本就瘦削的面部线条绷得更加棱角分明。他的表情看不出情绪。

“你害怕吗？”

“我会照你要求的去做。”

尽管他的身材完全被长袍遮住，但那双纤长好看的手显示了他的力量。

“那就抓住她的身子，别叫她吓到你。”蛇注入那小动物体内的药物开始奏效，薄雾的身子颤抖起来。这眼镜蛇的眼神直勾勾的，十分迷离。

“如果它咬我……”

“抓住，快！”

那年轻人伸出了手，但他犹豫了太久。薄雾扭动着，猛地发动攻势，用尾巴扫击他的面部。他踉跄后退，虽只受了点小伤，却着实受了番惊吓。蛇一直紧紧握着薄雾的下颌后部，一边挣扎着试图抓住她身体的其他部位。薄雾不是大型蟒蛇，但她光滑有力，且速度极快。她甩动尾巴四下拍击，同时发出很长的咝咝声。此刻的她很可能咬住任何她够得到的东西。在蛇和她搏斗时，她一直努力挤压自己的毒腺，直到挤出最后一滴毒液。那些毒液在薄雾的毒牙上挂了一会儿，反射着宝石般的光芒；之后，又被薄雾扭动的身体甩到了夜色之中。蛇与这眼镜蛇搏斗，轻声同她说话，这次是沙子帮了她的忙，因为在沙地上薄雾没什么力量优势。蛇能感觉到那年轻男子在她身后，抓着薄雾的身子和尾巴。这番捕蛇行动停得很突然，薄雾忽地就软在了他们手上。

“抱歉——”

“抓紧她，”蛇说，“我们有一整晚要忙。”

在薄雾的第二轮抽搐中，年轻男子紧紧抓住了她，这确实起到了一些作用。之后，蛇回答了他之前被打断的问题。“如果她在生产毒液的过程中咬了你，你多半会死。即使是现在，如果她咬你，可能也会让你大病一场。不过，除非你做了什么蠢事，否则就算她要咬，也会先咬我的。”

“如果你死了，就再也不能帮助我表弟了。”

“你误会了。薄雾杀不死我。”她伸出手来，给他看那些白色伤疤，有孔状的，也有鞭痕似的。他盯着这些伤疤看了半天，又深深望进她的眼睛，半晌，他移开了目光。

云层背后那个散射出光线的亮点朝西边移去，他们像抱孩子似的托举着眼镜蛇。蛇发现自己昏昏沉沉的，但这时薄雾动了动脑袋，怔怔地试图挣脱束缚，蛇一下就清醒了。“我不能睡，”她对那年轻男子说，“跟我说说话。你叫什么名字？”

像史塔文一样，年轻人犹豫了。他似乎害怕她，或是害怕什么别的东西。

"我的族人,"他说,"认为对陌生人说出名字是不智的。"

"如果你们当我是女巫,就不该来寻求我的帮助。我不会魔法,也从没宣称我会。我不可能了解这个世界上所有的民俗,所以我只遵循自己的习惯。我的习惯是跟共事的人互通姓名。"

"这不是迷信,"他说,"不是你以为的那样。我们并不是害怕受巫术诅咒。"

蛇等待着,她看着他,试图借昏暗的光线解读出他的表情。

"我们的家人知道我们的名字,我们结婚时,会跟配偶互通姓名。"

蛇思考了一下这种民俗,随即感到自己很难适应它。"就没有别人知道,从来没有?"

"好吧……有时朋友也会知道我们的名字。"

"啊,"蛇说,"我知道了,我依然是个陌生人,也许还是个敌人。"

"朋友可以知道我的名字,"年轻人重复道,"我无意冒犯,但你误会了。相识的人并不算朋友。我们将友谊看得很崇高。"

"在这片土地上,人应该很快就能判断出一个人是否值得被称为'朋友'。"

"我们很少交朋友。友谊是一种承诺。"

"听起来像是种可怕的东西。"

他思考着这种可能性。"也许我们害怕的是被友谊背叛。那是件很痛苦的事。"

"有人背叛过你吗?"

他狠狠地剜了她一眼,好像她说了严重越界的话。"不,"他说,声音与神色一样严厉,"我没有朋友。我没有任何能称为'朋友'的人。"

他的反应令蛇大吃一惊。"这太让人难过了。"她说着静默了,试图去理解那种令人如此疏远他人的压力,她试着把自己不得已而为之的孤独与他们自愿选择的孤独进行了一番比较。"叫我蛇,"最终她说道，“如果你能说服自己发出这个音。叫出我的名字并不代表你对我做了承诺。”

年轻人似乎要开口说话。也许他反思了一下，觉得自己或许冒犯了她，也许他觉得需要进一步为自己的民俗辩护。但薄雾又开始在他们手中挣扎，他们不得不死死抓住她，避免她弄伤自己。就她自身的长度而言，这眼镜蛇很瘦，但很有力量，这一次的抽搐又比她之前经历过的更为厉害。她在蛇手中猛烈挣扎，几乎脱身而出。她试图撑开兜帽，但蛇抓得太紧。她张口嘶鸣，但毒牙上已聚不出毒液。

她用尾巴缠住那年轻人的腰。他开始抓她，并试图转身挣脱她的盘绕。

“她不是大蟒蛇，”蛇说，“她伤不到你。别管她——”

但已经太迟了。薄雾倏然放松，年轻人便失去了平衡。薄雾一甩身，在沙地上留下一串印记。蛇独自与她进行着搏斗，而那年轻人一直试图抓住薄雾，但她将自己缠在蛇身上，以她为杠杆控制着力量。她开始挣脱蛇的把控。蛇把这一人一蛇一齐甩回沙地上；薄雾在她面前立起身子，张开大嘴，狂怒地发出嗞嗞声。年轻人猛地上前，抓住薄雾的兜帽正下方。薄雾攻向他，但蛇设法拉住了她。他们合力制伏了薄雾，重新取回控制权。蛇挣扎起身，但薄雾安静下来，近乎僵直地躺倒在二人之间。他俩都浑身是汗，年轻人浅褐色的皮肤透着苍白。就连蛇都在颤抖。

“我们休息一小会儿。”蛇说。她瞥了他一眼，注意到他脸颊上那道暗色的横条，之前，薄雾的尾巴曾扫到他。她上前摸了摸那道伤疤。“你这里会变青，不会更严重了，”她说，“不会留疤的。”

“如果毒蛇真能用尾巴蜇人，你就会同时控制毒牙和毒刺了，那我就没什么用了。”

“今晚我无论如何都需要一个人让我保持清醒，不管他能不能帮我对付薄雾。”与眼镜蛇搏斗的过程刺激了她的肾上腺素，但那作用已经消退，疲倦和饥饿又回来了，比之前更甚。

“蛇……”

“什么？”

他笑了，一闪即逝，带着些窘迫。“我在尝试发这个音。”

“这就很好。”

“你花了多长时间横穿沙漠？”

“不能说是很久，该说是太久了。六天。”

“你怎么活下来的？”

“有水。我们夜间赶路，白天休息，除了昨天，昨天我没找到能休息的阴凉处。”

“你带了一路的食物？”

她耸了耸肩。“带了一点。”一边希望他不再提食物的事。

“沙漠的另一边有什么？”

“更多沙漠和灌木丛，比这儿稍多些水源。几个族群，商人，我长大和学医的营地。更远的地方有一座山，山里有个城市。”

“总有一天我要去瞧瞧城市的样子。”

“沙漠是可以穿越的。”

他没说话。但蛇离家不久，记忆犹新，她能理解他此刻的想法。

薄雾的下一轮抽搐很快就来了，比蛇预想的快上许多。她通过这一轮轮的痉挛程度判断着史塔文的病情进展，一边盼望清晨到来。倘若她注定无法挽救他，她也要把自己的工作做完，之后她会伤心，然后忘掉一切。如果不是蛇与那年轻人抓着薄雾，她会用自己的身体不停敲击沙地，直到死去。她突然彻底僵直，嘴巴紧闭，而分叉的芯子依然悬垂在外头。

她的呼吸停滞了。

“抓住她，”蛇说，“抓住她的脑袋。快，抓住她，如果她挣脱了你就跑。快抓住。她现在没法攻击你。最多只是意外甩到你。”

他只犹豫了一瞬，便伸手抓住薄雾的后脑。蛇迅速朝外跑，不时陷进脚下深深的沙地里，她从圆形的帐篷群边缘跑到一个依然灌木丛生的地方。她将布满小刺的干枯枝丫扯开，小刺撕裂了她伤痕累累的手。在干枯的树丛外围，她看到一群角蝰盘踞于此，它们生得丑陋无比，不成形状。它们冲她发出嗞嗞声，她并未理睬。她找到一枝细细的空心枝干，便捡拾回去。深深的划痕使她的双手鲜血淋漓。

她跪倒在薄雾脑袋边上，掰开眼镜蛇的嘴，把这空心细管深深推进她的喉咙，穿过她舌根处的气道。接着，她弯腰靠近，将管子另一头放到自己嘴里，轻柔地向薄雾肺里吹起气来。

她注意到：那年轻人的双手始终照她的吩咐抓着眼镜蛇；他在呼气，起初是惊讶地倒抽冷气，然后变得不甚规律；沙子刮伤了她的手肘——她不觉间撑在了沙地上；她注意到薄雾毒牙上下滴的黏液散发的气味令人作呕；她感到自己昏昏沉沉，她以为这是因为疲倦，她强迫自己用事态的紧迫性和意志力驱散它们。

蛇吹一口气，复又吹气，停顿片刻，再重复这一过程，直到薄雾掌控节奏，能够自主呼吸。

蛇跪坐回自己的脚跟上。“我想她会没事的，”她说，“但愿她没事。”她用手背抚摸她的前额。这触摸引发了一阵剧痛，她猛地抽手回来，但痛楚已经顺着骨头蔓延到她的手臂，穿过肩膀，穿透胸膛，笼罩心脏。她失去了平衡。跌倒时她试图稳住身子，但行动已经太慢，她努力对抗着恶心和眩晕，也几乎就要成功了，直到地球引力在痛楚中消失，而她迷失在黑暗中，无可倚靠。

她感觉到了此前刮擦她脸颊与手掌的沙子，但这会儿它们变得很柔软。“蛇，我能放手了吗？”她觉得这问题一定是在问别人，同时理智上又很清楚这里没有别人能回答这个问题，没有人会以她的名义回答这个问题。她感到身上放着一双手，无比温柔；她想回应那双手，但实在太累。她需要再睡一会儿，于是她把它们推开。但那双手托起她的脑袋，将干涩的皮革放到她的唇边，把水灌进她的喉咙。她呛咳着把水吐了出来。

她用一只胳膊撑起身子。当视线清晰后，她发现自己在颤抖。这感觉就像她第一次被毒蛇咬伤时一样，那时她的免疫能力尚未彻底形成。那年轻人跪在她身侧，手里拿着皮水壶。薄雾在他身后缓缓向黑暗中爬行。蛇再顾不得剧烈的抽痛。“薄雾！”

年轻人瑟缩着转身，满面惊惧；毒蛇昂首挺立，脑袋几乎跟蛇站直身子时的眼睛齐平，她兜帽大张，摇头摆尾，怒目而视，已然摆好攻击的姿态。在黑夜中，她的身影成了一条翻覆的白线。蛇强迫自己站起来，这感觉就像在摸索着控制一具陌生的躯体。她几乎又要跌倒，但还是稳住了自己。“你眼下不能出去猎食，”她说，“你尚有未竟之事。”她将右手伸至一旁当作诱饵，以防薄雾突然攻击。她的手因疼痛而沉重无比。蛇很害怕，不是怕被咬伤，而是害怕失去薄雾毒囊里的毒液。“过来，”她说，“到这里来，平息你的怒气。”她注意到血正从她的指间往下淌，她对史塔文的担忧加剧了。“是你这生灵将我咬伤的吗？”但这痛感并不对头：毒液会使她麻痹，而新的血清应该只会产生刺痛……

“不。”那年轻人在她身后轻声说道。

薄雾攻击了。蛇长年训练而成的条件反射占据了上风。蛇的右手倏然撤开，左手在薄雾转头的瞬间猛地抓住了她。眼镜蛇挣扎片刻便放松了。“阴险的畜生，”她说，“不知羞耻。”她转身，让薄雾顺着她的手臂爬上肩膀，她盘卧在那里的样子就像一件隐形披肩的外轮廓，下垂的尾巴恰似披肩的拖裾。

“她没咬我？”

“没有。”年轻人说。他克制的声音带着些因敬畏而生的激动。“你本该生命垂危才是。你痛苦得全身蜷曲，你的胳膊肿成紫色。你回来的时候——”他指了指她的手，“那肯定是角蝰。”

蛇记起那些盘踞在树丛下的角蝰，于是摸了摸自己手上的血迹。她把血擦掉，露出荆棘划开的伤口下那一对被蛇咬出的牙孔。伤口有些肿胀。“这伤需要清理，”她说，“我很惭愧，居然受了这种伤。”伤口的阵痛顺着手臂一波波袭来，但已不再是灼痛了。她站在那里看那年轻人，同时也看着她周围，看着大地上的景物变化，而她疲惫的双眼正试图对抗落月和破晓前的曙光。“你把薄雾抓得牢牢的，非常勇敢，”她对那年轻人说，“谢谢你。”

他垂下眼睛，几乎像在对她鞠躬。他站起身来走向她。蛇将手轻轻放在薄雾的颈部，以防她受到惊吓。

“如果你能叫我阿列文，我一定倍感荣幸。”那年轻人说道。

“我十分乐意。”

薄雾慢慢地爬进她的斗室隔间之中。蛇跪下来，托起环绕成白色圆圈的薄雾。再过一会儿，等薄雾的情况稳定后，他们会一起去找史塔文。

薄雾白色的尾巴尖也从视线中消失了。蛇合上箱子，本欲起身，却没能成功站起来。她还没彻底摆脱新毒液的影响。伤口四周的皮肉红肿疼痛，但血已经止住了。她消沉地待在原地，盯着自己的手，在脑中慢慢思考自己该做什么，这次是为她自己。

“请让我来帮你吧。”

他扶着她的肩膀，帮助她站起身来。

“抱歉，”她说，“我实在太需要休息……”

“让我帮你洗一洗手，”阿列文说，“然后你就可以睡了。告诉我什么时候叫你起来——”

“不。我还不能睡。”她绷紧混乱的神经，挺直腰杆，撩起前额短短的湿鬈发。“我现在没事了。你还有水吗？”

阿列文解开他的外袍。外袍下是一条缠腰布，上面绕着一条皮带，皮带上系着几个皮水壶和一些其他小袋子。他身上的肤色要比终日承受日照的面部皮肤稍浅一些。他解下水壶，掩上长袍，盖住自己精瘦的身子，伸手要去拉蛇的手。

“不，阿列文。如果蛇毒侵入你身上任何一道小伤口，你就可能会被感染。”

她坐下来，用温水冲洗自己的手。粉色的水滴一滴入沙地就消失无踪，不留下一点潮湿的印记。她的伤口又流了一些血，但现在只痛不麻了。毒性几乎已经彻底消解。

“我不懂，”阿列文说，“你怎么会安然无恙。我妹妹就是被角蝰咬伤的，”他的语气并没能像他所希望的那样满不在乎，“我们无法可施，只能眼睁睁地看着她死——我们甚至无法减轻她的痛苦。”

蛇把皮水壶还给他，从自己的腰带中取出药瓶，在已经开始愈合的伤口上涂抹瓶中的药膏。“这是我们准备工作的一部分，”她说，“我们要跟许多种类的毒蛇打交道，所以我们必须尽可能地免疫多种蛇毒。”她耸耸肩，“这过程冗长乏味，也多少有些痛苦。”她握紧拳头，药膏结了膜，她的状况稳定下来。她倾身靠近阿列文，再次碰了碰他擦破的脸颊。“好了……”她在他的伤口上涂了一层薄薄的药膏，“这会帮助它愈合。”

“如果你不能睡觉，”阿列文说，“你可以至少休息一下吗？”

“可以，”她说，“就一会儿。”

蛇坐到阿列文身边，靠在他身上，他们一起看太阳将云层染成金色，接着是火红色，琥珀色。与另一个人类这样简单的身体接触给蛇带来了欢愉，尽管她觉得这还不能令人满足。如果换一个时间，换一个地方，她也许会更进一步，但这里不行，眼下不行。

当太阳的光环下缘升上地平线时，蛇站起身子，将薄雾从斗室中诱了出来。她爬得很慢，很虚弱，盘旋到了蛇的肩膀上。蛇拾起箱子，和阿列文一同走回帐篷堆中。

史塔文的父母在等待，他们就站在自己的帐篷外目视着她。他们的站位形成了一个紧凑、安静而充满防备性的小群体。有一瞬间，蛇以为他们决定赶走她。接着，就像嘴里含了块烙铁似的，她充满悔恨和恐惧地问他们史塔文是不是死了。他们摇了摇头，放她走进帐篷。

史塔文依然保持她离开时的姿势，尚在酣眠。大人们的目光紧跟着她，她能嗅到他们的恐惧。薄雾探出芯子，因空气中的危险气息而紧张起来。

“我知道你们想待在这里，”蛇说，“我知道如果你们有能力，会很想帮忙。但除了我没人能做什么。请到外面去等。”

他们面面相觑，又看看阿列文，有那么一瞬间蛇以为他们要拒绝她的医治。蛇很想就此陷入安宁，沉睡下去。“来吧，我的表亲们，”阿列文说，“ 把一切交给她。”他掀起帐幕，将他们引至帐外。蛇仅仅以简单的一瞥向他致谢，而他几乎笑了。她转身去看史塔文，跪到他身边。“史塔文——”她抚摸他的额头，那额头滚烫滚烫的。她注意到自己的手不像之前那样稳了。只这轻轻一碰，孩子就醒了过来。“到时候了。”蛇说。

他眨了眨眼，从属于孩子的梦乡中彻底苏醒，他看见了她，慢慢认出了她。他看起来并不害怕。为此，蛇欢欣不已；但另一个她尚未查知的因素却令她心神不宁。

“会疼吗？”

“你现在疼吗？”

他犹豫了一会儿，把脸转开，又转了回来。“疼。”

“等会儿可能会更疼一点。我希望不会。你准备好了吗？”

“青草可以留下吗？”

“当然。”她说。

接着，她意识到了是哪里不对。

“我马上就回来。”她的声音变化如此之大，音色绷得那么紧，甚至没法不吓到小男孩。她离开帐篷，缓步向前，冷静地克制着自己。帐篷外，孩子的父母用神色告诉了她，他们在害怕什么。

“青草在哪儿？”背对着她的阿列文因这语气吃了一惊。金发的男人低低地哭了一声，再也不敢看她。

“我们当时很怕，”最年长的那位家长说道，“我们以为它要咬孩子——”

“是我以为它要咬。是我。它当时爬到了孩子脸上，我能看到它的毒牙——”史塔文的母亲把手放到了年轻的家长肩上，他没能接着说下去。

“他在哪儿？”她想尖叫，但她没有。

他们给她拿来一个小盒子。蛇接过来，朝内看去。

青草几乎断作两截，内脏不断地向体外渗，半截身子朝外翻着，在她颤抖的注视下痛苦地扭动了一回身子，将芯子向外轻弹一回，又收了回去。蛇发出一声哀鸣，但只在喉咙里，声音低到根本不能算是哭叫。她多希望他眼下的动作只是反射行为，她尽可能温柔地拿起他。她俯身用嘴唇碰了碰他脑袋后部光滑的绿色鳞片。她迅速地冲蛇头下方的地方狠狠地咬了一口。他那冰冷腥咸的血液流进她的嘴里。如果他适才一息尚存，她这一下迅速要了他的命。

她看着那父母三人，又看看阿列文；他们都满面苍白，但她不同情他们的恐惧，也完全不在意他们共同的悲伤。“这样一个小生灵，”她说，“这样一个小生灵，他只会带来欢愉和美梦。”她又看了他们一会儿，接着转身再次走入帐篷。

“等等——”她听到那位最年长的家长从身后接近她。他碰了碰她的肩膀，她拨开了他的手。“你想要什么我们都给你，”他说，“但请你放过这个孩子。”

她怒不可遏地急转向他：“我该为你们的愚蠢杀了史塔文吗？”他似乎想要拘住她。她用肩膀猛地撞在了他的肚子上，然后头也不回地进了帐篷。在帐内，她一脚踹开了箱子。突然被吵醒的黄沙愤怒地爬将出来，把自己盘成一圈。当年轻的丈夫和妻子试图闯入帐内时，黄沙用咝咝声和蛇此前从不曾听过的狂怒响尾声将他们挡在外面。她甚至没有费心去关注身后的状况，只是低下头，在史塔文发现之前擦掉脸上的泪水。她跪到他身旁。

“怎么了？”他无可避免地听到了帐外的嘈杂声和脚步声。

“没事，史塔文。”蛇说，“你知道我们是穿越沙漠来到这里的吗？”

“不。”孩子语带诧异。

“沙漠非常炎热。我们都没有东西可吃。现在青草出去猎食了。他一直非常饿。你能原谅他，让我就这样开始吗？我会一直在你身边的。”

他看起来如此疲倦；他很失望，但没有多余的力气去为此争辩。“好吧。”他的声音干涩得好像滑过指间的沙砾。

蛇将薄雾抬离肩膀，然后把毛毯从史塔文瘦小的身子上扯开。肿瘤从肋骨底下向上压迫，扭曲了他的形体，挤压到他的重要器官，榨取他体内的营养以供自己生长。蛇控制着薄雾的头部，让她在他身上滑行，同时触诊、品尝。她不得不抓住她的头部，防止她进行攻击。她已被兴奋煽动。当黄沙发出响尾声时，她瑟缩了一下，蛇轻轻触摸她，安抚她。慢慢地，长期规训培育出的反应战胜自然的本能起了作用。当芯子抵达肿瘤上方的肌肤时，薄雾停了下来，蛇将她放开。

这眼镜蛇弓起身子，突然进攻，用眼镜蛇咬人的方式咬了上去，她先是用短短的前沟毒牙扎了一下，放开后又迅速换了个更好的角度再次咬上去，保持着此种姿势，慢慢咀嚼她的猎物。史塔文哭出声来，但却没有挣脱蛇控制他的手。

薄雾将毒囊中的液体释放到孩子体内，然后松开了他。她弓起身子，四下窥视一番，收起兜帽，然后滑行过草垫，以一条漂亮的直线之态回到了她黑暗的斗室之中。

“全都结束了，史塔文。”

“我马上就要死了吗？”

“不，”蛇说，“现在不会。你还会活很多年。我希望如此。”她从腰带上的小包里拿出一瓶粉末，“张开嘴。”他依言而行，她把粉末撒到他的舌头上。“它能帮你止疼。”她用一块布包裹了薄雾咬出的那一串浅浅的伤疤，没有拭掉血迹。

她转过身去。

“蛇？你要走了吗？”

“我不会一声不吭地走的。我保证。”

孩子躺了回去，闭上眼睛。任由药物发挥作用。

黄沙安静地盘踞在草垫之上。蛇叫了他。他爬到她身边，自愿地进入了黑暗的箱子之内。蛇扣上箱子，将它提起来，可她感到箱子还是那么空。她听到帐外的嘈杂之声。史塔文的父母和前来帮忙的族人扯开帷幔一拥而入，未及看清眼前事物，便用棍子朝前乱戳。

蛇放下她的皮箱。

“都结束了。”

他们进来了。阿列文也在其中，只是他空着手。“蛇——”他的语气中带着悲伤、遗憾和困惑，蛇判断不出他到底相信什么。他转过身去。史塔文的母亲就在他身后。他捏住她的肩膀：“如果没有她，他早就死了。不管发生了什么，他都已经死了。”

那女人甩开了她的手。“他也许会活下来。那病症可能会自愈。我们——”她难掩泪水。

蛇感到围着她的人群攒动起来。阿列文向前迈了一步，在她面前停下，她能看出他希望她为自己辩护。“你们当中有任何人会流泪吗？”她说，“你们会为我和我的绝望流泪，为你们和你们的罪恶流泪吗？或是为弱小的生灵和他们的痛苦？”她感到泪水滑下了脸颊。

他们没能理解她的话，她的泪水冒犯了他们。他们站了回去，依然畏惧她，但团结在了一起。她已经不必再装出冷静的姿态去哄骗孩子了。“唉，你们这些傻瓜。”她的声音听起来十分尖厉。“史塔文——”

帐篷入口处忽然有光线射入。“让我过去，”蛇面前的人群为他们的领袖让出路来。她在蛇面前立定，没有在意自己的脚几乎要碰到她的箱子。“史塔文会活下来吗？”她的声音安宁、镇静而温柔。

“我不能保证，”蛇说，“但我认为他会。”

“让我俩单独待一会儿。”人群在理会领袖之前先听懂了蛇的话。他们朝四周看了一圈，然后放下武器，最终，他们一个一个走出帐篷。阿列文留了下来。蛇感到一阵脱力，面对危险时所产生的力量已经消散了。她的膝盖瘫软下来。她将脸埋到手掌里，在箱子边弯下了腰。年长的女性跪在她面前，蛇未及发现也没来得及阻止她。

“谢谢你，”她说，“谢谢你。我真的很抱歉……”她搂住蛇，将她抱到自己怀中，阿列文跪在她们身边，也拥抱了蛇。蛇又开始颤抖了。他们一直抱着她，任她放声哭泣。

后来她睡着了，精疲力竭，帐篷里只有她跟史塔文两个人，她牵着他的手。那些人给黄沙和薄雾抓了些小动物。他们给她提供食物、补给，还有足够洗澡的水，尽管那一定耗尽了他们的储水。

当她醒来时，阿列文正躺在她身边睡着。他的长袍因炎热敞开了，胸腹一片汗渍。当他睡着时，他脸上的严肃神情不见了；他看起来力倦神疲又脆弱不堪。蛇差点就要叫醒他，但又停住了，她摇摇头，转过身来查看史塔文。

她摸到了肿瘤，也发现那肿瘤开始溶解、皱缩、消亡，薄雾转换过的毒液已经起效了。她在自己的悲伤中感到一丝喜悦。她将史塔文惨淡的发丝从脸上拨开。“我不会再骗你了，小家伙，”她轻声呢喃，“但我必须马上离开，我不能留在这里。”她还需要再睡上三天，如此才好彻底消除角蝰的蛇毒影响，但她想另找一个地方去睡。“史塔文？”

慢慢地，他半醒过来。“我已经不疼了。”他说。

“我很高兴。”

“谢谢你。”

“再见，史塔文。等你醒来的时候，你会记得我是说了再见才走的吗？”

“再见。”他说，说完又蒙眬睡去。“再见，蛇。再见，青草。”他闭上了眼睛。

蛇拿起箱子，站在原地紧紧盯住睡梦中的阿列文。他并未被惊动。她半是感激半是悔恨地离开了帐篷。

黄昏渐渐来临，投下长长、模糊的影子，营地里炎热安静。她发现她的虎纹小马已被拴好，且还供以食物和饮水。马鞍旁的地面上放着一个装满水的新水袋，鞍头上还横搭着几条沙漠长袍，尽管蛇已然拒绝了任何报偿。虎纹小马朝她嘶鸣。她挠了挠它条纹状的耳朵，配好马鞍，并将杂物绑到马背上。她牵着它往东走，那正是她来的方向。

“蛇——”

她深深吸了口气，随即朝阿列文转身。他向阳而立，太阳照得他肤色红润，他的长袍也被染成了绯红色。黑白相间的头发散落在肩膀上，衬得他面色温柔。“你一定要离开吗？”

“是的。”

“我原本还希望你不会离开，至少……我希望你留下来，留一段时间……”

“如果没有发生这些事，我也许会留下的。”

“他们是因为恐惧——”

“我已经告诉他们青草不会伤害他们了。但他们看见了他的毒牙，他们不知道那毒牙只会让人陷入美梦，缓解死亡的痛苦。”

“那你能原谅他们吗？”

“我无法面对他们的罪恶。他们的所作所为全都是我的错，阿列文。我没能理解他们，直到一切都已太迟。”

“你自己也说过，你不可能知晓所有民族的习俗和所有人的恐惧。”

“我已经瘫痪了，”她说，“没有了青草，我与瘫痪无异，若我没法治愈病人，我就是个废人了。我必须回家去面对我的老师，乞求他们原谅我的愚蠢。他们很少会将我的名字赐予学徒，但他们给了我这个名字——他们一定失望透顶。”

“让我跟你一起走。”

她很想这样，她犹豫了，她为这样的软弱咒骂自己。“他们可能会收回薄雾和黄沙，然后将我扫地出门，你也会被扫地出门。留在这里，阿列文。”

“我不在乎。”

“你在乎。过不了多久，我们就会开始互相怨恨。我不了解你，你也不了解我。我们需要冷静一下，我们需要安静和时间去彼此了解。”

他来到她身边，用双臂环住她，他们紧紧拥抱了一会儿。但他抬起头时，两颊已满是泪痕。“请你一定要回来，”他说，“无论发生了什么，请你一定回来。”

“我会尽力的，”蛇说，“等到明年春天风沙过去的时候，记得来找我。如果后年春天我还是没有回来，就忘了我吧。若到时我还活着，无论我在哪里，我也会忘了你的。”

“我会去找你的。”阿列文没有做出更多承诺。

蛇牵住缰绳，开始横穿沙漠。

（愫怡　译）